문향

聞香

문향

초판 인쇄 · 2018년 3월 20일
초판 발행 · 2018년 3월 30일

지은이 · 김명렬
펴낸이 · 한봉숙
펴낸곳 · 푸른사상사

주간 · 맹문재 | 편집 · 지순이 | 교정 · 김수란
등록 · 1999년 7월 8일 제2-2876호
주소 · 경기도 파주시 회동길 337-16 푸른사상사
대표전화 · 031) 955-9111(2) | 팩시밀리 · 031) 955-9114
이메일 · prun21c@hanmail.net / prunsasang@naver.com
홈페이지 · http://www.prun21c.com

ⓒ 김명렬, 2018
ISBN 979-11-308-1324-0 03810
값 17,000원

이 도서의 국립중앙도서관 출판예정도서목록(CIP)은 서지정보유통지원시스템 홈페
이지(http://seoji.nl.go.kr)와 국가자료공동목록시스템(http://www.nl.go.kr/kolisnet)
에서 이용하실 수 있습니다.(CIP제어번호: CIP2018008461)

사진 · 이익섭

푸른사상 산문선 22

문향

김명렬 산문집

푸른사상
PRUNSASANG

책머리에

첫 번째 산문집 『물 흐르고 꽃 피네』를 내고 7년이 가까워서야 겨우 또 한 권 분량의 글을 모았다. 그것도 매년 동인지에 원고지 100장 정도의 글을 써 내야 하는 의무가 없었더라면 못 썼을 것이다. 글이라는 것이 시간이 있다고 지을 수 있는 것이 아니라 새로운 지식, 새로운 생각으로 마음을 자꾸 채워야 지을 수 있는 것임을 새삼 절감했다. 또 붓도 가슴이 젊고 머리가 기민해야 잘 나가는 것이었다.

요즘 글을 쓰면서 내가 제일 경계하는 것은 늙는 것에 대한 한탄을 늘어놓는 것이다. 그런 것은 의식적으로 피했지만, 옛날이야기야 안 할 수 없었다. 그러나 그것도 감상(感傷)이나 자기연민에 빠지지 않도록 유념하였다.

첫 번째 산문집에서와 마찬가지로 아직도 나의 주된 관심사는 꽃과 자연이다. 그러나 그런 주제로 쓴 글이 전보다 줄었다. 꽃을 찾아 산야로 나가는 일이 그만큼 줄었기 때문이다. 지난 3년간 매달렸던 일도 대강 정리가 되었으니 올해에는 꽃나들이도 좀 더 자주 해야겠다.

문향(聞香)

이 글에는 몇 분이 아호로 호칭되어 있다. 남정(南汀)은 전 가톨릭대 국문과 교수셨던 고 김창진(金昌珍) 선생, 우계(友溪)는 서울대 영문과 명예교수 이상옥(李相沃) 선생, 모산(茅山)은 서울대 국문과 명예교수 이익섭(李翊燮) 선생, 그리고 산여(山如)는 서울대 영문과 명예교수였던 고 천승걸(千勝傑) 형이다. 모산은 이번에 고맙게도 아름다운 꽃 사진을 제공하여 변변치 않은 이 책을 곱게 꾸밀 수 있게 해주셨다.

이 책은 소전(素田) 정진홍(鄭鎭弘) 선생께서 길을 터 주셔서 출판하게 되었다. 원래는 소전께 원고 청탁이 들어온 것을 나에게 돌려 주신 것이다. 이 자리를 빌려 소전께, 그리고 흔쾌히 출판을 맡아 주신 푸른사상사 관계자 분들께 깊은 감사를 드린다.

2018년 3월

김명렬

차례

책머리에

1 **인물화첩(人物畵帖)**

국화와 어머니　　　　　　　　　　11
갈대 소년　　　　　　　　　　　　14
변월용 화백의 어머니 초상　　　　17
나건석 선생님　　　　　　　　　　22
이창배 선생님을 그리며　　　　　30

2 **무지갯빛 나날들**

바닷가의 집　　　　　　　　　　　37
종이 사람　　　　　　　　　　　　45
문리대 교정의 나무들　　　　　　　51
원고지 쓰던 때　　　　　　　　　　59
편지　　　　　　　　　　　　　　　66

3 여창감상(旅窓感想)

미국의 헌책방들	75
시용(Chillon)성에서	85
골든 패스 라인	91
맨발	95
방생(放生)	100
황금 부처	107

4 꽃과 자연

문향(聞香)	115
우리 집의 보춘화(報春花)	120
들국화	124
신록	130
도심 속의 야생화	139
깽깽이풀꽃 단상	144
설악	149

5 세상 보기

동정(同情)   159

휴대전화   165

불완전의 축복   176

어느 혼란스런 아침   181

어떤 저력   186

고소(苦笑)   192

토막말   195

6 문학산책

「진달래꽃」의 해석과 국어사전의 어의 풀이   201

『불멸의 함성』을 정리하면서   211

『별은 창마다』   221

사람, 꽃 그리고 시   227

문학과 사회비평의 이중주   245

인물화첩(人物畫帖)

갈밭에는 늘 바람이 불었다. 바람에 갈대가 흔들리면 소년의 마음도 흔들렸다 –
즐거움으로, 슬픔으로, 알 수 없는 그리움으로. 그것들이 소년의 시심(詩心)을 키웠다.

국화와 어머니

어머니는 화초를 무척 좋아하셨다. 평생 단독주택에서만 사신 어머니는 손바닥만 하더라도 마당만 있으면 늘 화단을 만드셨다. 어머니는 화초 중에서도 향기 있는 꽃을 더 좋아하셨다. 국화는 그래서 어머니가 특히 좋아하신 꽃이었다. 그래 그런지 우리 집에는 다른 화초보다 국화가 많았다. 그렇건만 여름에는 경쟁적으로 꽃을 피워 대는 다른 화초들에 밀려 잘 보이지 않았다. 그러다가 여름 화초들이 시들고 나면 국화는 싱싱한 잎을 과시하며 수많은 꽃망울을 달기 시작했다. 주로 담 밑에, 화단 구석에 몰려 있던 이들은 찬바람이 불기 시작할 무렵부터 화단의 새 주인으로 군림했다. 그때마다 나는 "우리 화단 어디에 국화가 저렇게 많았지?" 하고 놀라곤 하였다.

그맘때 우리 화단에 국화가 그렇게 번성할 수 있었던 것은 절기 덕만이 아니었다. 어머니는 봄서부터 뭇 화초를 가꾸면서 외진 데에 있는 국화에게도 생선 씻은 물을 주고 생선 내장을 골고루 묻어 주셨다.

또 한여름에 다른 화초들이 웃자라서 국화를 덮을 때는 그런 가지들을 끈으로 가든그려 매주어서 국화에도 공기가 통하고 햇빛도 들게 해 주셨다. 그런 어머니의 정성으로 국화는 여름 내내 기력을 길러서 가을이면 왕성한 활력을 자랑할 수 있었던 것이다.

국화가 피면 아침저녁으로 어머니가 화단에 나가 계시는 시간이 길어졌다. 뿌리에 흙을 돋아 주기도 하고, 시든 잎을 따 주기도 하셨다. 국화에는 진디가 잘 끼었다. 어머니는 작은 대야에 물을 떠서 들고 붓을 물에 적셔 진디를 일일이 씻어 내셨다. 약을 쓰지 않고 매일 일삼아 그렇게 씻어서 진디를 제거하셨다. 그러나 가을날 아침에 화단에 오래 나가 계신 것은 화초를 가꾸기 위한 것만이 아니었다. 그렇게 국화 곁을 서성이면서 그 향기를 즐기시기 위한 것이었다.

어머니는 국화 향기가 "청신(淸新)하다" 하셨다. 그리고 그 향기를 맡으면 정신이 "쇄락(灑落)해진다" 하셨다. 정결함이 극에 달하면 매서운 데가 있듯이, 청신한 국화 향기도 이른 아침에 한껏 고조되면 톡 쏘는 매운 맛이 있었다. 화단에 나가 오래 거닐다 들어오시는 어머니에게서는 찬 공기와 함께 국화의 매운 향기도 묻어 들어왔다. 나는 찬 공기를 피해 따듯한 이불 속을 더 파고들면서도 어머니에게서 살짝 풍기는 국화 향기도 맡았다. 그리고 찬 공기보다 그 향기에 잠이 깨어 결국 눈을 뜨곤 했다.

어머니는 국화 향기를 오래 보존하고 싶어 하셨다. 그래서 국화가 시들기 전에 따서 그늘에 말리셨다. 그렇게 말린 꽃을 납작한 망사 주머니에 넣고 그것을 다시 성긴 천으로 싼 다음, 꽃이 한데 몰리지 않게 바늘로 듬성듬성 뜨셨다. 그렇게 만든 얄팍한 국화 주머니를 내 베개 위에 올려놓아 주셨다. 나는 가으내 겨울까지 그 국화 베개를 베고 잤다. 말린 국화는 생화처럼 그렇게 향기가 강하지는 않았다. 그러나 처음 머리를 갖다 댈 때, 그리고 베개 위에서 머리를 움직일 때마다 바삭 하는 소리와 함께 은은한 향기를 풍겨 주었다.

어머니가 돌아가신 지 30년도 더 지났다. 그러나 이제 곧 국화 피는 절기가 다시 돌아와 그 향기를 맡으면 국화 베개를 만들어 주시던 어머니의 따듯한 손길과 미소가 어제 일인 듯 생생하게 생각날 것이다.

이번 가을에 성묘 갈 때에는 좋아하시던 자주색 국화 한 분을 사다가 산소 앞에 심어 드리리라. (2014. 7)

갈대 소년

낙동강 하구(河口) 갈대 무성한 마을에 한 소년이 자랐다. 그는 갈꽃 피는 갈밭(蘆田)에서 놀았고, 그 옆으로 유유히 흐르는 샛강물을 내다보며 자랐다. 갈대는 문밖에만 있는 것이 아니었다. 소년의 집은 갈대를 엮은 '새나리'로 이엉을 하였고 갈대로 엮은 바자로 울을 쳤으며 토방에는 역시 갈대로 엮은 '새자리'를 깔았었다.

갈대는 그의 마음속에도 있었다. 수평으로 흐르는 강과 그 옆에 수직으로 곧추선 갈대는 그의 마음의 씨와 날이 되었다. 갈밭에는 늘 바람이 불었다. 바람에 갈대가 흔들리면 소년의 마음도 흔들렸다 ― 즐거움으로, 슬픔으로, 알 수 없는 그리움으로. 그것들이 소년의 시심(詩心)을 키웠다.

소년은 부산으로 나가 학교를 다녔다. 중고등학생 때 그는 소월, 지용, 청마, 미당 등의 시를 탐독하며 시인의 길을 걷기 시작했다. 그리고 방학이면 갈대 마을로 돌아왔다. 고향에 와서 소를 먹이면서도 그는 문학책을 읽었고 감동적인 구절을 만나면 행간에 풀잎을 갖다 대고 손톱으로 찍 그으며 읽었다. 그는 그것을 '풀빛 언더라인'이라고 불렀다.

소년은 어른이 되어 서울로 와서 대학에서 국문학을 전공했다. 졸업 후 그는 고등학교에서, 나중에는 대학교에서 학생들에게 문학을 가르쳤다. 그렇게 도시의 어른이 되어 갔지만, 가슴속은 여전히 소년이었다. 그 천진한 미소, 맑은 눈빛, 그리고 무엇보다도 숫되고 순수한 마음, 모든 정감적인 것에 예민하게 반응하는 그 다감한 마음은 소년의 것 그대로였다. 문학에 대한 사랑도 그렇게 순수했다. 그렇지 않았더라면 모두가 가난했던 70년대 초에, 특별한 재력도 없던 터에 그가 소극장 운동에 뛰어들어 2~3년간 극장을 운영하는 무모할 정도의 대책 없는 시도는 있을 수 없었을 것이다.

그는 태생적으로 시인이었기에 시를 썼고 또 산문도 썼다. 그가 만난 많은 지인들과 예술작품과 사물에 대한 살뜰한 애정과 섬세한 반응을 감각적인 언어로 엮어 냈던 것이다. 그러나 그것이 애정이었든 그리움이었든 정감적 반응이었든 그것은 결코 격렬하거나 요란한 것이 아니었다. 그것은 헤살짓지 않고 흐르는 물처럼 깊되 조용하였고 달빛 어린 고도(古都)의 감회처럼 사무치지만 여린 것이었다. 그런 글의 잔잔한 아름다움을 추구했던 그가 시류에 관심할 리 없었다. 따라서 이 영악하고 권력지향적인 세상도 그의 시집과 산문집을 주목하지 않았다. 그에 괘념치 않고 그는 계속 자기류의 시를 썼고 지인들에게 "초우재 통신(草友齋通信)"을 보내어 문교(文交)하는 것으로 만족했다.

그렇게 외로운 길을 홀로 걷다가 10여 년 전에 대학 동창들과 함께 동인지를 내게 되었다. 동인들은 모두 그의 글의 서정성을 높이 평가하게 되었고 그중 몇몇은 그의 예민한 감수성과 그것을 효과적으로 담아내는 그의 독특한 문체에 매료되어 극찬을 아끼지 않았다. 이에 고무되었음인지, 침잠하였던 그의 창작욕은 지난 10년간 놀랍도록 힘차게 다시 분출하여 수많은 작품을 생산해 냈다. 그중에서 300편가량의 시를 엄선하여 두 권의 시집을 상재하였고 산문집도 한 권 가제본을 거쳐 곧 출판될 단계에 있다. 문학에 대한 한결같은 순정과 오랜 헌신을 기리기 위한 마지막 화려한 불꽃이었을까? 그의 마지막 10년은 지기(知己)들의 갈채 속에 그의 문학을 한껏 꽃피웠던 시절이었다. 그는 그 불꽃이 다 사그라지기 전에 이 세상을 떠났다. 손을 움직일 수 있을 때까지 시를 썼고 글을 쓸 수 없을 때는 구술을 하였으니 그는 온전히 시인으로 살다 간 것이다.

'남녘 물가'라는 뜻의 남정(南汀)이 그의 아호이듯이, 생존해 있는 동안 그의 마음은 언제나 낙동강 하구 갈대 우거진 모래톱에 가 있었다. 그의 첫 번째 들꽃 시집의 발(跋)을 붙인 후배가 "그가 자란 갈대 우거진 강마을"이라고 쓴 것을 "그가 자란 낙동강 하구 갈대 우거진 강마을"이라고 써달라고 부탁할 정도로 고향 갈대밭에 대한 그의 애정은 극진한 것이었다.

이제 그는 가고 없다. 그러나 그의 영혼은 분명 어렸을 적 노닐던 갈대밭에 가 있을 것이다. 그러므로 언제나 미소를 띠고 겸손한 태도로 조근조근 이야기해 주던 그를 그리는 사람들이여, 낙동강 하구 갈대밭으로 가 보라. 거기서 이 소슬한 가을, 갈대 서걱거리는 소리에 조용히 귀 기울여 보라. 그러면 아득히 멀리서 해맑게 속삭이는 한 소년의 목소리를 들을 수 있을 것이다.

(2016. 9)

인물화첩(人物畫帖)

변월용 화백의 어머니 초상

얼마전 덕수궁에 있었던 〈변월룡(邊月龍) 회고전〉을 관람하였다. 변월룡 화백은 1916년 연해주에서 태어나서 상트페테르부르크에서 미술 공부를 하였고 레핀 아카데미라는 소련 최고의 미술학교의 교수를 역임한 탁월한 화가였다. 그는 사회주의 리얼리즘을 북한 미술가들에게 가르치기 위해 1953년 소련 정부로부터 북한에 파견되어 1년여 간 체류하면서 북한의 각계 문화인들과 두루 교유하였다. 그의 작품에는 풍경화, 정치 선전화, 초상화, 목탄화, 판화 등 여러 장르가 있으나 그가 특히 뛰어난 장르는 단연 초상화였다.

그는 인물을 여실히 그려내는 사실적 기법을 완벽히 구사했는데, 특히 놀라운 것은 외형의 핍진한 재현은 물론이고 그 위에 내면의 특징을 그려 내는 신기한 능력을 가졌다는 점이었다. 변 화백이 그린 인물과 마주하면 그 인물의 성격은 물론 그의 사람됨과 심지어 그가 살아온 내력까지도 알 수 있을 것 같았다. 그래서 관객은 그의 초상화를 보면서 마치 아는 사람을 만나는 것 같은 친근감을 느낄 수 있었던 것이다. 말만 할 수 있다면 오랜 친지같이 그들과 사적인 대화도 나눌 수 있을 것 같았다.

그런 특이한 친화감을 즐기며 인물들을 둘러보던 나는 한 연만한 조선 여인의 초상 앞에서 발이 딱 멈춰 서고 말았다. 변 화백의 어머니 초상이었다. 여기에는 쉽게 지나칠 수 없는 기막힌 사연과 짙고 복잡한 정서가 어리어 있었던 것이다.

검정 치마 흰 저고리의 한복을 차려입은 70대쯤의 여인은 후덕한 얼굴에 풍신한 체격이었다. 그러나 그의 어깨가 약간 앞으로 굽은 것은 그가 평생 짊어져 온 삶의 무게를 느끼게 하였다. 그의 머리는 백발이었고 눈까풀도 주름져 있었는데 왼쪽이 조금 더 내려앉은 것은 필경 수없이 많이 흘린 눈물 때문이었을 것이다. 그럼에도 불구하고 지그시 앞을 응시하는 두 눈은 갖은 풍상을 다 겪고 나서 이제는 어떤 일이 일어나더라도 더 놀랄 것이 없다는 듯한 표정이었다. 그 의연함에는 모든 역경을 묵묵히 견뎌 내어 결국은 생명을 일구어 내는 대지의 무궁한 힘과 같은 깊이와 대범함이 있었다. 발등까지 덮은 검은 치마를 두른 하반신이 마치 대지에 뿌리 박은 거목 같은 느낌을 주는 것도 이런 효과를 내는 데에 일조하였다.

변 화백은 그림의 배경을 짙은 어두운 색으로 처리하고 아무것도 그리지 않았다. 주위에 왜 침대나 의자, 양탄자 같은 중앙아시아의 기물들이 없었겠냐만 그런 것들은 평생 같이 살았어도 자기 어머니의 본질적인 삶과 무관한 것이었기 때문일 것이다. 그런 것 대신 그는 오지항아리를 하나 곁에 그려 놓았다. 그 여인이 의지할 아무것도, 그를 감싸 줄 아무것도 없는 캄캄한 세상에 오직 오지항아리 하나라! 그것을 보는 순간 나의 입에서는 "아!" 하는 탄성이 부지불식간에 터져 나왔다. 변 화백에게 그것은 자기 어머니의 분신이었던 것이다. 그것은 연해주에서 평화롭게 살던 어느 날 날벼락 같은 소개령이 떨어졌을 때 그 황망 중에서도 목숨같이 끌어안고 온 도깨그릇이었을 것이다. 그러나 그 항아리의 내력이 어찌 연해주서부터이랴. 그 항아리는 한반도 어느 곳에서 빚어진 것이 틀림없고, 그곳에서부터 살 곳을 찾아 만주 벌판을 지나 연해주까지 흘러오는 수천 리 길에도 이 여인과 같이 왔을 것이다. 조선의 황토로 빚은 항아리 — 그보다 더 조선 백성, 특히 조선 여인의 삶을 적절히 상징하는 것이 달리 무엇이 있을 것인가.

그리고 그 안에는 필경 된장이 담겨 있었을 것이다. 변 화백의 어머니는 그것을 끓여 먹여 자식들을 키웠을 것이고, 이제는 러시아인 며느리에게도, 거기서 난 손자들에게도 먹이고 있었을 것이다. 그 오지항아리와 거기에 든 음식, 그리고 고향은 꿈길로도 닿지 않을 만큼 멀리 떨어진 이국땅에서도 곱게 차려입은 한복 — 그 끈질긴 조선인의 정체성은 나라 잃은 백성, 남의 나라에서도 다시 내쫓긴 버려진 종족, 그중에서도 또 약자인 여인이 지킨 것이기에 눈물겨움을 넘어 머리가 숙여지는 숭고함으로 다가왔다.

그렇게 살아온 자기 어머니의 일생을 변 화백은 그의 두 손으로 집약하고 있었다. 마치 예를 올릴 듯이 앞으로 공손히 맞쥐고 있는 두 손은 여인의 손이라고 하기에는 너무나 투박하고 뭉툭하였다. 그것은 얼음물이면 얼음을 깨고 들어갔고 불구덩이이면 불덩이도 집었으며 흙을 헤집고 돌을 파내느라고 뼈마디가 굵어지고 손끝이 무디어진 손이었다. 수다한 식구의 입에 먹을 것을 마련하고 가정을 세운 손, 그 모든 공이 제 것이건만 그것을 모르는 채 겸허하게 자신을 낮추고 있는 손 — 나는 와락 그 손을 가 붙잡고 목 놓아 울고 싶었다.

그러나 그것은 슬프기만 한 손이 아니었다. 그것은 또한 끝없는 봉사와 헌신과 자기희생으로 사랑을 실천한 위대하고 거룩한 손이었다. 나는 그런 손을 변 화백의 어머니에게서 말고는 테레사 수녀에게서 보았을 뿐이다. 그래서 그 손은 붙잡으면 눈물을 흘릴 뿐 아니라 무릎 꿇고 경배하고 싶은 손이었다. 변 화백은 당연히 그 손을 화면의 정중앙에, 조명이 제일 밝은 곳에 위치시켜 강조하고 있었다.

세계 어느 곳의 어머니건 자식들에게는 사랑과 헌신의 화신임은 마찬가지일 터이다. 그러나 나라 잃은 백성의 여인으로 고향에서 수천 리 떨어진 타국에 살림을 차렸다가 다시 그곳에서 수천 리를 더 멀리 쫓겨 산 설고 물 선 곳으로 와서도 여전히 조국의 생활 방식을 지키며 살면서 자식을 훌륭히 교육시켜 러시아 굴지의 예술가로 키워 낸 어머니는 조선의 어머니밖에 없을 것이다. 변 화백이 이 초상화를 자기 화실에서 제일 눈에 띄는 곳에 걸어 놓고 늘 쳐다보았다는 것도 이 특별한 어머니에 대한 그의 깊은 존경심 엿볼 수 있게 한다.

이런 면에서 변 화백이 초상 아래쪽에 단정한 한글로 '어머니'라고 써 놓은 것은 의미심장하다. 그것은 그림의 제목이 아니었다. 제

인물화첩(人物畫帖)

목이면 그림 밖 여백에 조그맣게 써 놓을 것이지 그렇게 그림 위에 크게 써놨을 리가 없다. 또 제목이면 러시아어나 영어로 쓸 것이지 러시아 바닥에서 누가 알아보라고 한글로 써놓을 것인가? 그것은 그가 그림 위에 일부러 덧붙인 것임에 틀림없었다. 자기 어머니가 살아온 기구한 역정과 독특한 생활방식과 자식들에 대한 절절한 사랑은 그 어느 말로도 담을 수 없고 오직 우리말로 '어머니'라고 해야만 제대로 포괄할 수 있는데, 인물의 영혼을 화폭에 담아 낼 수 있는 그의 도저한 화필로도 그것은 끝내 다 표현해 낼 수 없었을 것이다. 그래서 그 미진한 바를 그대로 '어머니'라고 적어 놓았을 것이다. 그는 자기 어머니 앞에서 예술의 한계를 고백한 것이다.

변월룡 화백의 어머니는 거기 그렇게 예술의 한계를 넘어 홀로 서 있었다. (2016. 8)

나건석 선생님

내가 처음으로 대학에 출강한 곳은 연세대학교 교양학부였다. 연세대는 당시 공간 사정이 좋았는지 교양학부 강사실이 상당히 널찍하고 번듯하였다. 그곳은 모든 강사들이 다 모이는 곳이어서 나는 영어 강사는 물론이고, 다른 과목의 젊은 강사들도 그곳에서 많이 알게 되었다.

그런데 각과의 교수들도 교양과목을 한 과목씩 담당하고 있었기 때문에 이분들도 강의하러 나와서는 이 방을 이용하였다. 그분들은 주로 안쪽 창가에 자리를 잡고 앉으셨고 우리 젊은 축은 문간 쪽에 몰려 앉았기 때문에 그분들과 직접 대화할 기회는 별로 없었다. 더구나 나는 타 대학 출신이라 선생님들을 잘 모르니까 나보다 연배가 위로 보이는 분들에게는 덮어놓고 누구에게나 인사를 꾸벅꾸벅 하였고 그러면서 차차 성함과 사람을 맞춰 나갔다.

나 선생님도 그런 식으로 알게 되었다. 선생님은 체구가 작은 편이

인물화첩(人物畵帖)

었고 늘 캡을 쓰고 다니셨는데 벗으면 머리는 반백이었다. 정장을 하신 것을 본 기억이 없을 정도로 언제나 수수한 평상복에 빛바랜 낡은 바바리코트를 자주 입고 다니셨다. 사람을 대할 때면 다정하게 미소를 지으셨지만, 모가 진 눈매나 카랑카랑한 목소리는 범상치 않은 성깔의 소유자임을 짐작케 하였다. 선생님은 영어 회화 강사로 라디오 방송에 오래 출연하셔서 누구나 다 아는 유명 인사였으나, 그런 사람들에 관해 우리가 흔히 상상하는 화려한 외모와는 전혀 다른, 너무나 평범한 동네 아저씨 같은 인상이었다.

시간 강사 노릇을 시작한 지 2, 3년 만에 나는 중앙대학에 전임이 되었는데, 그러고도 얼마간 연세대학은 계속해 더 출강하였다. 그러던 어느 날 나 선생님이 나를 부르시더니 조용히 상의할 것이 있다고 하셨다. 내게는 무척 뜻밖이었다. 마주치면 목례만 했을 뿐, 선생님께 정식으로 인사를 드린 기억도 없는데, 내게 무슨 용건이 있으신지 짐작이 안 되었던 것이다.

약속한 시간에 조용한 곳에서 선생님과 마주 앉으니까, 대뜸, "김 선생, 나하고 고등학교 교과서 같이 하지 않으시려오? 일은 두 사람이 똑같이 하는 것이오. 따라서 셰어(share)도 50대 50이오." 하시는 것이었다. 나는 너무나 뜻밖의 제의라서 얼른 대답이 나오지 않았다. 그래서 우선 파트너로 택해 주신 데에 감사를 드린다고 인사를 하고는, 교과서 집필은 한 번도 생각해 본 적이 없으므로 며칠만 여유를 주시면 답을 드리겠노라 하고는 헤어졌다.

집에 와서 곰곰이 생각해 보니 여러 가지로 해 볼 만한 일이었다.

나는 미국 가기 전에 고등학교 영어 교사를 한 3년 했는데 미국 가서 생활해 보니까 우리 고교 영어 교육의 문제점들을 실증적으로 체험할 수 있었다. 그래서 영어 교과서에 내 뜻을 펼쳐 본다는 것은 크게 의의 있는 일이라고 생각되었다. 그뿐만 아니라, 그리해서 선정이 되면 영광임은 물론, 당시 내가 처해 있었던 경제적 문제도 해결해 줄 수 있을 것으로 기대되었다. 나는 당시 결혼을 앞두고 있었는데, 전세거리도 마련하지 못한 처지였던 것이다.

그래서 좀 더 자세히 알아보니까, 그때가 고등학교 교과서의 새로운 검인정을 앞두고 있는 때였는데 나 선생님은 출판계에서 '보증수표'로 알려져 있을 정도로 선호하는 집필자였던 것이다. 그렇게 고명한 분이 나 같은 무명 인사에게 교과서를 같이 쓰자는 제의를 했다는 것은 내게 큰 행운이 아닐 수 없었다. 단지 걱정되는 것은 이제 막 전임이 된 소장 학자로서 공부를 더 부지런히 해야 할 터인데, 교과서 집필로 그럴 시간을 많이 빼앗기지 않을까 하는 점이었다. 그런데 교과서 집필은 한시적인 것이고 주말에만 작업을 한다 하니 크게 문제될 것 같지 않았다.

그래서 다음 출강하는 날 나 선생님을 찾아뵙고, 교과서 집필은 해본 적이 없지만 선생님께 배우면서 한번 해 보고 싶노라고 말씀을 드렸다. 그랬더니 기뻐하시며 그날로 나를 데리고 출판사로 가서 같이 계약을 하셨다. 나 선생님은 당연히 최고급의 계약금을 받으셨는데, 나도 동등한 공저자이니까 똑같이 받아야 된다고 선생님이 주장하셔서 나도 같은 액수를 받았다. 그 계약금은 조금 더 보태면 변두리에 허름한 작은 집을 하나 구입할 수 있을 정도의 금액이었다. 나는 선생님의 호의에 깊이 감사했고, 공정한 처사에 감동했다.

선생님의 공정성은 작업에서도 나타났다. 선생님은 큰 틀만 제시하시고 작업은 대개 내가 해놓으면 나중에 검토나 하시는 형태로 일이 진행되지 않을까 하고 생각했었는데, 그게 아니었다. 우리는 똑같은 시간에 출근해서 같이 일하고 같은 시간에 퇴근하였다. 실제 작업도 선생님이 나보다 더 하면 더 했지 덜 하지 않으셨다.

인세를 반반씩 나누자는 것도 사실 파격적인 제의였다. 나중에 안 일이지만, 다른 팀에서는 원로 교수가 경험이 적은 소장 학자나 제자와 함께 만드는 경우 그들을 집필하는 동안 한시적으로 고용하여 임금만 지불하고 말기도 하고, 공저자로 끼워 주더라도 인세 배당에 차등을 두는 것이 상례였다. 나는 나 선생님의 제자는 아니지만 연배로 보아 제자뻘일 뿐 아니라 교과서 집필에는 전혀 맹문이었으므로 당시의 관행으로는 당연히 차등이 있을 경우였다.

나 선생님은 대표적인 서구 언어에 통달했던 것만큼 서구 문화도 그만큼 체질화하고 계셨던 것이다. 즉, 일에 관한 한 나이나 지위에 관계없이 일을 수행할 수 있는 능력을 위주로 사람을 택한다는 것, 또 같은 일을 하면 마땅히 같은 액수의 보수를 받아야 한다는 것 등, 서구적 사고방식과 가치관이 체질화되어 있었기 때문에 내게 그렇게 파격적인 대우를 해 주실 수 있었던 것이다.

같이 일하는 동안 선생님은 여러 가지로 내게 깊은 인상을 남기셨다. 첫째는 꾸준한 작업 습관이었다. 선생님은 늘 "일은 벽돌 쌓듯이

해야 합니다"라고 하면서 우리를 이끄셨다. 그래서 우리는 서두르는 법도 없었지만 시간을 허송하는 법도 없이 늘 정해진 시간에 출근하여 그날 할 일의 양을 꼭꼭 채워 갔다. 막판에 가자 다른 팀은 야근을 한다, 농성을 한다며 야단이었지만, 우리는 일을 그렇게 착착 진행한 결과 기한 내에 여유 있게 마칠 수 있었다.

선생님은 대단히 검소하셨는데, 특히 당신의 외양에 관해서는 지나칠 정도였다. 면도 후에 얼굴에 그 흔한 로션 한 가지도 바르시지 않는 것이 분명한 것은 가을서부터는 면도한 자리에 피부가 허옇게 일어나는 것을 보면 알 수 있었다. 또 신발은 남대문시장이나 광화문 지하도에서 파는 싸구려 구두를 애용하셨다. 그냥 검소할 정도가 아니라, 생활에 꼭 필요한 최소한의 것 이상의 것을 갖는 것은 사치로 금기시하는 청교도적인 절제를 행하시는 것 같았다.

교회에는 나가시는 것 같지 않았는데, 그런 청교도적인 태도는 작은 것에도 늘 감사해하시는 데에서도 나타났다. 출판사에 나가서 집필하는 동안은 출판사에서 점심을 대접했는데, 어쩌다 사장이나 전무가 나와서 특별히 값진 요리를 낼 때도 있었지만 대부분은 담당 직원들과 함께 나가서 사 먹는 값싼 음식이었다. 그 소찬을 선생님은 맛있게 드시면서 늘 "우리가 이렇게 먹을 수 있는 것이 참 고마운 일입니다. 이거 대단한 것입니다" 하셨다. 일제 말기와 해방 직후, 그리고 전쟁 통에 우리 민족이 겪은 빈곤을 상기하며 하시는 말씀이었다. 그리고 그 같은 발전은 당시 박정희 대통령의 영도 덕택이라고 역설하셨다. 미국서 자유주의 물을 잔뜩 먹고 돌아온 나는 박 대통령의 억압적 통치를

인물화첩(人物畫帖)

비판하면서 그의 치적을 평가절하하며 반발했다. 그러면 선생님은 "김 선생은 아직 젊어서 몰라" 하시며 웃을 뿐 더 대꾸하지 않으셨다.

나중에 안 것이지만, 선생님은 통역장교로 소령까지 복무하셨는데 박 대통령이 군인으로 대구 육군정보학교 교장으로 있을 때 그의 영문 보좌관을 하셨단다. 박 대통령에 대한 존경과 신뢰는 그때 직접 겪어 본 체험을 바탕으로 한 것이었기에 확고부동하였다. 그래서 그가 시해되었을 때 선생님은 누구보다도 애통해하셨으며, 실제로 광화문에 차려진 빈소에 가서 분향을 하고 통곡하셨다.

박 대통령과의 그런 인연으로 군인 시절에 소위 혁명 주체 세력의 여러 인사들과도 같은 사무실에서 근무하셨다고 한다. 그러니 정계에 뜻이 있었으면 그쪽으로 진출할 기회도 있었을 것이다. 그러나 선생님은 그들과 일체의 연락을 끊고, 다만 그들이 국사를 잘 수행해 나가기를 바라며 멀리서 지켜보기만 하셨다. 우리는 권력욕이나 명예욕은 허욕이라고 입으로는 흔히 쉽게 말한다. 그러나 선생님처럼 그것을 말이 아니라 실제로 실천한 사람을 나는 별로 보지 못했다.

이렇게 교과서 작성 요령뿐만 아니라 인생에 대해서도 여러 가지를 배우면서 나는 나 선생님과 한 번 더 교과서를 집필했다. 그리고 그다음에 검인정 교과서에서 손을 뗐다. 나 선생님과 함께 일하는 데 문제가 있는 것은 전혀 아니었다. 인세 문제로 출판업자들과 거래하게 되니까 처음의 말과 달라지는 것도 있고 의심나는 것도 생겼다. 그런데 그런 것을 장사하는 사람들과 따지려면 그들처럼 영악스러워져야 했다. 나 같은 책상물림은 그렇게 될 수도 없고 되고 싶지도 않았다. 또 이윤을 목적으로 하는 사람들은 우리하고는 생각이 다른 사람들이어서 그들과 엮이다 보면 어떤 일에 휩쓸리게 될지 모른다는 것도 불안하고 싫었다. 그뿐만 아니라 출판사는 사운을 걸다시피 하고 거액을 들여 교과서를 개발하는데 그 결과 선정이 안 되면 회사에게 미안하고 빚진 마음을 항상 갖게 될 것도 싫었다.

이런 연유로 교과서하고는 연을 끊었지만 나 선생님하고는 계속 가까운 관계를 유지했다. 선생님은 "남자는 사십 전에 생활의 안정을 확립해야 한다"고 나에게 자주 충고하셨다. 나는 그것을 사십 전에 항산(恒産)을 만들어야 항심(恒心)을 바랄 수 있다는 뜻으로 받아들여 여축에 힘썼다. 그러는 나에게 선생님은 경제적으로 보탬이 될 일을 여러 가지 알선해줌으로써 도움을 주셨다.

나 선생님이 나를 가까이하신 데에는 선생님 주위에 친지가 별로 없다는 점도 한몫을 한 것 같다. 내가 보기에 선생님은 좀 외로운 분이었다. 본래가 평안도 분인데 어려서부터 혼자 객지로 떠돌아다녔고 해방 후에도 혼자 남한에 남으셔서 친척이 별로 없는 듯했다. 또 학교에서도 스승으로 모시는 제자도 별로 눈에 띄지 않고, 연세대 출신이 아니시라서 동료 중에 가깝게 따르는 후배도 있는 것 같지 않았다. 그래 그런지 내가 종종 점심이라도 대접하면 여간 기꺼워하지 않으셨다. 좀 좋은 음식을 대접하려고 하여도 선생님은 한사코 마다하시면서 매번 나베우동이나 드시겠다고 우기셨다. 싸움 싸우듯 하여 좀 나은 음식을 주문하고 나서 반주를 권하면 언제나 캔맥주 하나를 청하셨다. 주량은 한 캔이 고작이었는데, 그것도 반도 비우시기 전에 벌써 얼굴에 취

인물화첩(人物畫帖)

기가 도도해졌다. 네게 베푸신 것을 생각하면 그런 점심은 암만이라도 받아 잡수셔도 될 처지이시지만 헤어질 때면 "다음은 내 차례요"라고 꼭 다짐하셨고 또 실제로 꼬박꼬박 그 약속을 실행하셨다.

나는 정년하기 전 마지막 안식년을 미국에서 보냈는데 그러느라고 한동안 나 선생님과 격조했었다. 돌아와 얼마 안 되어 선생님 댁으로 전화를 드렸더니 그새 돌아가셨다는 것이었다. 너무도 뜻밖이라 놀랍기도 했지만, 무엇보다도 생전에 좀 더 자주 모시지 못한 것이 회한이 되어 가슴을 쳤다. 선생님은 늘 내게 베푸셨는데 나는 보답다운 보답을 해드리지 못했던 것이다.

이래서 나 선생님에게는 늘 부채감을 지고 있었는데, 근래에 우연한 기회에 선생님이 당신의 은사이신 맥타가트(Arthur J. McTaggart) 박사를 회고한 글을 읽으면서 마음의 짐을 약간 덜게 되었다. 그 글을 보니 선생님은 또 맥타가트 박사로부터 많은 은혜를 입으셨던 것이다. 사람의 관계에는 이렇게 일방적으로 주거나 일방적으로 받기만 하는 경우가 있게 마련인 모양이다. 그러니 받은 사람은 꼭 베푼 사람에게 되갚으려고만 애쓸 것이 아니라, 다른 사람에게 베풂으로써 그 빚을 갚을 수 있고, 또 그러는 것이 사회적으로 더 유익한 방법이 되리라는 생각이 들었다.

"그렇다면 지금 나는 누구에게 베풀고 있는가?" 곰곰이 자성해 보아야 할 일이다. 그리고 나로 하여금 이런 자성의 기회를 갖게 한 것 또한 선생님이 내게 끼치신 큰 은혜 중의 하나일 것이다.　　(2015. 9)

이창배 선생님을 그리며

이창배 선생님은 당신이 재직하셨던 대학교에서는 학처장과 대학원장을 두루 역임하셨고 밖으로는 한국영어영문학회와 그 밖의 여러 학술단체의 수장직을 거치셨을 정도로 학덕이 클 뿐만 아니라, 열두 권에 달하는 방대한 전집 속에 다수의 학술 논저를 저술하신 분이어서 내가 새삼 그분의 학문적 성취를 논하는 것은 그야말로 사족이 아닐 수 없다. 그래서 여기서 나는 선생님을 가까이 대할 기회가 비교적 많았던 사람의 하나로서 평소에 내가 느낀 그분의 인간적인 면모에 대해 몇 가지 회고해볼까 한다.

이 선생님은 솔직, 담백하면서 활달한 성품으로 매사에 시비나 호오(好惡)가 분명하였다. 따라서 사물에 대한 판단도 신속하고 명쾌하였는데, 그런 판단은 많은 사람의 경우 독선이나 아집에 물들기 쉬운 것이지만, 선생님 경우는 언제나 건전한 양식과 전통적 규범에 입각한 것이었기 때문에 모두가 수긍할 수 있는 탁견이었다. 영문학회와 같이 회원 수와 소집단 수가 많은 단체에는 개인의 의견이나 집단 간 이해가 상충되는 경우가 불소하다. 이 선생님은 회장직에 계셨을 때는 물론이고, 물러나신 후에도 학회의 원로로서 이런 경우 쌍방이 모두가 승복할 수 있는 적절한 안을 제시하여 중재 역할을 자주 하신 것으로 알고 있다. 이것이 선생님이 학회의 후배들로부터 널리 존경을 받는 이유 중의 하나인데, 이 역시 그분의 정확하고 공정한 판단력을 입증하는 것이다.

카랑카랑한 목소리와 예리한 안광은 얼른 보기에 매우 접근하기 어려운 분이라는 인상을 주었으나, 실제로는 부드럽고 온화한 면이 그보다 훨씬 승한 분이셨다. 이 선생님이 동년배의 다른 어느 원로 학자보다 폭넓은 교유 관계를 가지셨다는 것이 이를 단적으로 증명한다. 와병하시기 직전까지 고령에도 불구하고 학회 활동을 계속하는 한편, 사교 모임도 자주 가지면서 만년에도 늘 여러 사람과 어울리셨다. 선생님 주위에 사람들이 많이 모인 것은 사람을 좋아하는 선생님의 소탈한 성품과 사람들로 하여금 정을 느끼게 하는 특유의 친화력 때문일 것이다. 사실 선생님과 함께 있으면, 대선배와 자리를 같이한다는 부담감은 곧 사라지고, 금방 격의 없는 대화를 나누게 되었던 것이다.

이 선생님이 그렇게 여러 부류의 인사와 교유할 수 있었던 또 한 가지 이유는 외적인 차이를 불문하고 오직 사람을 보고 사귀셨다는 것이다. 만년에 가까이하신 분들의 면모를 살펴보면, 선생님과 출신 학교가 같은 분은 거의 없고, 재직했던 대학교도 다 각각이고, 전공도

각 분야에 펼쳐져 있으며, 나이도 근 20년 상간 되는 사람들이었다. 덕분에 나같이 학문적으로 선생님과 직접적인 관련도 없고 나이도 한참 후배인 자도 선생님과 자주 자리를 같이할 수 있었던 것이다.

이 선생님이 이런 폭넓은 친화력을 가지신 것은, 모임이나 회의에서 어른 노릇을 할 때는 분명히 하셨지만, 그렇지 않은 때에는 소년같이 천진하고 순수한 마음씨를 보이셨기 때문일 것이다. 그런 마음씨는 천품이기도 하려니와, 또 한편으로는 평생 영미시를 연구하며 무구한 시의 세계에서 노니셨기 때문이 아닐까 생각된다.

내가 알기로 이 선생님은 문집에 시를 남기시지는 않으셨다. 그러나 평생을 시와 함께 지낸 분의 글에 어찌 문학성이 발현되지 않을 수 있겠는가? 선생님은 엘리엇과 예이츠를 비롯해서 영미의 주요 시인들의 시를 많이 번역하셨는데, 곳곳에 보이는 유려한 우리말의 구사는 감탄을 자아낼 정도이다. 또 여러 권으로 펼쳐내신 수필에서도 높은 문학적 성취를 보이셨다. 가령「광안(廣顔)」 같은 글에서는 스스로를 희화화하는 유머 감각과 기지가 발휘되어 있고,「가장(家長)은 외롭다」라는 긴 글에서는 현하(懸河) 같은 언변과 전통문화에 대한 깊은 이해가 독자를 압도하는가 하면, 왜소하고 초라해진 현대 가장에 대한 곡진한 묘사로써 독자로 하여금 깊은 페이소스와 아울러 해학의 묘미를 느끼게 한다. 또「유월(六月)의 산」 같은 글은 전편에 시정(詩情)이 넘쳐흘러서 한 편의 산문시를 읽는 감흥을 주고 있다. 이처럼 선생님은 문필가로서도 다양한 문학적 기교를 자유자재로 구사할 수 있는 높은 경지에 도달하셨던 것이다.

그런가 하면, 선생님에게는 조선 시대의 선비 같은 의연한 면도 갖추고 계셨다. 위중한 병으로 큰 수술을 받으신 후 아드님 댁에서 요양하고 계시다 하여 즉시 찾아가 뵈었다. 사형선고나 다름없는 중병을 앓는 사람은 대개 의기소침해지거나 우울증에 시달리는 것이 상례이지만, 선생님은 목소리의 힘이 조금 약해진 것을 제외하고는 태연한 얼굴 표정이나 흔연한 대인 접대 등, 전과 조금도 다름이 없었다. 죽음의 어두운 그림자조차도 선생님의 평상심을 어지럽히지 못했다는 증좌였다. 더욱 놀라운 것은 수술 후에 대부분 다 받는 항암 치료를 거부하셨다는 것이었다.

"재발을 하면 언제쯤 발병을 하느냐 물었더니 한 2년 후쯤이라고 그래요. 2년 후면 내가 90이 넘는데 그만큼 살았으면 족하지 뭘 더 살겠다고 항암 치료를 받겠습니까?"

선생님이 들려주신 이유는 이처럼 간단명료했다. 나이 많은 사람에게도 생명에 대한 애착은 다 마찬가지이고, 실은 죽음에 가까울수록 생에 더욱 매달리는 것이 상례라고 한다. 그러나 선생님은 유가(儒家)의 선비들이 명리나 재물에 대해서 지키려 했던 안분지족(安分知足)을 당신의 생명에 대해서까지 지키려 하시는 것이었다. 그 말씀을 듣고, "그래도 항암 치료는 받으셔야지요"라고 권유해드리고 싶었지만, 그것이 끝까지 의연한 자세를 지키시려는 선생님의 고매한 뜻을 훼손시키는 것 같아서, 끝내 말씀을 못 드리고 물러나오고 말았다.

나무가 크면 덕도 그만큼 커서 그것에 의지해 사는 것들이 많다 한다. 이창배 선생님은 그런 큰 나무와 같은 분이셨다. 언제나 거목처럼 우리 곁에 버티고 서 계셔서 우리 후학들이 오래도록 믿고 의지하리라고 믿었는데 너무나 갑자기 떠나시고 말았다. 그래서 어느덧 1주기가 되었다 하지만, 아직도 전화벨이 울려 수화기를 들 때면, "아, 김 선생. 이창배입니다" 하는 선생님의 카랑카랑한 목소리가 들려오지 않을까 하는 허망한 기대를 하는 때가 많다.   (2014. 4)

2

무지갯빛 나날들

이제 곧 달이 바뀌면 가을이다. 소슬한 가을바람이 불어오면 코스모스, 들국화가
흔들리면서 내 마음도 같이 흔들릴 것이다. 그 다음에 낙엽이 날리고 물가의 갈대가
서걱거리면 까닭 모를 시름으로 전전반측하는 밤도 올 것이다.

바닷가의 집

1970년대 말이었다. 어느 날 산여(山如)가 느닷없이 바닷가에 집 한 채 가질 생각 없느냐고 물어왔다. "생각이 없느냐?"라니! 그것은 그 나 나나 늘 바라던 꿈이 아니던가! 어디냐고 물었더니 동해의 주문진 (注文津) 근처라 했다. 나는 우선 집에서 바다가 보이냐고 물었다. 그렇 다는 것이다. 누가 바다가 내려다보이는 언덕에 방갈로를 10여 채 지 어서 분양하는데 산여네 학교 선배 교수가 한 채를 사면서(그 당시 나는 산여와 다른 학교에서 근무했다) 그에게 정보를 주었다는 것이다. 집값은 500만 원인데 혼자 부담하기에는 힘겨우니까 둘이 반씩 내어 사자는 제안이었다.

마침 책을 번역하고 받은 원고료가 있어서 우선 계약금을 지불할 돈은 수중에 있었다. 그런데 그때 내가 살고 있던 남가좌동의 작은 집 이 바로 3, 4년 전에 500여 만 원을 주고 장만한 집이었다. 그러니 시 골집 치고는 대단히 비싼 값이었다. 더구나 우리는 그 남가좌동 집을 팔고 좀 더 나은 집으로 이사를 가야만 할 처지였다. 우선 아이들이 곧 자랄 터인데 공부방으로 줄 곳이 없었다. 그런 데다가 그 집은 집장수 집이어서 부실하기 짝이 없었다. 안방에 누워 천장을 쳐다보면 반자 구석이 말라 벌어진 틈으로 별이 보이는 집이었다. 나하고 아내는 처음에는 이 황당한 사실을 발견하고 너무 놀라서 불안해하다가, 커튼을 친 방 안에서도 별을 볼 수 있는 낭만적인 침실이라고 억지로 위안을 삼고 살고 있었다. 그러니 한데 바람이 그대로 방 안으로 들어와서 겨울에는 이불을 뒤집어쓰지 않으면 코가 얼어서 못 잘 지경이었다. 그렇게 틈새가 많았으니 틀림없이 연탄가스도 스며들었을 터인데 그 지독한 외풍으로 환기가 잘 된 덕택에 무사했을 것이다. 그런 집에 살면서 그만한 값의 바닷가 별장을 산다는 것은, 비록 집값을 둘이 별러 내는 것이기는 했지만, 벌거벗고 환도 차는 격이 아닐 수 없었다.

그러나 동해 바닷가에 집을 갖는다는 꿈같은 전망이 나를 사로잡았다. '마루에서, 마당에서 시원한 해풍을 맞으며 바다를 내다볼 수 있을 거야. 그리고 조금만 걸어 내려가면 하얀 백사장과 그 뒤로 짙푸른 쪽빛의 바다. 그러면 여름은 얼마나 즐거워질까? 바닷가 민박집의 불편과 텐트 생활의 고통을 생각해 보라. 잠자리 편하고 변소 마음대로 쓸 수 있고, 수돗물 나오면 천국 아닌가? 아니, 여름만이 아니지 않아. 겨울 바다는 또 얼마나 좋아. 인적 없는 사장을 거닐며 저 혼자 소리치는 바다를 바라보다가, 한기가 느껴지면 횟집을 찾아 들어가서 뜨끈한 매운탕을 시켜 놓고 소주 한잔 기울이는 맛은 또 어떻고? 저녁때 방에 군불을 지펴 놓고 들어와서 불을 끈 깜깜한 방에 누워서 해조음을 듣는 맛도 좋을 거야. 또 바다 말고 산도 있지 않아. 설악산에 가기 위한 전진 기지로, 오대산을 등반하고 내려와 쉬는 휴식처로 쓰면 1년 사시절을 이용할 수 있을 거야. 나만이 아니라 아이들에게는 또 얼마나 좋은 경험이 될까. 도시만 보며 자라는 아이들에게 좋은 자연 교육장도 될 거야. 아내도 여름에 고생을 덜 것이고, 본래 바닷가가 고향인 사람이니까 좋아할 거야.'

이렇게 생각을 하니 그곳에 집을 사는 것이 전혀 분수에 넘치는 사치로 생각되지 않았다. 오히려 인생을 좀 더 사는 것같이 살기 위해서는 마땅히 그런 집이 있어야 될 것 같이 생각되었다. 그래서 덜컥 계약을 하고 말았다.

그때 나는 저녁에 모 연수원에 나가서 영어 강의를 했는데 그곳의 강사료가 당시로는 파격적으로 높았다. 그 가외 수입으로 꽤 여축을 할 수 있었다. 얼마 후 그 돈으로 중도금을 치르려고 하자 집안의 어른들이 충고하셨다. 아무리 작은 것이라도 집을 사는데 가서 직접 보지도 않고 중도금을 치르는 것은 말이 안 된다는 말씀이었다. 마침 산여도 어머님으로부터 비슷한 내용의 말씀을 들었다 하여 둘이서 주말을 이용해서 현장을 가 보기로 했다.

모처럼 날을 잡아 고속버스를 타고 강릉을 향해 오후에 출발하였는데 날이 흐려서 원주를 좀 지나서부터 어둡기 시작했다. 날씨는 갈수록 점점 더 꾸물거리더니 버스가 깜깜해진 대관령을 올라갈 때에는 차창에 빗방울이 가끔 떨어졌다. 그래서 강릉에 가면 비를 만나겠구나 걱정을 하였다.

그런데 이게 웬 일인가! 차가 대관령 정상에 올라서자, 눈앞이 탁 터지면서 일망무제 바다가 쫙 펼쳐져 있는 것이 아닌가. 하늘은 구름 한 점 없이 쾌청인데 우리의 눈높이쯤에 보름달이 둥그렇게 떠 있었고, 동녘 바다 끝에서부터 길게 뻗쳐 있는 달기둥에는 황금색 물결이 일렁이고 있었다. 이 장관을 보자 우리는 동시에 "야, 술!" 하고 소리쳤다. 준비성 많은 산여는 가방에서 마른안주와 소주 한 병을 끄집어내었다. 우리는 아름다운 동해 바다를 위해, 그리고 우리가 살 집을 위해, 연거푸 축배를 들었다. 그리고 이렇게 조짐이 좋으니 집은 가보나마나 좋을 것이라고 서로에게 덕담을 했다.

　　그날 저녁은 강릉에서 자고 다음 날 아침에 연곡(連谷)에 있다는 그 방갈로를 찾아 나섰다. 연곡천을 지나 소금강 입구에서 버스를 내려 동쪽 바닷가 쪽을 살펴보니까 미리 들은 대로 숲 사이로 오솔길이 나 있었다. 그 길로 들어서니 양쪽에 인가는 없이 소나무만 들어찬 숲이 이어지는데 태반이 아름드리 적송이었다. 그중에는 용틀임을 하고 올라간 멋진 모습이 동양화에 나올 만한 것도 많았다. 우리는 서로를 바라보며 득의의 미소를 지었다. 그 전날 대관령 꼭대기에서 한 예측이 맞아 들어가고 있다는 뜻이었다. 진입로가 이처럼 울창한 송림으로 운치 있을 줄은 몰랐다. 이것은 우리가 기대했던 것 이상이었고 망외(望外)의 소득이었다. 한 10분 걸려 그 숲을 빠져나오니까 작은 육교가 나타났다. 그 육교를 건너서자 곧 아래로 바다가 보였다. 그리고 오른쪽 경사면을 따라 아래로 내려가면서 우리가 찾는 방갈로들이 서 있었다.

무지갯빛 나날들

집은 방이 두 개 달린 열한 평짜리 기역자 집인데, 우리같이 볼 줄을 모르는 자들이 보아도 엉성했다. 그러나 그런 사실이 우리의 한껏 부푼 기분을 꺼뜨리지는 못했다. '집이야 전기, 수도 들어오고, 비바람 막아 주면 된 것 아닌가? 게다가 숲 좋고, 바다 좋고, 전망 좋으면 됐지 무얼 더 바라겠는가? 우리는 이렇게 생각해서 집은 대강 보고 곧장 바닷가로 내려갔다. 한 20호쯤 되는 낮으막한 어부들의 집을 지나 곧 깨끗한 모래사장이 펼쳐졌고 그 뒤로 시원하게 파도치는 맑디맑은 동해의 물이 나타났다. 우리는 환호했다. 그리고 그것으로 마음을 정했다.

그래서 80년대 전반까지 몇 년 동안 우리는 여름이면 세상의 누구도 부럽지 않게 행복했다. 매년 피서철이 되면 우리는 아이들을 데리고 온 가족이 그 방갈로로 가서 일주일, 열흘씩 지내다 왔다. 산여네하고 스케줄이 겹쳐 같이 가면 둘이 죽이 맞아서 더욱 좋았다.

연곡 집에 가면 아침에 생선을 사 오는 것으로 하루가 시작되었다. 아침 일찍이 선착장으로 나가면 정치망을 걷어 들여오는 배들이 있었다. 어촌계 사람들이나 횟집 사람들은 활어만 사 가기 때문에 죽은 것은 값이 쌌다. 그러나 그 고기들은 바로 얼마 전까지 살았던 것들이었다. 횟감은 죽은 지 서너 시간 된 생선이 제일 좋다 하지 않은가? 산여와 내가 그런 것을 서너 마리 사 들고 와서 손질을 해 집사람들에게 주면 회도 뜨고 매운탕도 끓여 그럴듯한 주안상이 차려졌다. 안주가 이렇게 좋으니 술이 없을 수 있을쏜가? 그래서 두 집이 같이 가면 아침부터 술추렴이었다. 오후에 햇볕이 따가워지면 해변으로 나가 아이들하고 물속에서 놀기도 하고 조개도 잡았다. 놀다 지치면 텐트로 돌아와 시원한 해풍을 맞으며 늘어지게 낮잠을 잤다.

저녁 먹고 나서는 아이들을 먼저 씻겨 재우고, 모기를 쫓기 위해 마당에 쑥으로 모닥불을 피웠다. 그리고 어른들은 불가에 둘러앉아 쑥 향기를 맡으며 담소를 즐겼다. 멀리 수평선 위에는 오징어잡이 배들의 집어등이 휘황하였다. 그리고 달 없는 밤에는 촘촘히 들어선 별들 밑으로 별똥별이 죽죽 빛 줄을 그으며 떨어졌다. 그래서 연곡의 낮이 아이들의 웃음소리와 반짝이는 파도가 빚는 경쾌한 희열의 시간이라면, 밤은 어른들의 낮은 목소리와 바다와 하늘의 먼 불빛이 어우러진 유현(幽玄)한 즐거움의 시간이었다.

그곳은 생선 외에도 맛있는 먹을거리가 많았다. 낮에는 아주머니들이 찰옥수수와 과일을 이고 와서 팔았다. 찰옥수수는 익히 먹어 본 터이지만 찰토마토는 연곡 집에서 처음 먹어 보았다. 그것은 전체가 새빨갛게 익은 주먹만큼 큰 토마토인데 과육이 차진 데다가 신맛이 없어서 먹기 좋았다. 밭에서 갓 따 온 참외고 수박도 서울 것하고는 비교가 안 되게 달고 싱싱했다. 또 남작이라는 종의 감자가 있었다. 그것을 삶으면 분(粉)이 많이 날 뿐만 아니라 맛이 배틀하고 고소해서 한없이 입에 당겼다.

이래서 연곡에서의 생활은 오감이 다 만족스런 생활이었다. 그곳에서는 날마다 좋은 날이었다. 온종일 먹고 놀고 웃고 즐기는 것뿐이었으니 어찌 아니 그러랴. 그렇게 한 열흘을 지내고 나면 몸과 마음에 낀 도시의 찌든 때가 다 씻겨 나가는 것 같았다. 그래서 서울로 돌아

무지갯빛 나날들

와서도 힘들고 어려울 때면 그곳에 다시 갈 희망으로 버티며 1년을 견뎠다. 그리고 여름에 다시 가면 그곳은 언제나 소박한 행복으로 우리를 감싸 안아 주었다.

그러나 이런 행복은 오래가지 못했다. 보안이 안 되었기 때문이다. 언덕 아래 관리소에는 젊은 내외가 살면서 집을 본다고 했지만, 우리 집과는 거리가 먼 데다가 문들이 부실하여 집 안의 물건들이 자주 없어졌다. 앞문에 시건 장치를 하였더니 창문을 뜯고 들어왔다. 그리고 어느 해 드디어 문짝까지 떼어 가서 비가 들이쳐 마루와 방바닥이 모두 썩어 버렸다. 그러자 그 집은 순식간에 폐가가 되었다.

그래도 우리는 그 집을 쉽게 포기하지 못했다. 그 꿈같은 여름날의 행복에 대한 애착을 떨칠 수가 없었던 것이다. 그래서 그 집을 어떻게라도 다시 사용할 방도가 없을까 궁리해 보았지만 뾰족한 수가 없었다. 그렇게 주의를 못 정하고 몇 년을 지냈더니 주위에서 폐가가 보기 싫다는 민원이 들어왔다. 게다가 그것도 집이라고 세금 문제까지 겹쳤다. 할 수 없이 산여와 나는 그 집을 파기하기로 결정했다. 다시 짓는다 해도 누가 상주하지 않는 한 똑같은 결과가 초래될 것이 뻔했기 때문이다. 그래서 사람을 시켜 집을 부수고 나니까, 그가 일을 마치고 '멸실(滅失) 확인서'의 사본을 우송해 주었다. 그 증서에는 우리 연곡 집의 주소가 적혀 있고 그것이 없어졌음을 확인한다고 쓰여 있었다.

이리하여 우리의 행복의 터전은 '한여름 밤의 꿈'처럼 사라졌다. 그 종이를 받아 들고 나는 한참 망연자실했다.

"멸실이라!"

다시는 돌이킬 수 없이 확실히 없어졌다는 그 말의 뜻이 주는 상실 감이 가슴을 쳤던 것이다. 그러나 나를 정작 슬프게 했던 것은 그 집을 잃은 것이 아니었다. 그보다는 그 바다와 그 모래사장, 그 하늘의 별과 그 소나무 숲길과, 그리고 젊은 날 짧게나마 향수했던 그 바닷가 삶의 즐거움을 잃은 것이었다.

(2011. 5)

무지갯빛 나날들

종이 사람

젊었을 때는 등산하기로 정한 날이면 일기를 불문하고 산에 올랐다. 가령 추운 날에도 산에 오르면 땀이 날 정도로 몸이 더워지니까 추위 때문에 등산을 미룬 적이 없었다. 추운 날이면 그 추위를 땀 흘려 극복하는 쾌감이 더 있을 뿐이었다. 실은 추울수록 그것을 극복하고 싶은 욕망은 더 치솟아올랐고, 극복하고 나면 그것은 더 큰 기쁨을 안겨 주었기 때문에 추위가 등산을 포기할 이유가 될 수 없었다.

또 날이 아무리 덥다 하더라도 등산 일정을 취소하지 않았다. 산은 평지보다 기온이 몇 도 낮은 데다가 정상에 오르면 으레 시원한 바람이 부니까 더위가 문제 되지도 않았다. 추위와 마찬가지로 실은 더워야 더 큰 즐거움이 있었다. 여름에는 단열되는 용기에다 냉각한 맥주를 몇 캔 넣고 그 위에 얼음 팩을 얹어 가지고 올라갔다. 그 맥주 맛을 극대화하기 위해서 일부러 중도에 물도 되도록 안 마시고 땀을 흘리며 산을 올라갔다. 숨이 턱에 차 정상에 오르고 나면 맨 먼저 하는 일이 그늘진 곳에 자리를 잡고 앉자 맥주를 마시는 것이었다. 아직도 성에가 허연 맥주캔의 뚜껑을 따고 마시는 맥주의 처음 서너 모금은 세상의 무엇과도 비길 수 없는 쾌락을 안겨 주었다. 그것은 사실은 맛만이 아니라 시원함과 맛과 극적인 반전(反轉)이 어우러진 쾌감이었다. 그 찬 맥주를 단내가 날 정도로 덥고 마른 목 속으로 벌컥벌컥 마셔 넣은 것만도 통쾌한 즐거움인데, 혀끝을 짜르르하게 자극하는 탄산수가 몸 안에 들어가면 즉시 뜨거운 몸 구석구석으로 쫙 빨려 들어가는 것 같은 짜릿한 느낌을 주었다. 그리고 그렇게 빨려 들어간 맥주 분자가 수많은 세포 속에서 차가운 기포를 톡톡 터뜨리며 열기를 꺼 버리는 것 같은 쾌감으로 진저리가 쳐졌던 것이다.

그런 쾌감이 온몸에 퍼질 때쯤이면 입안에 쌉쌀한 호프 맛이 돌면서 안주가 당겼다. 고추장을 찍은 날멸치나 소금 간한 견과류가 제격이었다. 그렇게 급한 불을 끄고 나서 천천히 나머지 맥주를 마시며 발아래 연봉을 내려다보고 있노라면 천하에 부러울 것이 없었다.

"이 아무개도 이 맛은 모를걸!"

"그럼. 이렇게 땀 흘리고 올라와야 이 맛을 아는데, 그렇게 돈 많은 사람이 그 고생을 하겠어?"

우리는 이렇게 우리나라에서 제일가는 부자의 이름을 들먹이며 기고만장해하였다. 그러니 남들이 덥다고 등산을 기피하는 것을 우습게 여기지 않을 수 없었다.

눈이 온다는 예보는 오히려 낭보였다. 등산 도중에 눈을 만나는 것은 축복이었기 때문이다. 눈이 온다는 날에는 등산하러 오는 사람도 적지만, 산에 왔던 사람들도 눈발이 날리기 시작하면 서둘러 하산해 버려서 눈이 내리는 산에는 사람이 별로 없었다. 그래서 하늘 가득히 눈이 내려오며 산을 덮기 시작하면 정적도 함께 내려와 쌓였다. 바닥에는 금세 눈이 하얗게 쌓이면서 나무줄기는 그 흰빛과 대조되어 더욱 검게 보였다. 그 검은 나무등걸을 배경으로 빗겨 치는 눈발은 그대로 수묵화였다. 시시로 변하는 이 수묵화를 보며 걷노라면 마음에도 적요(寂寥)가 내려앉았다. 이럴 때는 동행이 있어도 서로 말이 없었다. 여럿이 걸어도 각자 자기의 사색 속에 침잠하여 묵묵히 고개 숙이고 혼자만의 산길을 걷기 때문이었다.

소리 없이 눈 내리는 빈산의 적막감 — 나는 그것이 좋았다. 그 적막감은 온몸을 통해 내게 스며들었다. 마침내 그것이 나를 온전히 채우고 나면 내가 걸치고 있던 세속적인 옷들은 하나둘 벗겨져 없어졌다. 그리하여 내가 자연과 단둘이 적나라한 상태로 대면하는 엄숙한 순간에 이르게 되었다. 그럴 때면 얽혀 있던 삶의 대한 상념들이 한결 간명하게 정리되었다. 눈 내리는 산속을 걷는 것은 그처럼 심오한 종교적 체험 같은 것을 느낄 수 있는 귀한 기회였다.

눈은 오고 난 다음도 좋았다. 눈이 내린 후면 서둘러 등산을 갔다. 남이 밟지 않은 산길을 걸으며 때 묻지 않은 순백색 세상의 아름다움에 마음껏 도취해 보기 위해서였다. 태초에 천지가 창조되고 삼라만상이 생길 때는 모든 것이 기적이었을 것이다. 그러나 우리는 이 기적의 자연을 당연한 것으로 여기고 늘 무심히 보아 왔던 것이다. 그러다가 온 천하가 흰 눈으로 뒤덮인 광경을 볼 때, 우리는 자연에 대해 새삼 신비감과 경이감을 느낄 수 있었다. 눈 내린 산속은 창조가 다시 이루어진 세상이었기 때문이다. 세상은 여러 가지 색이 어우러져야만 아름다운 것이 아니었다. 간간이 보이는 검은 나무등걸과 바위를 빼놓고는 전부가 흰색뿐인데도 하늘에서 햇빛만 비치면 세상은 눈부시게 아름다웠다.

그리고 그 아름다운 세상은 얼마나 평화로웠던가? 삐죽삐죽하고 모졌던 것들은 모두 부드러운 곡선으로 가려지고 딱딱하고 굳은 것은 포근한 눈으로 덮여 있었다. 그 무한히 안온하고 평화로운 세상에서는 아무도 감히 앙칼지고 사나운 얼굴을 할 수 없었으며, 그 조용하고 숙연한 세상에서 아무도 증오와 악의에 찬 소리를 낼 수 없었다. 무한한 신의 사랑같이 온 지상을 덮은 순백의 평화를 보며 우리는 아름다움과 평화가 같은 뿌리에서 나오는 것임을 확인할 수 있었다. 눈은 이처럼 올 때나 오고 나서나 귀중한 체험을 할 수 있게 해 주는데 어찌 피할 리 있었겠는가?

또 비가 오는 날도 개의치 않았다. 비가 오더라도 우리나라에서는 장마철의 한 고비를 제외하고는 하루 온종일 비가 내리는 법이 없다. 그래서 비 올 때도 우산을 들고 오르다 보면 중도에 비가 그치기가 일쑤였다.

우중등산은 주로 여름철에 있는 일인데, 한여름에 산에서 한줄기 소나기를 만나는 데에는 자못 통쾌한 즐거움이 있었다. 훅훅 열기가 달아오르던 땅 위에 굵은 빗줄기가 때리듯 내려치면 마치 천군(天軍)이 마군(魔軍)을 순식간에 섬멸하듯이 지열은 거짓말같이 사라지고 어

무지갯빛 나날들

디선가 서늘한 바람이 불어와서 공기도 청신해졌다. 그러고 나서 비가 걷히면 운무에 잠긴 봉우리들을 내려다보는 맛이 또 일품이었다. 어디 그뿐인가. 햇빛이 다시 나면 깨끗이 씻긴 이파리들은 또 얼마나 영롱하게 빛났으며, 계곡으로 쏟아져 내리는 냇물의 소리는 얼마나 장쾌했던가.

이처럼 비는 비대로 즐거움을 줄 뿐만 아니라, 요즘은 장비가 좋아서 방수 겉옷과 신발을 구비하면 우중에도 젖지 않고 등산을 즐길 수 있으니 비 내리는 것이 등산을 막을 이유가 될 수 없었다. 그래서 아내가 비가 오니 산에 가지 말라고 말려도, "종이 사람인가? 비 온다고 못 나가게" 하며 귓등으로도 듣지 않았다.

이리하여 더우나 추우나, 비가 오나 눈이 내리나 배낭 하나 둘러 메고 줄기차게 산을 올랐다.

　　五岳尋仙不辭遠　　오악의 신선을 찾아다니기 멀다고 마다 않았고
　　一生好入名山遊　　평생 명산에 들어 놀기를 좋아하였노라.

이태백의 이 시구가 마치 나를 위한 것인 양 국내는 물론이고 외국의 명산까지 찾아 산길을 헤맨 지 30년이 되었다. 체력이 좋은 편은 못 됐지만, 몸이 가벼운 덕택에 산을 오르는 것이 별로 힘이 들지도 않았고 고소증(高所症)도 타지 않았다. 그래서 이것은 내가 평생 즐길 수 있는 도락이려니 여겼었다.

그러나 나이가 칠십 줄에 들어서자 사정이 바뀌었다. 심폐 기능도

쇠퇴하고 관절도 문제가 생겼다. 특히 노인에게는 낙상이 제일 위험하다는데, 평형 감각이 저하되고 반사 동작이 느려져서 넘어지면 크게 다칠 위험이 커졌다. 이래서 이제는 자연히 눈, 비 오는 날에는 등산을 삼가게 되었다.

오늘도 등산을 할 날인데 비가 내린다. 창밖을 내다보니 좀처럼 그칠 기미가 보이지 않아서 나는 혼잣말처럼 "오늘은 등산을 접어야겠네"라고 하였더니 이 소리를 들은 아내가 "왜, 종이 사람이 되셨수?" 하고 오금을 박는다. "예끼" 하고 큰소리는 쳤지만, 그러고 보니 지금 내 처지가 갈 데 없는 '종이 사람'이다. 더구나 이제는 이렇게 종이 위에 적는 글로써나 옛날의 사람다운 모습을 되찾을 수 있으니 그런 면에서도 '종이 사람'이 맞는 말이다.

그러나 또 한끝으로는, "종이 아냐 아무러면 어떠랴. 아직도 무엇으로나 사람인 것만도 다행이 아닌가?" 하는 생각이 든다. 그렇게 마음을 돌리고 혼자 껄껄 웃는다.

(2013. 6)

무지갯빛 나날들

문리대 교정의 나무들

5, 60년 전 서울대학교 문리대 교정에는 나무가 그리 많지는 않았지만 지금껏 기억에 남는 나무들이 몇 있다. 그중 가장 유명한 것은 마로니에일 것이다. 하도 유명하여 다른 학교 학생들이 그 나무를 보려고 일부러 찾아올 정도였다. 그러나 온 세상의 심오한 진리를 탐구해 나아갈 학구(學究)라고 자부했던 우리는 그까짓 외국 나무 하나에 혹할까 보냐는 듯이 그 나무를 짐짓 대수롭지 않게 여겼다. 그런 데에는 그 매끄러운 외국 이름에 매료되어 쓸데없이 여기저기서 그 나무를 들먹이는 속물성에 대한 일종의 반발심도 없지 않았다. 그러나 그 이름이 내게도 코스모폴리탄적 지향과 먼 곳에 대한 동경을 심어 준 것은 사실이다. 그 나무는 그늘이 짙고 위치가 좋아서 그 밑의 벤치는 누구나 가장 선호하는 자리였다. 나도 강의 들은 시간을 제외하면 그 나무 및 벤치에서 잡담을 하며 보낸 시간이 가장 많지 않았나 싶다.

그러나 문리대에 다닐 때 첫 번째로 내게 강한 인상을 심어 준 나무는 개나리였다. 1학년 첫 학기가 시작되어 새 교복을 입고 등교할 때 북쪽 운동장 개천가에 흐드러지게 피었던 샛노란 개나리는 우리들의 벅찬 입학의 감격을 유감없이 표상해 주었다. 아, 얼마나 티 없이 밝은 색이었던가. 그것은 색이라기보다는 눈부신 빛이었다. 그만큼 그것은 진하고 순수하고 강렬했다. 그 청신하고 환한 빛깔은 햇병아리였던 우리들의 가슴에 그만큼 화사하고 밝은 미래를 약속하는 듯했다. 그래서 우리는 기고만장했고 부풀 대로 부푼 우리의 젊은 가슴은 세계도 안을 만큼 큰 꿈을 품을 수 있었다.

이렇게 극적인 감동은 아니지만 군자의 덕화처럼 조용히 그러나 인상적으로 우리에게 감명을 준 나무도 있었다. 교문을 들어서면 마주 보이는 문리대 행정건물 양쪽에 서 있던, 우리가 후박이라고 잘못 알았던 일본목련이었다. 이 나무는 마로니에처럼 명성이 널리 알려져 있지는 않았지만, 문리대를 다닌 사람이면 누구에게나 그에 대한 아름다운 기억을 심어 주었을 것이다.

그 건물 양 끝에 있었던 대형 강의실은 대체로 만원이었다. 냉방시설이 없던 때라 6월이 되면 실내가 더워져서 창문을 모두 열고 강의를 들었다. 그래도 강의실의 공기는 후텁지근한 데다가 그곳의 강의는 대체로 교직과목이나 교양과목이어서 따분한 것이 많았다. 더구나 점심 후 두 시간 연속 강의이면 중간도 되기 전에 많은 학생들이 아예 책상에 엎드려 오수에 빠져들었고 그렇지 않은 학생들도 수마(睡魔)의 끈질긴 공격을 힘겹게 버텨 내고 있는 터였다. 이때 열린 창문을 통해 한줄기 청풍이 불어오면 그 시원한 맛이 감로와 같다고나 할까? 그러

무지갯빛 나날들

나 이때 그 서늘한 공기보다 더 효과적으로 수마를 몰아낸 것은 그와 더불어 방 안에 스며든 향기였다. 그것은 땀 내, 반찬 내, 머릿내, 등 각종 냄새가 뒤섞인 텁텁한 공기와는 너무나도 다른 감미로우면서도 청아하고 신비로우리만큼 그윽한 향기였다. 그 격조 높은 향기가 우리의 코끝을 스치는 순간 우리는 '이것이 천상의 향기가 아닐까' 하고 깜짝 놀라게 되었고 그 놀라움이 악착같던 수마를 일거에 패퇴시킨 것이었다. 진정한 힘은 우악스런 완력에 있는 것이 아니라 높은 교양과 문화에 있음을 그 향기는 어느 학설보다도 더 명징하게 우리에게 가르쳐 주었던 것이다.

그렇게 새 정신이 든 우리는 강의가 끝난 후 마당에 나와서 그 향기의 근원이 한 키 큰 나무에 핀 꽃임을 알게 되었다. 그 나무는 높이 솟은 밋밋한 줄기에 가지가 알맞게 퍼져서 수형(樹形)부터 점잖았다. 그 가지 위에 양손으로 받쳐야 될 만큼 큰 꽃들이 마치 속된 경염(競艶)을 저어하듯이 띄엄띄엄 서로 떨어져 피어 있었는데, 그 꽃잎은 흰색에 가까운 상아색이었고 가운데에 자홍색 꽃밥이 우뚝 솟아 있었다. 꽃의 자세 또한 연꽃처럼 단정하여 기울거나 수그린 것이 하나도 없이 모두가 하늘을 향해 고고(孤高)하게 피어 그 고상한 향기를 발하고 있었다.

그 나무는 꽃 못지않게 잎도 아름다웠다. 난형(卵形)의 커다란 잎은 특히 가을에 단풍이 들면 고운 다갈색으로 물들었다. 어느 하늘 높은 가을날, 수위들이 막 쓸고 간 빗자국이 선명한 교정에 새로 떨어진 그 잎사귀를 주워 들고 수줍어하던 여학생을 나는 지금도 기억한다. 그것을 주워 들 때 주위의 눈길을 의식했겠지만, 그 부끄러움보다는 (그때는 여학생들이 그 정도로 조금 속마음을 내보이는 것도 부끄럽게 여겼던 시절이었다) 그 아름다운 낙엽을 갖고 싶은 마음이 더 승했으리라. 빛 고운 낙엽보다도 더 고운 그 여인의 마음을 생각하면 지금도 가슴에 옅은 파문이 인다.

정문에서 문리대 행정건물로 들어가는 길 양쪽에 늘어서 있던 은행나무들도 내게 특별한 기억을 남겼다. 60년대 초 늦가을이었다. 졸업이 가까워 올수록 우리는 초조해졌다. 꿈속같이 감미롭고 자유로운 대학 생활은 끝나 가는데 이제 곧 맞닥뜨려야 할 현실 사회에는 우리의 뜻을 펼 수 있는 아무 전망이 없었다. 어쨌든 우리는 무언가 결단을 내려야 할 시점에 도달했다는 압박감을 느끼면서도 주어진 선택지가 너무나 범속하고 초라한 것들이어서 그중의 하나를 선택해야 할지, 아예 선택을 포기해야 할지 주저하였던 것이다. 그렇게 전망이 암담한 사회에 들어서기 전에 군 복무부터 마쳐야 한다는 것이 그 암울한 선택을 얼마간 유예할 수 있는 여유를 주어 차라리 다행스러웠다. 그러나 자유천지인 상아탑에서 모든 언행이 구속되는 병영으로 직행한다는 것은 문자 그대로 일락천장 나락으로 빠지는 기분이었다.

그렇게 불안하고 초조했던 어느 가을날이었다. 밤새 찬비가 내리고난 쌀쌀한 아침 무슨 일로 학교에 일찍이 갔었다. 정문에 들어서자 나는 깜짝 놀라 걸음을 멈춰 서고 말았다. 전날까지도 나무에 붙어 있던 노란 은행나무 잎들이 함빡 떨어져 나무 밑둥 주위에 소복히 쌓여 있었던 것이다 — 마치 얇은 가운을 벗어 떨어뜨리면 발 주위에 폭 내

무지갯빛 나날들

려앉듯이. 고개를 들어 나무를 쳐다보았더니 하룻밤 새에 거짓말같이 한 잎도 남지 않은 나목이 되어 있었다. 그리고 그 위에 눈이 시리게 맑고 푸른 하늘이 전날보다는 수만 리는 더 높이 멀어져 보였다.

"이제 모두 떠나는구나. 여름의 수고를 뒤로하고 나무도, 하늘도, 태양도, 모두 본향으로 돌아가는구나"라고 나는 한숨처럼 중얼거렸다. 그러자 나 혼자만 낙오자가 되었다는 생각과 함께 가슴이 철렁 내려앉았다. 저들에게 여름은 릴케의 시구처럼 "위대하였다." 그렇게 수고하였기에 풍요한 결실로 한 해를 마감하고 돌아가는 것이고, 그래서 거기에는 평안과 안식이 있는 것이었다.

그러나 대학 생활을 어영부영 지낸 나에게는 떠날 시간은 다가오는데 확실히 이룬 것은 없이 후회와 불안만이 있을 뿐이었다. 바로 그 전날까지도 여름의 한 끝이 남아 있다고, 아직은 가을이 아니라고 여기고 있었는데 이렇게 갑자기 닥친 가을은 내게 충격을 주었던 것이다. 시간은 제 법칙대로 어김없이 운행된다는 것을 이날 아침 처음 사무치게 절감하였다. 그 잔인할 정도로 엄정하고 부단한 시간의 운행에 일종의 공포감마저 느꼈던 것이 지금도 기억에 생생히 남아 있다.

그런가 하면, 젊은이의 의기, 정의감, 그리고 숭고한 희생을 상기시키는 나무도 있었다. 정문을 들어와 왼쪽으로 비스듬히 난 길을 따라 오르면 동부 연구실 앞쯤에 게시판이 있었고 그 근처에 라일락나무들이 있었다. 4·19가 난 이듬해인가 그 라일락나무들 곁에 4·19와 그때 희생된 학생들을 기리는 하얀 화강암 석탑이 세워졌다. 4·19 때 문리대 학생이 몇 명이나 희생되었는지 나는 잘 모르지만, 내가 분명히 기억하는 사람은 수학과의 김치호(金致鎬) 형이다.

나는 그와 가깝게 지낸 적은 없다. 그러나 그는 내 고등학교 1년 선배였기 때문에 나는 그를 고등학교 때부터 알고 있었다. 그는 얼굴이 좀 길고 약간 주걱턱이었는데, 특히 안경 너머 선하디선한 눈이 인상적인 청년이었다. 그 눈은 항상 웃음을 띠고 있어서 그를 대하는 사람은 누구나 그가 이쪽에게 호의를 갖고 있음을 확신할 수 있었다. 독실한 기독교 신자인 그는 고등학교에서도 대학에서도 기독학생회를 조직해 열심히 활동하였다. 그는 4·19날 데모하다가 총상을 입었고 병원으로 이송되어 치료를 기다리던 중 뒤에 들어온 부상자를 먼저 돌봐주라고 양보했다가 과다 출혈로 사망하고 말았다.

라일락이 만개한 어느 봄날 나는 4·19탑 앞에 혼자 서서 김치호 형을 위해 묵도를 올린 적이 있다. 누가 오른쪽 뺨을 때리면 왼쪽 뺨을 내밀게 선량했던 그가, 체격이 나보다도 더 허약해 보였던 그가 그날 데모대의 앞장을 설 정도로 정의감과 의분에 차 있었고 무장한 경찰들 앞에서 구호를 외칠 만큼 용감했던 것이, 그리고 특히 죽음 앞에서도 이웃에 대한 사랑을 실천할 수 있었다는 것이 나에게 외경스러웠던 것이다. 마침 풍겨 오던 라일락 향기가 그의 선한 모습 속에 숨겨 있던 지사적 일면을 말해 주는 듯 맵게 느껴졌었다. 온유하나 옳은 일을 위해 목숨을 내놓을 수 있는 사람, 죽음 앞에서도 그리스도의 가르침을 실천할 수 있었던 사람, 그리고 자기의 종교에 그렇게 확신을 갖고 있으면서도 남에게 강요하지 않고 겸허했던 김치호 형에게서 나는 진정한 기독인, 진정한 종교인을 보았고 그래서 나만의 작은 존경

무지갯빛 나날들

의 마음을 표했던 것이다.

　그런데 지금껏 그를 기억하는 사람이 나만이 아니었다. 며칠 전 동기생 모임에서 우연히 김치호 형 이야기를 꺼냈더니 기억력 좋은 유만근 형이 자기가 겪은 얘기를 전해 주었다. 4·19가 끝나고 라일락이 흐드러지게 핀 어느 봄날 김붕구 선생님의 '앙드레 지드 강독' 시간이었다 한다. 선생님께서 강의 시작하기 전에 말씀하시기를, 학기 초에 한 학생이 찾아와서 "저희 모임에서 각 분야의 저명한 선생님을 모시어 젊은이들을 위한 좋은 말씀을 듣고 있는데 이번에 선생님을 모시고 싶습니다" 하더라는 것이다. 선생님께서 마침 바쁘셔서 "이번에는 안 되겠고 다음 기회를 보자" 하고 돌려보내셨다는 것이다. "그런데 그 예의바르고 진지한 청년이 바로 김치호군이었습니다" 하시면서 눈물을 지으셨고, 그 광경을 본 수강생들도 모두 함께 눈물지었다는 것이다.

　라일락을 경애하는 사람의 죽음과 연관지어 애도한 것은 일찍이 휘트먼에 시에 나타나 있다. 링컨이 암살되자 그는 다음과 같이 읊었던 것이다.

> 마지막 라일락이 앞마당에 피었을 때
> 그 밤 서쪽 밤하늘에 큰 별이 일찍 이울었을 때
> 나는 애도했노라, 그리고 돌아오는 봄마다 애도하리라.

> When lilacs last in the dooryard bloom'd,
> And the great star early droop'd in the western sky in the night,

I mourn'd, and yet shall mourn with ever-returning spring.

김치호 형은 링컨같이 위대한 인물은 아니나 박애 사상, 정의감, 희생 정신에서는 위인들과도 견줄 만한 사람이었고 그래서 마땅히 오래 기억되어야 할 사람이다.

나는 봄마다 김치호 형을 애도하지는 못했다. 그러나 지금도 어쩌다 라일락의 매운 향기를 맡으면 꽃송이로 떨어져 간 김치호 형을 마음으로 추모하면서 문리대 4 · 19탑 주위의 라일락나무들을 떠올린다.

(2016. 7)

원고지 쓰던 때

한 30년 전만 해도 우리 모두가 원고지에다 글을 썼다. 그래서 제법 글을 쓴다고 할 주제도 못 되는 나도 집에 원고지 몇백 장쯤은 상비하고 있었다.

어쩌다 어디서 글 청탁을 받으면 나는 젊어서도 다른 능률적인 사람들같이 곧 착수하는 법이 없었다. 언제나 마음속으로 글감을 이리굴리고 저리 굴리며 궁리만 하다가 주어진 시간을 다 써 버리고는 결국 마감 날짜에 몰려서야 글 쓸 채비를 차렸다. 실은 그때쯤 돼야 글감이 마음속에서 어느 정도 익었다. 그러면 빈 원고지 다발을 책상 위에 갖다 놓고, 그때는 담배 없이는 글을 못 쓴다고 생각했으니까 담배도 넉넉히 한 두어 갑 준비해 놓고, 한밤중 사위가 조용해지기를 기다렸다. 그러나 조용한 때가 됐다고 쉽게 자리에 앉아지는 것은 아니었다. 공연히 책상도 정리하고 필기구의 성능과 상태도 다시 점검하는 등, 글쓰기 전에 할 수 있는 딴전을 부릴 대로 다 부리고 나서 더 할 것이 없어야 할 수 없이 자리에 앉았다. 나는 그 당시 차를 별로 안 마셨으니 망정이지, 차까지 즐겨 마셨더라면 차와 차구 준비하는 것과 차 달이는 데에 또 많은 시간을 보냈을 것이다.

이렇게 여러 가지 준비를 하고 밤이 이슥해지도록 기다리고 하는 것이 어떻게 보면 일종의 의식(儀式) 같았다. 아닌 게 아니라 그때는 글을 쓴다는 것이 상당히 엄숙한 일 같았으며, 그래서 책상에 앉을 때에는 자못 경건한 마음으로 생각을 가다듬고 정좌했던 것이다.

그런데 자리에 앉는다고 또 글이 곧 써지는 것도 아니었다. 대개 글의 내용이 될 아이디어가 생기면, 그것을 어떻게 발전시켜 어떻게 끝마치겠다는 것까지는 미리 생각해 두지만, 도입을 어떻게 할지는 글을 쓰기 시작할 때에야 생각하게 되기 때문이었다. 실은 글쓰기 전에 그렇게 뜸을 들인 것도 글쓰기를 마냥 미루고 싶어서이라기보다, 글의 시작이 잡히지 않아서 그런 경우가 많았다. 그러므로 갖은 딴전을 부리면서도 대개의 경우 속으로는 도입을 어떻게 할까 궁리하고 있었던 것이다. 내가 도입에 특히 이렇게 마음을 쓰는 것은 도입이 좋으면 글이 일사천리로 풀린다는 믿음이 있기 때문이다. 이것이 경험에 의해 증명된 사실인지, 그런 실증이 없는 일종의 신화인지는 분명치 않지만 내게는 확고히 자리 잡고 있는 믿음이다.

그러나 글을 쓰려고 할 때 대뜸 그렇게 좋은 도입이 생각나는 것은 백의 한 번이나 있을까 말까한 행운이다. 대개는 붓방아만 찧으며 또 얼마간의 시간을 허비하고 말았다. 그러다가 다급해지면 생각나는 대로라도 써 봐야겠다고 마음을 먹고 시작했다. 그러나 이렇게 허투로

무지갯빛 나날들

쓰기 시작한 글은 곧 흐름이 막히거나 아니면 자꾸 엉뚱한 방향으로 빠져나가서 대개는 실패로 끝났다.

결국 다시 새로 써야겠다 싶으면 그때까지 쓴 원고지를 뜯어내어 버리게 되는데, 내 경우 그 동작이 여간 극적이지 않았다. 이럴 때에 나는 원고지를 북 뜯어내어 양손으로 콱콱 구겨서 쓰레기통에 홱 던져 버렸던 것이다. 이런 격렬한 행동은 글이 안 써지는 데서 오는 스트레스를 해소해 줄 뿐만 아니라, 다시 시작할 결의를 굳게 해 주기도 했다. 또 이렇게 아까운 종이를 낭비했다는 죄의식이 머릿속의 긴장감을 더해 주어서 정신을 집중하는 데에도 도움이 되었다. 그래 그런지 이렇게 한두 번 파지를 내고 난 다음이면 대개 글이 풀려서 첫 고비를 넘겼다.

이후로도 이런 고비를 수차례도 넘기고 나서 대개 창문이 훤하게 밝아질 때쯤에야 3~40장 정도의 원고를 마무리지을 수 있었다. 요구되는 원고지 장수가 그보다 많으면 이런 밤의 수가 더 늘어났다.

요즘은 글쓰기 전에 이런 준비도 안 하고, 글을 쓰려고 한밤중이 되기까지 기다리지도 않는다. 컴퓨터는 거의 언제나 켜져 있으니까 글감이 생각나면 아무 때나 자판을 두드린다. 그러다가 생각이 막히면 저장해 놔두고 얼마 후 또 생각이 나면 더 이어 쓰곤 한다. 절차가 많이 생략되어 여러 가지로 편해지기는 했지만 격은 좀 떨어졌다는 생각을 지울 수 없다.

글쓰기도 옛날보다 수월해졌다. 그 가장 큰 이유는 갖다 붙이기와 지우기를 자유자재로 할 수 있을 뿐 아니라 나중에 아무 흔적도 없이 깨끗하게 정서되기 때문이다. 원고지를 쓸 때는 생각지도 못한 편리다. 또 글 쓰는 과정이 옛날에는 단선적(單線的)이었다면, 지금은 다선적(多線的)이 된 것도 그 한 이유일 것이다. 지금은 일단 쓴 것은 버리지 않는다. 다음에 읽어 보아서 마음에 들지 않으면 그것은 아래로 밀어 놓고 다시 쓰는 것이다. 이런 다른 버전으로 얼마간 진행하다가 그것도 안 되겠다 싶으면 또 다른 버전을 시작하거나 그도 마음에 들지 않으면 다시 첫 번째 버전으로 되돌아가기도 한다. 이처럼 컴퓨터로는 한 가지 내용의 글을 여러 버전으로 만들어서 아무 쪽으로나 진행하다가 그중에서 마음에 드는 것을 나중에 정할 수 있게 된 것이다.

옛날에도 물론 다른 버전을 쓰는 것이 불가능하지는 않았다. 그러나 그런 경우라도 기껏해야 하나 정도 더 있는 것이 고작이었다. 또 나중에는 결국 그중의 하나만 취하고 나머지는 버려야 하는데, 손으로 애써 쓴 것을 버리기가 아까우니까 다른 버전을 오래 지속하여 쓰지 못하고 취사(取捨)를 일찍 결정해 버렸다. 그러니까 결국은 아주 못 쓰겠다고 판정이 나지 않으면 대개 첫 번째 버전을 고수했던 것이다. 따라서 글이 막히면 반드시 그 흐름에 이어서 길을 뚫어야 하기 때문에 생각도 많이 하고 고민도 많이 했다.

내 경우, 글쓰기가 옛날과 달라진 또 한 가지는 지금은 눈으로 글을 쓰지만, 전에는 머리로 글을 썼다는 점이다. 지금은 문장으로 완성된 생각이 아니라 한 단어, 또는 한 구절같이 단편적인 생각이라도 떠오르는 것이 있으면 일단 쳐 놓는다. 나 대신 컴퓨터가 그 생각들을 기억해 주는 것이다. 그리고 나중에 화면에 뜬 그 생각들을 눈으로 읽으면서 글을 짓는다. 이때에 글은 자꾸 보태 가는 과정을 통해 이루어진다.

컴퓨터 같은 기억장치가 없었던 때는 생각이 떠오르면 대개 그 자리에서 어떻게든 문장으로 만들어서 써 놓았다. 떠오른 생각을 문장으로 만들기 위해서는 먼저 말을 보태는 과정을 거치기는 한다. 그러나 그 문장을 완성하기 위해서는 머릿속에서 여러 번 반복하면서 발전시키고 가다듬어야 했다. 그것은 일종의 정련(精鍊) 과정이었다. 쇠를 달구어 두드리면 불순물이 떨어져 나가듯이 자꾸 머릿속에서 반복하며 다듬으면 글이 점점 더 응축되면서 간명해졌다. 그것은 어쩌면 우리의 기억의 속성과 관계 있는지도 모르겠다. 우리는 되도록 간단하게 기억하고 싶어 하는데, 머릿속에서 반복해 생각하는 동안 그런 성향이 문장을 짧게 만들었을 수 있다는 것이다.

어떻든, 지금 컴퓨터로 쓰는 글과 비교해 보면 원고지에 쓴 글이 대체로 더 압축되고 밀도가 있게 느껴진다. 또 앞서 언급했듯이 단선적 작성 과정을 거치는 동안 꿰맞추느라고 고심한 흔적이 여기저기 눈에 띄기도 한다. 이런 연유로 원고지에 쓴 글에는 강한 함축이나 경구적인 표현, 또 때로는 약간의 비약이 보이기도 한다. 이런 것들이 글에 기복이 있게 해 준다. 독자는 함축적 표현이나 비약에서 놀라며 읽기를 잠시 멈추고 그 뜻을 헤아려 보게 되고 이해가 됐을 때에 쾌감과 동시에 때로는 감동도 느끼게 된다.

그러나 지금은 글쓰기가 편해진 덕택에 말을 자꾸 부연하게 되고, 그래서 글이 늘어지고 설명적이 되는 경향이 있다. 그 결과 글의 흐름이나 표현은 걸리는 데가 없이 부드럽지만 글에 맺힌 데가 없고 긴장감이 떨어진다. 결과적으로 글이 밋밋해진 느낌이다. 글은 이렇게 균질한 것이 꼭 좋은 것은 아닌 것 같다. 사람이 걷는 길도 잔디밭을 따라 난 포장도로보다는 나무도 있고 물도 있고 오르막과 내리막도 있는 흙길이 더 재미있고 좋듯이 글도 적당한 변화와 기복이 있는 것이 더 좋은 것 같다.

원고지에 글을 썼던 때에는 지금은 갖지 못하는 즐거움도 있었다. 깨끗한 원고지에 내 생각을 하나하나 적어 갈 때면 무언가 온전히 내 것을 만들어 간다는 기쁨이 있었다. 그 글은, 자판을 치면 화면 위에 나타났다가 무슨 키 하나를 잘못 누르면 순식간에 허공으로 날아가 버리는 유령과 같은 요즘의 글과 달리, 확고하게 존재하는 실체적인 느낌을 주었다. 또 나 같은 악필은 바랄 수 없는 것이지만, 글씨를 예쁘게 쓰는 사람은 원고지 위에 가지런히 쓰인 글자에서 미적 만족감도 느낄 수 있었을 것이다. 그러나 아마도 가장 기분 좋은 것은 글을 다 썼을 때의 성취감일 것이다. 특히 원고지 장수가 100장을 넘는 것이면 두툼한 원고 뭉치의 부피와 그것의 묵직한 중량감은 성취감에다 구체적 느낌까지 더해서 뿌듯한 만족감을 주었던 것이다.

이 밖에도 여유가 있으면 누릴 수 있는 호사도 있었다. 원하는 질의 종이에다 원하는 색으로 칸을 치고 자기 이름까지 밑에 넣은 원고지를 인쇄해 가질 수도 있었고, 종이 위를 미끄러지듯이 매끄럽게 쓰이는 좋은 만년필을 필기구로 가지는 행복도 있었다.

이상 몇 가지 글쓰기 내지 글에 대한 논평은 순전히 나 개인의 느낌이기 때문에 일반화할 수는 없을 것이다. 그러나 나는 이런 이유들로 해서 컴퓨터로 쓴 글보다는 옛날 원고지 쓰던 때의 글에 더 애정을 가지고 있으며 그때에 대한 엷은 향수마저 갖고 있다.

정년 후에는 갖고 있던 원고지를 이웃집 학생에게 거의 다 주면서도, 약간은 남겨 두었다. 그뿐만 아니라 나는 꽤 큰 돈을 들여 구입한 고급 만년필도 하나 갖고 있다. 이것들을 아직 간직하고 있는 것은 언제고 좋은 글감이 생각나면 그 만년필로 원고지 위에다 글다운 글 한 편을 쓰고 싶은 소망이 아직 남아 있기 때문이다. (2014. 8)

편지

이제는 내게 편지를 보내는 사람도, 내가 보낼 사람도 별로 없어서 편지 부칠 일이 거의 없는데, 연말이면 아직도 연하장을 보내 주는 사람은 몇 남아서 답례로 연하장이나 가끔 부친다. 지난 연말에도 연하장을 부치러 약국 앞의 우체통으로 나가려는데 아내가 그곳의 우체통이 없어졌으니 동회 앞의 것을 이용하라고 일러 주었다. 동회 앞에 가 보니까 거기도 철수하고 없어졌고, 우리 동네에서 제일 번화한 상가에 가서 찾아도 없어서 결국 우체국에 가서 부쳤다.

그 이후 관심을 갖고 보았더니 옛날에는 동네 길모퉁이에 흔히 서 있었던 우체통이 찾아보기 힘들었다. 우체국에 가서 보아도 우편 업무는 소포 발송이 주종이고 편지는 다량으로 부치는 광고문이나 공문이 대부분이었다. 우리가 편지라고 부르는 개인적인 서신을 부치는 사람은 거의 볼 수 없었다.

우리가 모르는 사이에 편지가 우리 사회에서 퇴출돼 버리고 만 것

무지갯빛 나날들

이다. 하기야 거의 모든 사람이 휴대전화를 갖고 있어서 무시로 서로 연락하고 또 컴퓨터를 통해 전자우편을 주고받으며 즉각즉각 일을 처리하는 판에, 쓰는 데 고생스럽고 보내는 데 시간 걸리는 편지를 누가 이용하겠는가? 편지를 업무 처리 수단으로 본다면 이제 그것의 소용이 없어진 것이 이해가 간다.

그러나 편지라는 것이 꼭 무슨 일을 보기 위해서만 쓰는 것은 아닐 것이다. 가령 친구 사이에 서로 오래 못 만나서 문득 그리운 마음이 들 때, 어떤 특별한 경험을 했을 때의 느낌을 마음이 통하는 지인과 함께 나누고 싶을 때, 사랑하는 사람에게 자기의 지금 심정을 전하고 싶을 때 — 이런 느낌을 전하는 데에는 전화보다 편지가 제격인데, 이때에 쓰는 편지는 꼭 용무가 있어 쓰는 것이라고 보기 힘들기 때문이다. 사실은 업무를 처리하기 위한 편지가 아닌 이런 편지가 편지다운 편지라고 생각된다. 내가 이 글에서 편지라고 지칭하는 글은 바로 이런 편지를 뜻한다.

편지가 할 수 있는 일을 전화가 모두 더 잘 할 수 있다고 생각할지 모르지만, 그렇지 않다. 편지는 때로 전화보다도 더 친근감을 느끼게 한다. 전화는 항상 시간의 제약 아래 행해지는 대화이다. 그래서 되도록 빨리 끝내게 되고, 또 그렇기 때문에 사무적이 되기 쉽다. 그러나 편지는 그런 시간적 압박감에서 벗어나 있으므로 전화보다 더 차분하게, 더 정감 있게 이야기를 전할 수 있다. 특히 육필 편지에서는 쓴 사람의 특징적 필체가 그의 현존감을 강하게 느끼게 해 준다. 심지어 때론 필체가 그의 체취까지 전하는 느낌을 줄 수 있다. 이런 것들이 전선을 타고 오는 소리보다 더 긴밀한 사적인 관계가 이루어지고 있다는 느낌을 주며, 내용의 진정성도 담보해 주는 것이다. 그래서 살뜰한 정을 전하려면 전화를 할 것이 아니라 편지를 써 보내야 한다. 또 전화로 길게 얘기한 것보다 편지로 너댓 장을 써 보냈을 때 우리는 상대방의 성의와 관심을 더 확실히 느끼게 되며, 그래서 그의 말에 더 신뢰감을 갖게 된다. 따라서 정말 중요한 일은 편지로 해야 더 잘 풀릴수 있다.

이뿐만 아니라, 편지는 대화나 전화보다 더 효과적으로 자기의 이야기를 할 수 있게 해 준다. 대화나 전화는 양방적이므로 상대방의 발언이 이쪽의 말을 끊을 수도 있고 대화의 흐름을 바꿔 놓기도 하여 이쪽이 하고자 하는 말을 충분히 하지 못할 경우가 많다. 반면에 편지는 일방적인 통화이므로 그런 방해가 개입할 여지가 없어서 쓰는 사람이 하고픈 이야기를 충분히, 조리 있게 할 수 있다.

그러나 편지의 가장 큰 장점은 그것이 쓰는 사람의 속마음을 드러내기에 적합한 장을 제공한다는 점일 것이다. 편지는 상대를 직접 대하고 있지 않으면서도 단둘만이 통화하는 묘한 심리적 공간을 형성해 주기 때문이다. 상대방을 직접 대하고 있지 않다는 것은 부끄러움이나 상대방의 반응에 대한 불안감 같은 심리적 부담으로부터 자유로울 수 있는 여건을 조성해 준다. 또 단둘만의 통화니까 속마음을 있는 그대로 드러내 보일 수 있는 최적의 상황이 되는 것이다. 편지는 이래서 특히 사랑을 고백하기에 좋은 수단이 된다. 편지로는 수줍은 소녀도 가슴속에 꼭꼭 숨겼던 연정을 당돌할 정도로 솔직히 표현할 수 있고, 용기가 없어 말 못 하던 청년이 열렬한 사랑을 선언할 수 있게 되는 것이 이런 연유에서이다.

같은 이유로 편지는 연인들이 절절한 그리움과 사랑을 서로에게 전하는 데에 더할 수 없이 좋은 방편이 된다. 이미 서로 사랑을 고백한 사이라도 마주 보면서는 쑥스러워 말 못 하던 과감한 표현이나 파격적인 비유를 편지에서는 자유로이 쓸 수 있는 것이다. 이래서 편지는 연인들이 서로의 사랑을 확인하는 데에 매우 요긴한 수단이 되는 것이다. 편지가 연인에게 얼마나 중요한 역할을 하는가는 파인(巴人)의 한 시구가 잘 보여 주고 있다.

> 강이 풀리면 배가 오겠지
> 배가 오면은 임도 탔겠지
>
> 임은 안 타도 편지야 탔겠지
> 오늘도 강가서 기다리다 가노라.

임이 못 오더라도 임의 사랑이 담긴 편지가 오면 목마르게 임을 그리는 화자는 많은 위안을 받을 수 있으리라는 것을 위의 시구는 강력히 시사하고 있다. 편지에는 임의 손길이 스쳤고, 그의 입김이 서렸고, 한 자 한 자, 한 단어 한 단어를 나를 위해 가려 쓴 임의 정성이 배어 있기 때문이다. 그래서 임이 보낸 편지는 임의 분신, 내지는 대리자가 되며, 배에 실려 오는 물건이 아니라 배를 '타고' 오는 당당한 주체가 되는 것이다.

편지에는 많은 미덕이 있다. 몇 가지만 들면, 우선 편지는 사람을 사려 깊게 만든다. 가령, 분노와 같은 격정에 휩싸인 사람이 그것을 말로 토로하면 조리 있게 말하기는 어려운 반면 말실수는 저지르기 쉽다. 그러나 그것을 편지로 쓸 경우는 마음을 어느 정도 진정시켜 평정심을 상당히 회복한 후에 쓰게 되고, 그런 상태에서는 상대방의 처지도 배려하고 사후에 전개될 상황도 고려하여 글을 쓰게 된다. 내 경우, 아이들의 잘못을 나무라고 고치라고 타이를 때에 말로 하는 것보다는 편지로 쓰는 편이 효과가 좋았다. 이 역시 내 스스로 먼저 화를 삭이고 아이들이 반감을 갖지 않게 말을 가려 한 결과일 것이다.

편지는 쓰는 사람을 문예인으로 만든다. 편지는 대화같이 말하는 순간 날아가 버리는 것이 아니라 글로 남는다. 어떤 경우 편지는 오랜 세월을 두고 읽히고 또다시 읽힐 수 있다. 편지를 쓰는 사람은 모두 이런 경우를 염두에 두고 쓴다. 그래서 짧은 편지라도 한 편의 글이 되게 쓴다. 즉, 처음과 중간과 끝이 있고, 표현은 되도록 아름답고 감명 깊게 쓰려고 애를 쓰는 것이다. 그래서 편지를 쓰는 사람은 하나의 문학작품을 만드는 것이다. 그렇게 시간과 정성을 들여 지은 글은 양쪽으로 득이 된다. 받는 사람은 잘 쓴 글을 읽으며 즐거워할 뿐만 아니라 자기에 대한 상대방의 정성을 보고 그에게 더욱 깊은 정을 느끼게 된다. 또 쓴 사람은 생각을 정돈하여 조리 있게 개진하면서 글 쓰는 요령을 익히는 것이다.

편지의 또 다른 미덕은 사람들에게 기다림을 가르친다는 것이다. 기다림은 인간의 행위 중에서 가장 소중하고 아름다운 것 중의 하나

무지갯빛 나날들

일 것이다. 그것이 소중한 까닭은, 인간에 대한 믿음이 기다림을 가능케 하는데, 이 신뢰야말로 모든 바람직한 인간관계의 전제 조건이며, 따라서 인간 사회의 초석이 되기 때문이다. 그것이 아름다운 까닭은, 인간에 대한 신뢰 자체가 아름답기도 하지만, 그 신뢰를 위해서 인종하고 자기를 희생하는 모습이 아름답기 때문이다.

위에 든 파인의 시구를 감동적이고 아름답게 만들어 주는 것도 기다림이다. 강물이 풀리기를 기다렸다는 것은 겨우내 기다렸음을 암시하고 "오늘도"의 "도"는 그동안 매일 기다렸음을 말해 준다. 우리는 임을 그리는 화자의 이 간절한 소망에 감동하고 사랑을 위한 그의 헌신에서 아름다움을 느끼게 되는 것이다.

편지를 쓰는 사람은 어쩔 수 없이 기다리는 사람이 된다. 그는 우선 상대방이 답신을 하리라고 믿어야 하고, 그다음에는 편지가 배달되도록 기다려야 한다. 이렇게 믿고 기다리는 것은 사람을 성숙하게 해 줄 뿐 아니라, 사람의 관계를 아름답게 만들어 준다.

지금까지 언급한 편지의 장점과 미덕을 고려해 보면 편지가 우리 사회에서 사라진 이유를 짐작할 수 있다. 편지의 퇴출은 무언가로 바빠 항시 쫓기는 생활, 기다리지 못하고 시간과 공력이 드는 일을 기피하려는 태도, 무엇이든 정성 들여 만들어서 보존하려 하지 않고 일회용 용품처럼 당장 쓰고 버리려는 소비성 문화 등이 빚어낸 서글픈 현상인 것이다. 그런데 편지 같은 수단을 통해 깊이 있는 의사소통이 이루어지지 않는 곳에는 진정한 인간관계가 이루어지고 있다고 보기 어렵다. 또 서로가 속마음을 주고받을 수 있고 서로의 진정성과 정이 통하는 관계 — 그런 의미 있는 인간관계가 존재하지 않는 곳은 건강한 사회라고 볼 수 없다.

그러므로 편지가 우리 사회에서 사라져 가는 것을 방치할 것이 아니라, 그것을 다시 살려 낼 방도를 강구해야 옳을 일이다. 가령, 초등학교서부터 학생들에게 부모님께, 선생님께, 친구에게 편지 쓰기를 장려하여 정이 담긴 사연을 주고받는 즐거움을 맛보게 하는 것도 좋은 방법일 것이다. 그러면 어려서부터 문학적 소양도 기르게 될 것이고, 경박하고 참을성 없는 풍조를 벗어나 남을 배려하고, 진득이 기다리는 법도 배우게 될 것이다. 중고등학생, 대학생들도 어디서나 휴대전화만 들여다보지 않고, 책상에 앉아 편지를 쓰고 읽는 시간도 가지면 우리 사회가 그만큼 더 건강해질 것이다.

이제 곧 달이 바뀌면 가을이다. 소슬한 가을바람이 불어오면 코스모스, 들국화가 흔들리면서 내 마음도 같이 흔들릴 것이다. 그다음에 낙엽이 날리고 물가의 갈대가 서걱거리면 까닭 모를 시름으로 전전반측하는 밤도 올 것이다. 라이너 마리아 릴케(Rainer Maria Rilke)는 「가을날(Herbsttag)」라는 시에서 가을인데도 아직 혼자인 사람은 "잠 못 이루어 글을 읽거나 긴 편지를 쓸 것입니다(Wird wachen, lesen, lange Briefe schreiben)"라는 시구를 남겼다.

나도 이 가을에 누구에게 긴 편지를 쓰고 싶다. (2014. 8)

무지갯빛 나날들

여창감상(旅窓感想)

3

모든 중생이 다 부처가 될 수 있다면 내 마음속 어디엔가에도 동체대비(同體大悲)의
부처 마음이 있을 것이다. 그것이 발현(發現)하지 못하는 것은 나의 이기심과
세속적인 집착이 그것을 겹겹이 얽매고 있기 때문일 것이다.

미국의 헌책방들

　미국에 가면 좋은 책방들을 찾아가는 것이 한 큰 재미이다. 가령 뉴욕에 가면 반드시 맨해튼에 있는 '스트랜드(Strand)'라는 책방을 들른 다. 이 책방은 주로 헌책을 파는 곳인데, 선반의 길이를 합하면 무려 18마일이나 된다고 광고를 하고 있다. 설마 그러랴 하던 사람도 실제 로 들어가서 그 규모를 보면 그것이 허언이 아님을 알 수 있다. 지하 실을 포함한 광대한 매장에 두 사람이 겨우 교행할 수 있을 정도의 간 격으로 서가가 꽉 들어차 있는데, 꼭대기 선반은 하도 높아서 사다리 를 타고 올라가야 제목을 읽을 수 있다. 이렇게 책이 많기 때문에 한 두 분야만 둘러보더라도 상당한 시간이 걸리므로 나는 이 책방에 갈 때면 언제나 최소한 두세 시간의 여유를 갖고 들른다. 또 그렇게 느긋 이 이것저것을 들쳐보다 보면 반드시 사고 싶은 것이 생겨서 이 책방 에 갔다가 빈손으로 나오는 경우는 없었다.

　몇 년 전에 관광차 오리건주의 포트랜드(Portland)에 간 적이 있다.

그곳에도 '파월(Powell's)'이라는 큰 책방이 있다는 소문을 듣고 찾아갔었다. 이곳은 새 책과 헌책을 함께 취급하는 곳이었다. 규모는 스트랜드만 못했지만 역시 대단히 컸고, 무엇보다 밝고 깨끗한 실내가 인상적이었다. 저절로 책을 뽑아 읽고 싶을 정도로 분위기가 쾌적해서 그만큼 책을 사고 싶은 마음도 자연히 우러나오는 곳이었다.

이만은 못하더라도 이에 비견할 만한 좋은 책방들이 미국에는 도처에 산재해 있다. 1980년대 말에 방문 연구원 자격으로 미국에 가 있게 되었었다. 내가 가 있던 대학은 럿거스(Rutgers)대학이었지만, 그곳에서 프린스턴(Princeton)대학이 가까워서 프린스턴을 자주 갔었다. 프린스턴은 '왕자의 도시'(prince와 town의 합성어이므로)라는 이름에 걸맞게 캠퍼스와 주위의 상가들이 모두 고급스럽고 정갈해서 관광지로서도 손색이 없는 곳이었다. 그래 그런지 헌책방은 찾아볼 수 없었다. 대학 구내서점에서 물어 한 곳을 찾아갔더니 역시 프린스턴답게 하드커버만 파는 곳이어서 책도 많지 않고 값은 비쌌다. 그곳에서 책을 고르고 있던 사람과 이야기가 되어 헌책방을 물었더니, 그곳에서 15~6마일 떨어진 크랜베리(Cranbury)라는 곳에 좋은 헌책방이 있다고 알려 주었다. 그길로 나와 주유소마다 들러 물어 가며 크랜베리를 찾아갔다.

동네로 들어가 보니 명색이 중앙대로라는 곳에 식당 한두 곳과 우체국 하나 덩그러니 있을 뿐인 한적한 시골인데 그곳에 이름하여 '크랜베리 책벌레(Cranbury Bookworm)'라고 하는 헌책방이 있었다. 건물은 보통 가정집인데 지하실에서 3층까지 벽면은 물론이고 나머지 공간도 모두 서가가 들어서 있고 거기에 헌책이 분야별로 정리되어 있었다.

군데군데 의자가 있어 앉아서 책을 볼 수 있지만, 아니면 푹신한 양탄자 위에 퍼져 앉아 마냥 볼 수 있었다. 거기에다 책값은 시내의 헌책방보다 더 헐했다. 내게는 이보다 더 좋은 곳이 있을 수 없었다. 그날 이후 나는 시간만 나면 아예 점심을 싸 갖고 한 시간을 드라이브해 이곳에 가서 하루해를 보내곤 했다. 교환 프로그램으로 미국에 가 있는 동안 아마도 그때가 내게 제일 행복한 시간이었을 것이다. 나뿐만 아니라 한국에서 휴가나 출장 온 동료 교수들에까지 그곳을 소개하고 데려가서 그 즐거움을 나누었다. 그리고 갈 때마다, 그렇게 한적한 시골에 그렇게 큰 책방이 잘 운영되고 있는 것을 보고 미국 사람들의 대단한 독서열에 새삼 감탄하곤 했다.

그러나 이런 책방들은 좀 특별한 곳으로서 아무 곳에나 있는 것이 아니다. 그래도 미국의 유명 대학 근처에 가면 이들에 비견될 만큼 좋은 책방이 하나쯤은 있고 그 외에도 찾아가 볼 만한 곳이 여럿 있는 것이 상례이다.

근래에는 버클리대학에서 가르치는 친구의 집에 자주 가서 함께 지내다 오는데, 그 대학 근처에도 내가 아는 곳만 한 열 군데의 책방이 있다. 안타까운 것은 여기도 책방들이 전보다 줄어들고 있다는 점이다. '샴발라(Shambala)'라는 묘한 책방이 있었는데, 티베트 전설 속의 낙원을 뜻하는 옥호에 걸맞게 심령학 같은 신비학 계통의 책들을 주로 취급하는 곳이었다. 버클리대학 주변은 한때 히피 문화의 중심지였다. 근래에 그 히피 문화가 사그러들면서 그런 계통의 책을 찾는 사람도 줄어서 장사가 안 되었는지 그 근방에서 제일 먼저 문을 닫고 말았다. 그곳에는 불교와 도교에 관한 서적들도 있어서 그 근방에 가면 늘 들르던 곳이었는데 없어져서 아쉽다.

거기서 몇 집 떨어진 곳에 '카테지안(Cartesian Books)'이라는 헌책방이 있었다. 그곳의 늙은 책방 주인과는 상당히 친숙해져서 만나면 반갑게 인사를 나눌 정도였는데, 책이 점점 줄더니 한 3년 전에 폐업하고 말았다.

또 '코디(Cody's)'라는 상당히 큰 책방은 신간만 취급하는 곳으로 그때그때의 문제작, 베스트셀러 등을 잘 뽑아 놓아서 미국인의 독서 경향을 한눈에 볼 수 있는 곳이었다. 이곳은 무슨 연유엔지 바닷가에 새로 생긴 상업 지구로 자리를 옮겼다. 가 보니까 매장도 넓어지고 실내 장치도 더 좋아진 것으로 보아 줄여 간 것이 아닌 것 같아 마음이 놓였지만, 손님의 수는 역시 대학 근처에 있을 때만 못해 보였다. 내 경우도 걸어서 다닐 수 있게 책방들이 모여 있는 대학 근처의 옛날 위치가 좋지, 일부러 멀리 차를 몰고 가야 하고 또 주차 공간 찾느라고 고생하면서까지 찾아가고 싶지 않아 요즘은 이 책방은 별로 가지 않는다.

캠퍼스에서는 좀 떨어진 버클리 중심가에 '블랙 오크(Black Oak)'라는 책방은 새 책과 헌책을 함께 파는 곳이었다. 규모도 상당히 크고 책도 많았으며, 때로 저자들을 불러 강연회도 여는 등, 여러 가지로 갖춘 좋은 책방이었는데, 몇 해 전에 문을 닫고 이주해 버렸다. 주소를 알아내어 찾아가 보았더니, 목도 전만 아주 못한 곳이었고 책의 양도 줄어 앞으로 잘 부지할지 걱정이 되었다.

'반스 앤드 노블(Barnes & Noble)'도 비교적 대학과 가까운 곳에 있었는데 이제는 먼 쇼핑몰로 자리를 옮겨서 잘 안 가게 되었다.

이처럼 많은 책방들이 폐업을 하거나 떠나 버렸지만, 버클리대학 근처에는 아직도 남아 있는 책방들이 많다. 신간 서적을 보려면, 우선 학생회관에 있는 구내서점을 이용할 수 있다. 일반 도서가 아니라 학술 서적을 원하면 역시 학생회관 지하실에 교재 파는 곳으로 가면 된다. 그곳에는 각 과목마다 담당 교수가 지정한 교재들이 비치되어 있기 때문이다. 자기 전공과 관련된 과목들의 교재를 보면, 버클리에서 무엇을 가르치며 어떤 접근법을 택하고 있는지를 짐작할 수 있다. 정년하기 전에는 이런 정보가 내 강의를 계획하는 데에 참고가 되기도 했다.

학술 서적은 대학 출판사에서 나오는 경우가 많은데, 'UPB(University Press Books)'는 그런 대학 출판물만 파는 곳이다. 그래서 작아도 알찬 책방이다. 찾는 책이 없을 때는 우편 주문을 통하여 신속히 받아볼 수 있도록 도와주어서 편리한 곳이다.

그러나 나는 요즘 학문의 새로운 동향을 추구하기보다는 옛날에 못 읽은 고전이나 명저를 찾아 읽는 데에 마음이 기울어 있으므로 새 책방보다는 헌책방을 주로 찾아다닌다. '셰익스피어(Shakespeare)'라고 커다란 간판을 단 책방은 헌책방답게 좀 어둑컴컴하고 후줄그레한 분위기이다. 간판같이 셰익스피어에 관한 책들을 전문으로 취급하는 곳은 아니고, 문학책들이 많기는 하지만 그 외에 모든 종류의 책을 다 취급하는 곳이다. 심심할 때 둘러보기 안성맞춤인 책방이다.

'페가서스(Pegasus Books)'라는 책방은 연쇄점인지 반경 3~4마일 안에 세 군데나 있다. 그러나 헌책방이기 때문에 꽂혀 있는 책들이 제각각이다. 부촌에 위치한 곳에는 하드커버들이 많이 나와 있고, 그렇지 못한 곳에는 페이퍼백들이 많이 꽂혀 있다. 이렇게 책이 다르기 때문에 책방을 돌 때는 결국 세 곳을 다 들르게 된다.

버클리대학 앞 큰길에서 좀 벗어나 건물 속으로 난 작은 통로가 있는데 그 안에 재미난 헌책방이 둘 있다. 처음에는 그런 데가 있는 줄도 모르다가 그 골목에 구두 고치는 교포가 있다는 말을 듣고 찾아갔다가 발견한 곳이다. 하나는 '혁명서적(Revolution Books)'이라는 간판을 달고 있는 허름한 헌책방인데 간판에 명시되어 있는 바와 같이 좌파 계통의 책을 파는 곳이다. 두어 번 들어가서 내가 관심 있는 저자들의 책이 있나 하고 훑어보았으나 모두 허탕쳤다. 이렇게 책방은 부실했지만, 책방을 지키고 있는 사람은 상당히 열성적인 좌파 인사였다. 그는 자기네 활동을 열심히 선전하면서 내게 은근히 후원자가 되기를 권유하였다. 책도 별로 없고 진열해 놓은 것도 엉성한 그 책방이 주인의 열정만으로 얼마를 더 버틸지 걱정이 되는 곳이다.

바로 그 맞은편에 '버클리 공공도서관의 친구들(Friends of the Berkeley Public Library)'이라는 헌책방이 있다. 이곳은 기증받은 도서를 자원봉사자들이 정리하고 팔아 그 수익금으로 버클리 공공도서관을 후원하는 곳이다. 이곳의 최대 장점은 책값이 대단히 싸다는 것이다. 페이퍼백은 보통 50전이고 하드커버도 2~3불밖에 안 한다. 참고서적은 대개 크고 두껍게 마련인데 그런 책도 값이 마찬가지니까 나같이 사전류에 관심이 많은 자는 운 좋으면 귀한 책을 생각할 수 없는 싼값에

여창감상(旅窓感想)

살 수 있는 곳이다. 그래서 그곳에 갈 때는 '오늘은 무슨 횡재를 할까?' 하고 언제나 마음이 설렌다.

그러나 거기서 귀한 책을 얻기는 쉽지 않다. 대개 쓸 만한 것은 필요한 사람들에게 미리 주거나 아니면 헌책방에 팔고 난 다음 남은 것들을 그곳에 기증하는 경우가 많기 때문일 것이다. 그러므로 좋은 책을 싼값에 사려면 '반값 서점(Half Price Books)'으로 가는 편이 좋다. 이곳은 버클리 중심가에 있는 번듯한 서점인데 새 책과 헌책을 함께 염가에 파는 곳이다. 반값이라고 했지만 새 책도 대개 5분의 1 내지 10분의 1 값으로 팔기 때문에 그곳에 가면 꼭 필요하지 않은 책도 충동구매를 하기도 하고, 페이퍼백으로 갖고 있는 책을 하드커버로 개비하느라고 사는 경우도 있다.

그러나 내가 제일 좋아하고 자주 가는 책방은 '모우(Moe's)'라는 책방이다. 이곳은 버클리에서 여러모로 다른 책방의 추종을 불허하는 제일가는 책방이기 때문이다. 우선 그곳에는 책이 많다. 4층이나 되는 넓은 매장에 책이 꽉 차 있는데, 그것도 모자라서 책이 가득 찬 트럭(책을 싣고 다니는 이동 선반)들이 곳곳에 놓여 있다. 그리고 꼭대기 층에는 사서(司書) 겸 점원이 한 명 따로 상주하는 유리 칸막이가 된 방이 있는데 이곳은 '모우의 미술 및 고서적 별실(More Moe's Art and Antiquarian Shop)'로서, 마치 도서관의 귀중도서실같이 희귀 도서를 진열해 놓고 사고 파는 곳이다. 책을 사지 않더라도 들어가서 눈요기만 하더라도 마음이 즐거운 곳이다. 또 신간 철학 서적이나 문학비평 이론서만 할인해 파는 코너가 따로 있는데 이곳에는 의자까지 비치되어 있어서 거기에 앉아 책 내용을 느긋이 검토해 볼 수 있다. 한편 카운터에는 새로 구입한 책들이 항상 높이 쌓여 있으며, 그것들이 창고로 들어가서 분류되고 값이 매겨져서 매일 새로 꽂힌다. 그만큼 책의 순환이 빠르고, 그만큼 고객이 새로운 책을 접할 기회가 많다는 것이다.

둘째로, 환경이 쾌적하다. 그곳은 어느 새 책방 못지않게 실내도 깨끗하고 조명도 밝다. 이 책방은 새 책에 못지않게 깨끗하고 좋은 상태의 헌책만 취급한다는 점도 실내의 쾌적함을 유지하는 데에 한몫을 하고 있다.

셋째는 고객에 대한 서비스가 좋다는 점이다. 그곳의 직원들은 카운터에 있는 사람이건 트럭을 밀며 선반에 책을 꽂는 사람이건 내가 찾는 책에 관해 물어보면 친절하게 대답해 줄 뿐만 아니라 전반적으로 도서에 대해 해박한 지식을 가지고 있었다. 그러니까 그곳의 직원들은 전부 사서 출신이거나, 대단한 독서가가 아니면 높은 학문과 문화의 배경을 갖고 있는 사람들 같았다. 어떻든 나는 그들로부터 늘 만족스런 대답을 받았는데, 이 점은 헌책방이 손님에게 베풀 수 있는 가장 중요한 서비스라고 생각한다.

이와 관련해서 또 한 가지 언급하고 싶은 것은 1년 365일 문을 연다는 것이다. 우리네같이 공휴일이나 일요일에 심심해서 책방을 들르는 자들에게는 이 또한 대단히 큰 서비스가 아닐 수 없다. 이래서 나는 빈 시간만 나면 이곳에 가고, 때로는 누구와 만날 때도 이곳을 약속 장소로 이용하기도 한다.

한 나라의 학문적, 문화적 수준은 그 나라 국민의 독서량과 비례한

여창감상(旅窓感想)

다고 말할 수 있다. 그 독서량은 책방의 수로써 가능할 수 있을 것이다. 책방은 새 책방과 헌책방이 다 있어야 하지만, 나는 헌책방에 더 큰 비중을 둔다. 헌책은 누군가가 수많은 새 책 중에서 골라 샀던 것이다. 즉, 그것은 독자에 의해 한 번 선택된 것이고 그만큼 가치가 인정된 것이다. 그것이 다시 헌책방으로 나온 것은 헌책방 주인이 또 다른 사람에 의해 그것이 구매될 것이라고 판단해 산 것이므로 또 한 번 선택된 것이다. 이렇게 두 번 선택됐다는 것은 그 책이 그만큼 공인된 양서(良書)임을 말해 준다. 헌책방이 잘된다는 것은 그런 양서를 읽는 사람이 많다는 것이므로 그것은 그만큼 두터운 건전한 독자층이 있음을 뜻한다.

새 책은 학생들같이 필요에 의해 사는 경우가 많다. 필요에 의해 책을 샀던 사람들이 그 필요가 충족되고 난 다음에도 자발적으로 책을 더 살는지는 미지수이다. 그러나 헌책을 사는 사람들은 대부분 자발적인 욕구를 충족하기 위해서 책을 사는 사람들이다. 이들은 진정으로 책을 사랑하고 독서를 즐기는 사람들이기 때문에 헌책뿐만 아니라 새 책도 물론 사서 읽는 사람들이다. 그러므로 헌책을 사는 사람들이 정말 지적인 호기심을 갖고 있는 진짜 독서가들이라고 볼 수 있는 것이다. 이런 사람들이 한 사회의 중추를 이루는 사람들이다. 헌책방이 잘된다는 것은 바로 이런 사람들이 많기 때문이므로 나는 새 책방보다 헌책방을 더 중요시한다고 주장한 것이다.

그래서 미국의 유명 대학 근처에 좋은 헌책방이 있는 것이 부럽다. 그곳을 드나드는 사람이 많다는 것은 미국 사회가 그만큼 건전하다는 것을 증명한다. 그것이 바로 미국의 힘의 확실한 징표이도 한 것이다.

우리도 학문을 숭상하고 책을 중시하였던 민족인데 요즘은 그런 기풍이 많이 사라진 것 같아 우려되는 바 크다. 주로 술집, 음식점, 옷 가게가 즐비한 우리의 대학가에도 가 볼 만한 헌책방이 생기기를 기대해 본다.

(2013. 5)

여창감상(旅窓感想)

시용(Chillon)성에서

스위스에서 소위 골든 패스 라인(Golden Pass Line) 열차를 타고 서진
(西進)하면 종착지가 몽트뢰(Montreux)이다. 이 도시가 면하고 있는 호
수는 일명 제네바 호수라고도 하는 레만(Leman)호인데, 이 호수는 엘
리엇(T.S. Eliot)이 『황무지(The Waste Land)』에서 언급한 바가 있어서 영문
학도들에게는 귀에 익은 곳이다. 그러나 이 호수가 내게 각별한 의미
를 지니는 것은 엘리엇의 시보다는, 바이런(G.G. Byron)의 시 「시용성
에 대한 소네트(Sonnet on Chillon)」 때문이다. 이 시의 배경이 되고 있는
시용성이 바로 이 호숫가에 있는 것이다. 그래서 몽트뢰에서 내린 우
리 일행은 나의 소망을 좇아 시용성을 찾아가 보기로 했다.

나는 고등학생 때 양주동(梁柱東) 편 『영시백선(英詩百選)』인가에서
이 시를 처음 읽고 그때서부터 애송해 왔다. 내게 이 시는 열정적인
자유의 송가(頌歌)이며 우렁찬 자유주의의 선언으로 느껴졌던 것이다.
그래서 언제나 이 시의 처음 두 줄만 읊어도 내 가슴은 감동으로 벅차

올랐다.

> 구속 모르는 마음의 영원한 정신이여,
> 지하옥(地下獄)에서 가장 빛나는구나, 자유야! 너는,

> Eternal Spirit of the chainless Mind,
> Brightest in dungeons, Liberty! thou art,

바이런은 1816년 여름에 셸리(P.B. Shelley)와 함께 제네바 근처에 와서 한여름을 지냈다. 그때 둘이서 시용성을 방문하여 스위스 독립 투사인 보니바르(Bonnivard)가 그곳 지하옥에 6년간 갇혀 있었다는 이야기를 전해 듣고 이 14행시를 지었다 한다. 자유가 인간의 영원한 정신이라는 것은 자유를 그리는 인간의 염원은 생래적인 것이며 그래서 그것은 곧 인간의 기본적인 욕구임을 천명하고 있다. 또 어두울수록 불빛은 더 밝게 빛나듯이, 자유는 감옥 속에 유폐되었을 때에 가장 빛난다는 역설을 통하여 속박은 자유의 가치를 더욱 찬연히 빛나게 하며 억압할수록 자유를 위한 저항은 그만큼 더 맹렬해질 뿐이라는 것을 웅변하고 있다.

자유, 평등, 박애 등, 근대 시민사회를 건설한 이념들 중에서 자유만큼 젊은이들의 피를 끓게 하는 것이 무엇이 있겠는가? 이 시를 처음 접했을 때부터 나는 이 강렬한 메시지에 매료되고 말았던 것이다. 그래서 우리가 젊은 날에 겪은 그 엄혹한 상황 속에서도 나는 이 시를 읊으며 울분을 달래곤 하였다. 그러므로 시용성을 찾아가는 나는 자

유의 성소를 참배하러 가는 순례자의 심정이었다.

몽트뢰에서 출발한지 반 시간 남짓해서 시용성에 닿자, 나는 우선 지하옥을 찾았다. 사람 한 명이 간신히 통과할 수 있는 좁은 층계를 통해 지하로 내려가니 열주(列柱)가 서 있는 감옥이 나왔다. 세 번째 기둥에는 바이런의 이름이 새겨 있었고 다섯 번째 기둥에는 보니바르에게 채워졌던 족쇄의 사슬이 연결되었던 쇠고리가 박혀 있었다. 그 쇠고리를 보며 나는 나지막하게 바이런의 시를 읊었다.

> 그리고 그대(자유)의 아들들이 족쇄에 묶일 때
> 그리고 햇빛 안 드는 음습한 감옥에 갇힐 때
> 그들의 조국은 그들의 희생으로써 승리하도다,
> 그리고 자유의 명성은 온 천지에 풍미하도다.

> And when thy sons to fetters are consign'd —
> To fetters, and the damp vault's dayless gloom,
> Their country conquers with their martyrdom,
> And Freedom's fame finds wings on every wind.

내 가슴은 감격으로 벅차 올랐다. 그러나 그 승리를 위하여 얼마나 많은 희생과 고통이 있어야 했던가? 나는 그 쇠고리 앞에 서서 거기에 6년간이나 짐승처럼 묶이어 있었던 사람의 심경을 헤아려 보려 하였다. '얼마나 외롭고 두려웠을까? 얼마나 분하고 원통했을까? 또 얼마나 많은 회의(懷疑)가 그의 의지를 무너뜨리려 했을까? 아, 그리고 얼마나 강한 신념이기에 이 모든 것을 6년 동안 참아 냈을까? 이런 상념에 잠겨 그 위대한 정신에 경배를 드리는 심경으로 엄숙히 서 있었다.

그때 '딩동 딩동 딩동동' 하고 아내의 휴대전화에서 문자 메시지가 전달되는 신호음이 들렸다. 너무나 뜻밖이고 생뚱맞아서 못 들은 척할까 하였다. 그러다가, 여행을 떠나오면서 집에 남아 있는 아이들에게 꼭 전할 말이 있으면 문자 메시지로 보내라고 이르던 아내의 당부가 생각나서, 무슨 긴급한 연락인가 하고 물어보았다. 휴대전화기를 열어 보던 아내는 한국에서 온 광고 문자라며 전화를 끄는 것이었다.

광고문이라니! 지금 세상에 넘쳐흘러 이곳 자유의 성소까지 파고들고 있는 것이 '자유의 명성'이 아니라 기껏 상업 광고란 말인가? 그 엄청난 괴리가 주는 충격으로 머릿속이 한순간 하얗게 바래 버리는 느낌이었다. 보이는 것이라고는 벽과 천장뿐인 이곳에 보니바르가 묶여 있었을 때 그에게 들리는 것은 호수의 파도 소리뿐으로, 그는 바깥세상과는 철저히 단절되어 있었다. 그 뼛속까지 파고드는 외로움이 그가 가장 견디기 힘든 고통의 하나였을 것이다. 그렇게 단절된 곳이었기에 이 공간을 채웠던 것은 오직 자유에 대한 그의 의지, 그 인간의 자유 정신이었고 그것이 끝내 승리를 쟁취했기에 이곳이 자유의 성소가 되었던 것이다. 그런데 지금 이 지하옥 속은 자본주의의 첨병인 광고 메시지가 저자 바닥처럼 횡행하고 있고, 그것을 나르는 첨단 과학기술의 촉수가 구석구석 더듬고 있는 것이다. 보니바르에게 직접적인 고통을 주었던 육체적인 구속은 몇몇 전근대적인 나라를 제외하고는 이 세상에서 사라진 지 오래다. 그러나 오늘날 우리는 정말 자유로운가?

육체적인 구속으로부터의 해방이라는 소극적인 의미의 자유만으로는 인간이 정말 자유롭다고 말할 수는 없을 것이다. 밖으로부터 아무 간섭을 받지 않고 자기만의 시간을 자기 뜻대로 지낼 수 있는 사생활이 보장되지 않는다면, 몸이 아무리 자유로워도 그것은 진정한 자유라고 할 수 없기 때문이다. 그런데 과학기술의 힘과 결합한 상업주의는 세상 끝까지 우리를 쫓아다니며 우리의 사생활을 침해하고 우리의 정신을 지배하려 하고 있지 않은가? 그렇다면 지금 이 지하옥 속까지 비집고 들어온 이 간섭은 또 다른 형태의 구속과 속박이 아니고 무엇이겠는가?

생각이 여기에 이르자, 자유의 성소를 찾아왔다는 고양된 기분이 갑자기 꺼지면서 그곳에 더 있고 싶은 마음이 가셔 버렸다. 그곳은 더 이상 자유가 풍미하는 곳이 아니었다. 그리고 자유의 성소로서의 광휘가 사라진 시용성은 하나의 초라한 고성일 뿐이었다. 지상으로 올라와서도 성안의 다른 곳을 관람하고 싶지 않아서 그길로 성을 나와 버스 정거장으로 올라갔다. 언덕 위 버스 정거장에서 착잡한 마음으로 레만호를 내려다보았을 때 이 호수를 언급한 『황무지』의 구절이 떠올랐다.

레만호 물가에 주저앉아 나는 울었네…….

By the waters of Leman I sat down and wept…….

이 구절은 『시편』 137편을 변용한 것인데, 그 시편은 유대 민족이 바빌론의 포로가 되어 바빌론 강가에서 그들의 고토(故土) 시온성과 예루살렘을 그리며 울었다는 내용이다. 엘리엇은 현대인의 가치 상실과 절망을 표출하기 위해서 이 시구를 썼다. 그러나 이 구절은 자유의 상실과 연관하여 생각할 수도 있다. 왜냐하면 그 시편에서 유대인들은 그들의 신체적 자유와 그들의 신을 예배할 종교적 자유를 잃은 것을 뼈저리게 아파하며 탄식하고 있기 때문이다.

그런데 지금 우리는 어떠한가? 우리의 자유가 무시로 침해당하고 있다는 사실을 얼마나 명확히 인식하고 있는가? 더구나 그 침해는 육체적 고통을 수반하지 않기 때문에 우리의 저항심을 일깨우지 않으며, 바로 그렇기 때문에 우리의 정신적 자유를 영구히 훼손할 위험성을 안고 있지 않은가?

언덕에서 내려다 본 레만호는, 스위스에서 물빛이 가장 곱다는 명성에 걸맞게, 맑고 푸르렀다. 그러나 시용성을 떠나는 나의 심경은 그 물빛같이 맑을 수 없었다. (2012. 5)

골든 패스 라인

스위스의 루체른(Luzern)에서 몽트뢰(Montreux)까지 동서로 이어진 전철 여정을 골든 패스 라인(Golden Pass Line)이라고 한다. 이 구간은 스위스에서도 그만큼 경관이 빼어나다는 뜻일 것이다. 우리는 원래 루체른에서 인터라켄(Interlaken)까지만 이 노선을 타고 그다음은 남쪽으로 이동하게 되어 있었다. 그러나 인터라켄에서 일정을 당겨 움직인 관계로 하루의 여유가 생겼다. 그 남는 하루에 몽트뢰까지 갔다 옴으로써 이 구간을 전부 여행해 보기로 했다.

다음 날 아침에 전철을 타니까 날씨가 흐리리라는 예보와 달리 구름만 조금 오락가락할 뿐이어서 열차 여행을 하기에는 아주 적당하였다. 열차가 인터라켄의 서역을 빠져나가자 곧 툰(Thun) 호수가 오른편으로 펼쳐졌다. 맑은 물이 찰랑이는 호숫가를 내려다보다가 눈을 들어 건너편 북쪽 호반을 바라보면 푸른 물가에 띄엄띄엄 서 있는 별장 같은 저택들이 보였다. 숲을 배경으로 서 있는 이 집들은 때마침 찬란히 비치기 시작한 아침 햇살을 받아 흰 벽과 붉은색 지붕이 밝게 빛나고 있는 모습이 마치 방금 동화의 세계에서 나온 듯하였다. 그런 저택들을 지나자 멀리 호숫가에 낮은 집들로 이루어진 시가지가 보였고 그 시가지 다음에는 농가들이 옹기종기 모여 선 마을이 눈에 들어왔다. 그 집들 주위의 완만한 경사면에는 5월의 산뜻한 신록으로 갈아입은 목초 밭이 융단을 깐 듯이 고운 색을 발했고, 그 위로는 검푸른 숲, 그리고 하얀 눈을 이고 있는 검은 돌산이 그 뒤에 솟아 있었다. 그림엽서에서 보던 바로 그 풍경이었다.

호수가 끝나고 구릉지대가 이어질 때도 차창 밖의 풍경은 여전히 그림 같았다. 잘 정돈된 목초지에는 노란 민들레가 밭을 이룬 곳도 있었고 싱싱한 녹색 물결 속에 흰색, 보라색 들꽃들이 섞여 피어 있는 곳도 있었다. 그런 초원 위에 커다란 요령을 단 소들이나 흰색 검은색이 앞뒤로 반반인 양들이 한가로이 풀을 뜯고 있었다. 목재로 지은 반듯한 농가나 축사 주변에는 티끌 하나 찾아볼 수 없었다.

자연 환경의 깨끗함과 사람 살림의 평화로움 — 스위스의 아름다움은 그 두 가지에서 오는 것 같았다. 그런데 얼른 생각하기에는 자연과 사람이 잘 협력해서 이 아름다움을 만든 것 같지만, 따지고 보면 그 모두가 사람의 몫이었다. 평화를 이룩한 것은 물론이고, 자연을 깨끗이 가꾼 것도 사람의 몫이 아니고 무엇이랴? 수려한 자연이야 하늘이 준 것이지만, 그것을 그렇게 아름답게 지킨 것은 스위스 사람들의 노고였기 때문이다.

그러고 보니 일견 자연의 일부인 것 같은 곳도 스위스 사람들의 손

여창감상(旅窓感想)

길이 가 닿아 있는 것이 보였다. 손바닥만 한 땅이라도 이용할 수 있는 땅은 모두 목초지로, 밭으로 이용하고 있었다. 그러나 되도록이면 자연을 훼손하지 않고, 자연 본래의 형태를 그대로 살리면서, 토지를 이용하고 있기 때문에 사람이 경작하는 땅도 자연의 일부같이 보였던 것이다.

경작지만이 아니었다. 호숫가나 산비탈에 지은 집들도 자연경관과의 조화를 해치는 것은 없었다. 심지어 우리가 타고 가는 열차의 철로도 그랬다. 호수가 나타타면 호수 모양대로 물가를 따라가다가 호수가 끝나면 구릉의 형태를 따라 이리 빙글 저리 빙글 돌며 이 동네 저 동네를 넘나들었다. 오도가도 할 수 없이 산이 앞을 꽉 막아서야 굴을 뚫었지, 그렇지 않으면 땅 모양 생긴 대로 산자락을 휘감고 다녔다. 그래서 차창 밖을 내다보고 있노라면 산모롱이를 도는 기차의 앞머리나 꼬리를 자주 볼 수 있었다.

츠바이짐멘(Zweisimmen)에서 열차를 갈아탄 후 정오쯤 되자 바깥 풍경이 갑자기 바뀌었다. 내내 이어지던 산기슭이 사라지면서 시야가 탁 트이더니 까마득한 급경사 아래에 푸른 호수가 가로 펼쳐져 있는 것이 보였다. 스위스에서도 물빛이 가장 푸르다는 제네바 호수였다. 그 가장자리에 이 노선의 종착지인 몽트뢰의 시가지가 좁다랗게 늘어서 있었다. 벼랑 위를 기어가고 있는 것 같은 열차가 어떻게 저 아래로 내려갈까 걱정이 되었지만 열차는 산모롱이를 돌고 돌아 결국 우리를 몽트뢰 역에 무사히 내려놓아 주었다.

역 구내에서 나와 층계를 두어 개 내려가니까 곧 호수였다. 우리는 우선 호젓한 벤치에 앉아 호수를 바라보며 점심을 들었다. 그리고는 잘 정비된 호반 산책로를 따라 고성(古城) 시용(Chillon)을 찾아가 보고 돌아와서 다시 인터라켄으로 가는 전철을 탔다.

가파른 경사 길을 오르는 열차는 급커브를 돌 때마다 신음처럼 삐걱거렸다. 왔던 길을 다시 가는 것이지만 바깥 경치는 여전히 아름다웠다. 텅 비다시피 한 객실에서 쿠션에 길게 기대 앉아 선경 같은 경관을 내다보면서 우리는 오랜만에 한유하고 쾌적한 관광을 즐겼다. 열차라면 소위 고속전철에만 익숙하였던 우리에게 이것은 안락할 뿐만 아니라 색다른 경험이었다. 사실 고속전철이라는 것은 우리를 한곳에서 다른 곳으로 신속히 이동시켜 주는 편리함 말고는 즐길 것이 없다. 차창 밖의 사물이 하도 빨리 지나가서 잠시 동안 내다보더라도 어지러워질 뿐이고 무엇이 연변에 있는지 알 수가 없다. 고속이라는 인공의 극치는 우리를 우리 주위의 자연과 유리시키고 있는 것이다.

그러나 이 구간을 운행하는 열차는 계속 산굽이를 돌아야 하기 때문에 속력을 낼 수가 없었다. 옛날 우리나라 5~60년대의 완행열차 정도의 속도나 될까? 그래서 이 열차에서는 철로 가에 핀 노란 꽃이 민들레인지 미나리아재비인지를 확실히 분별할 수 있었다. 이 열차에서는 안에 타고 있는 사람과 차창 밖의 세상이 자연스럽게 연결될 수 있었다.

그러고 보니까 골든 패스 라인은 연변의 경관이 수려한 것만으로 아름다운 도정이 된 것이 아니었다. 그런 평가는 그 수려한 경관을 제대로 향수할 수 있도록 열차의 속도가 충분히 완만하기에 내려질 수 있었던 것이다. 바로 그 정도의 속도가 인간에게 알맞은 속도라는 생각이 들었다.

(2012. 5)

여창감상(旅窓感想)

맨발

미얀마는 면적이 남한의 여섯 배가 넘고 6천만 국민의 대다수가 불교도인 최대의 불교국가이다. 같은 불교국가인 태국과 다른 동남아 국가들도 가 보았지만, 미얀마같이 도처에 불탑이 서 있고 동리마다 사찰이 있는 곳은 못 보았다. 관광지도 자연히 불교와 관련된 곳들이었다. 그런데 사원 경내에서는 맨발만 허용되었다. 관광객들도 모두 양말까지 벗어야 했다. 벌거벗은 해변에서도 맨발로 나서면 처음에는 좀 멋쩍고 서투른데, 평상복을 입고 맨발로 걷자니 상당히 어색하였다. 우리네보다 더 어색해하는 사람들은 관광객의 대부분을 차지하는 서양 사람들이었다.

그런데 맨발은 묘한 효과를 내었다. 아무리 성장한 사람이라도 그의 발을 벗겨 놓으면 그 성장이 빛과 위엄을 잃어서 주위의 같이 발을 벗은 보통 사람들과 같은 평면에 서게 만드는 것이다. 맨발은 이같이 모든 사회적, 경제적, 교육적 우위를 내려놓는 일종의 무소유를 실현하게 하고 그럼으로써 자신을 낮추는, 소위 하심(下心)을 갖게 만든다.

부처가 평생 맨발이었던 것은 그의 이러한 평등 사상과 무소유를 상징한다고 말할 수 있다. 그러고 보면 절에서 발을 벗기는 것은 사람들로 하여금 불교의 요체를 증험하게 하는 좋은 방법이라고 볼 수 있다.

미얀마 사원은 이렇게 갑자기 맨발이 된 방문객을 위해서 바닥에 대개 타일을 깔아 놓았다. 그러나 타일이 깨어진 데도 있고 높낮이가 다른 데도 있을 뿐 아니라, 혹 조그만 돌멩이라도 있어 밟으면 "아!" 소리가 날 정도로 아팠기 때문에 늘 아래를 내려다보면서 조심스럽게 발을 내딛어야 했다. 그래서 이번 여행에서는 많은 불상과 불탑과 더불어, 자연히 사람들의 발걸음과 발도 많이 보게 되었다.

미얀마 사람들은 평소에 대개 엄지발가락만 걸치는 슬리퍼를 신고 다녀서 맨발이 무척 자연스럽고 편해 보였다. 그 사람들은 맨발로 다닐 때 아래쪽에 눈길 한번 안 주어도 발끝에 눈이라도 달린 듯이 걸리거나 부딪히는 법이 없이 활달하게 걸었지만, 외국인들은 모두 쭈뼛쭈뼛하고 주춤대는 걸음새였다.

걸음걸이보다 더 차이가 나는 것은 발이었다. 관광객들의 발은 마치 토굴 속에 오래 유폐되었다 나온 사람의 안색처럼 허옇게 세고 파리하여 불건강해 보였다. 그중에서도 서양인들의 발은 살아 있는 사람의 발이라고 보기가 어렵게 핏기 없는 것이 많았고, 색깔뿐 아니라 발 자체가 기형화한 것도 많았다. 특히 나이 든 여인들의 발은, 얼굴로 치면 광대뼈가 나온 것같이, 엄지발가락의 아래 관절이 밖으로 튀

어나온, 무지외반증(母指外反症) 발이 많았다. 심한 경우, 엄지가 둘째 발가락 위에 올라앉거나 반대로 둘째발가락이 엄지 위에 올라앉은 것들도 보였다. 또 발톱에 무좀균이 침범해서 변색된 발, 뒤꿈치의 각질이 갈라진 발 등, 병든 발들이 태반이었다.

반면에 미얀마인들의 발은 하나같이 건강해 보였다. 우선 그들의 발은 몸의 다른 부분보다 훨씬 더 검었다. 이들은 타나카라는 나무의 즙을 내서 얼굴과 팔에 허옇게 바르고 다니는데 이 나무즙은 피부에 좋을 뿐만 아니라 자외선 차단 효과도 있어서 피부를 덜 타게 한다. 그 밖에도 모자나 양산을 써서 윗몸은 태양광선으로부터 보호받지만, 발은 땡볕에 항시 노출되어 있기 때문에 다른 데보다 더 타게되어 있었다.

그렇게 검게 탄 발은 우선 겉으로 보기에도 우리 관광객들의 발보다 훨씬 건강해 보였는데, 이 점은 자세히 관찰해 볼수록 분명한 사실로 드러났다. 그들의 발가락은 우리의 것같이 한데 몰려 붙어 있지 않고, 마치 멍게의 돌기들처럼 하나하나가 탱글탱글하게 살아 있었다. 발가락을 한데 오그리게 할 울이 아예 없는 슬리퍼를 신고 다니니까 발가락들이 각기 제 방향으로 뻗어 독립된 위치를 차지하고 있는 것이었다. 이처럼 발가락에 가해지는 외부의 압력이 없으므로 발가락이 변형될 리 없고, 또 서로 떨어져 있어 그 사이로 햇빛과 공기가 자유로이 드나들기 때문에 잡균이 침입할 리도 없어 건강하지 않을 수 없었다. 이렇게 발가락들이 모두 제각각의 위치를 차지한 발—이것이 발의 제 모습이라는 것을 나는 미얀마에서 새삼 알게 되었다.

미얀마 사람들은 이렇게 발가락이 모두 따로 떨어져 있는 발을 발의 정형으로 보고 있다는 사실을 나는 슈웨다곤 사원 안의 한 불상에서 확인하였다. 아마도 세계에서 가장 화려한 불탑을 가진 슈웨다곤 사원 안에는 수많은 불상이 모셔져 있었다. 그중에는 와불상도 몇 있는데, 한 와불의 발이 그런 모습이었던 것이다. 옆으로 누운 부처의 두 발이 포개져 있으므로 당연히 발가락들이 붙어 있으련만, 이 부처의 열 발가락이 다 떨어져 있었던 것이다. 이는 열 발가락이 다 따로따로라는 기본 인식이 있지 않는 한 있을 수 없는 현상이었다.

그 불상을 보고 난 다음부터 사람들의 발가락을 눈여겨보았더니 관광객들의 경우, 오래 결박된 상태로 인해 발가락들이 대개 한데 몰려 붙어 있었고, 전술한 엄지와 둘째발가락 사이의 기형 외에도 새끼발가락의 퇴화가 특히 눈에 띄었다. 새끼발가락이 제 나름의 공간과 역할을 확보하고 있는 것이 아니라 대체로 넷째 발가락에 밀려 붙여져서 넷째 발가락의 보조 역할이나 하는 정도였다. 또 그 발톱은 계속된 압력에 못 이겨 찌그러지고 쪼그라들었거나 아예 시늉만 남은 경우도 보였다.

반면에 미얀마 사람들의 새끼발가락은 넷째발가락에서 뚝 떨어져 있을 뿐만 아니라 심지어 옆으로 발랑 젖혀져 있기까지 한 것들이 많았다. 그래서 몸이 옆으로 밀리는 경우 딱 버티는 분명한 역할이 살아 있었고 발톱도 납작한 것이 반듯하게 붙어 있었다. 신발을 신었을 때는 관광객들의 고급 신발과 미얀마인들의 싸구려 슬리퍼가 곧 그들의 선진성과 후진성을 상징적으로 표출해 주었는데, 신발을 벗고 보니까

여창감상(旅窓感想)

발의 건강에 관한 한 그런 위계는 완전히 역전돼 버렸다.

이런 역전 현상은 새삼스럽게 거론할 필요도 없이, 구두라는 문명의 이기의 오남용이 빚은 결과였다. 구두는 원래 발을 보호하고 편하게 해 주기 위해 고안된 것이었지만 매일 너무 오래 착용하니까 발에게는 감옥이 되고 말았다. 더구나 본래의 목적과는 달리 맵시를 내는 것이 위주가 되자 앞볼은 좁아지고 뒷굽은 높아지면서 사뭇 고문 기구가 되어 버린 것이다. 이런 가죽 형틀에 묶이어 매일 주리를 틀리니 발에 변괴가 안 일어날 수 가 없는 것이다.

땡볕을 피해 잠시 그늘에 앉아 쉬면서 내 발을 내려다보니 그 역시 병들어 가고 있었다. 나를 위해 항상 가장 힘든 노역을 담당하고 있지만, 햇빛 한번 제대로 못 쬐고 마음껏 기도 펴 보지 못한 채 시들어 가고 있었던 것이다. 그 훼손된 발이 "이것이 문명된 것인가? 이것이 아름다운 것인가?" 하고 내게 항변하는 듯하였다. (2015. 2)

방생(放生)

미얀마의 절에 가면 입구에 행상들이 많다. 대개는 꽃이나 기념품을 파는 사람들이다. 그런데 한 사원 앞에 가니까 싸리나무로 둥글게 엮은 옛날의 병아리 어리 같은 것을 놓고 앉아 있는 사람이 있었다. 어리 안을 들여다보니 각종 작은 새들이 가득 들어 있었다. 얼마 전 TV에서 방영한 미얀마 특집에서 본 광경이 떠올랐다. 어느 새잡이에 관한 에피소드였다. 벼 수확을 할 때 벼를 다 베지 않고 두세 이랑을 한 10미터 정도 남겨 두고 새가 와 앉으면 그물로 덮쳐 잡는 것이었다. 그렇게 한번 잡고 나면 새들이 오지 않았다. 그러면 새 한 마리의 다리를 볏대에 묶어 놓았다. 그 새가 거기서 짹짹거리게 하면 주위에 있던 새들이 다시 몰려들어 또 잡곤 하는 것이었다.

새잡이는 잡힌 새를 두 가지로 분류했다. 하나는 완상용같이 조금 비싸게 팔 것이고 나머지들은 한 군데다 몰아 놓았다. 그 잡새들은 무엇 할 것이냐고 물었더니 '방생용'이라는 것이었다. 내가 본 어리에 간

여창감상(旅窓感想)

힌 새들이 바로 그 새들인 것이다.

어리 안에서 퍼덕거리는 새들을 들여다보면서 방생을 좀 하는 것이 어떠냐고 아내에게 제의하였으나 선뜻 나서지를 않았다. 아내가 다니는 절의 스님이 방생은 사람에게 잡혀 죽게 된 목숨을 살려 주어야 뜻이 있지, 장사 목적으로 잡아 온 동물을 사서 풀어 주는 것이 무슨 의미가 있느냐면서 그런 짓 하지 말라고 하였다는 것이다.

그러면서도 아내는 또 다른 이야기를 들려주었다. 한 스님이 홍콩에 갔을 때 새잡이가 잡아 온 새를 전부 사서 새장 문을 열어 주었더니 새들이 그냥 가지 않고 모두 스님 머리 위를 한 바퀴 돌고 나서 각기 흩어져 날아가더라는 것이었다. 그러면서, "그러니 어떻게 새들을 미물이라고 하겠어요?" 하는 것이었다. 새를 낯선 데에 풀어 놓으면 우선 방위를 잡느라고 한 바퀴 도는 습성이 있는데, 아내는 그런 행동을 해방시켜 준 사람에 대한 새들의 감사 표시였다고 생각하는 것이었다. 그러나 나는 아내의 생각에 이의를 달지 않았다. 그것은 주로 높이 날아 멀리 가는 새들의 습성일 것이며, 참새같이 땅 위를 요리조리 날아다니는 작은 새도 그런지 알 수 없을뿐더러, 실제로 새들이 감사의 표시로 머리 위를 돌았을 수도 있기 때문이다.

또 그렇게 생각하는 것이 얼마나 아름답고 감동적이며 착한 마음씨인가! 사람과 새가 한 마음이라는 것은 모든 것을 인간 본위로 보는 인간 위주의 망상이라고 타기하기만 할 일이 아니다. 새도 고통을 피하고 구속을 싫어하는 마음은 사람과 똑같지 않은가? 그 이중의 질곡에서 자기를 구출해 준 사람을 두 눈으로 똑똑히 보았으니, 새장에서 풀려날 때 그에게 고마운 마음을 가졌으리라는 것은 너무나 당연하다 생각되었다. 더구나 불교에서는 모든 중생이 다 불성(佛性)을 가져서 성불할 수 있다고 설하고 있는데, 그것은 모든 중생의 마음이 한 가지라는 보편적 평등의 대전제가 없이는 이루어질 수 없는 논리이다.

이런 생각은 기독교에서도 볼 수 있다. 아시시의 성자 프란체스코(San Francesco d'Assisi)는 새에게 설교한 것으로 유명하다. 그는 모든 동물을 '형제'라고 불렀다. 사람이나 동물이나 다 같은 하느님의 피조물이기 때문에 동등할 뿐만 아니라 한 마음이라고 생각했기 때문이다. 이같은 근본적인 평등 사상이 있었기에 그는 사랑의 복음을 새에게도 전할 수 있다고 확신했던 것이다. 이런 점들을 참작하면 새가 실제로 고마워서 스님의 머리 위를 돌았을 개연성이 충분히 있는데, 공연히 확실치도 않은 지식을 갖고 아내의 말에 토를 달 수가 없었던 것이다.

새를 방생한다는 것은 미얀마 특집을 통해 처음 알았지만, 자유의 기쁨을 되돌려준다는 면에서는 최적의 선택이라고 생각되었다. 우리나라에서는 주로 물고기나 자라로 방생을 한다. 잡혔던 물고기를 강이나 호수에 놓아 주면 처음에는 어리둥절한 듯이 가만히 있다가 꼬리짓 한 번 크게 쳐 금방 깊은 물속으로 사라져 버리고 만다. 그러면 이제 인간의 손이 미치지 않는 넓은 물속 세상에서 자유로이 노닐 물고기의 자유를 상상하며 풀어 준 사람도 커다란 기쁨을 함께 느끼는 것이다.

그러나 물속 세상보다도 하늘은 얼마나 더 넓은 자유천지인가? 거기서 마음껏 누렸던 그 큰 자유를 느닷없이 박탈당했을 때 새가 느꼈을 손패감(損敗感)은 잡힌 물고기의 그것보다 훨씬 더 컸을 것이다. 오

여창감상(旅窓感想)

죽해야 갇힌 것을 눈으로 뻔히 보면서도 수없이 날아올라 머리를 어리에 부딪고 떨어지는가? 그것은 갇힌 것이 도저히 믿기지 않아서, 아니면 갇힌 것을 알면서도 그 사실을 참을 수 없어서 반복하는 절망의 몸짓일 것이다. 저 작은 가슴을 얼마나 크나큰 고통이 짓누르고 있는 것일까?

방생용으로 잡아 온 새를 사서 풀어 주는 것은 밉살머리스런 장사군의 배를 불려 주는 것이고, 그런 점에서 그로 하여금 그 가증스런 짓을 계속하도록 부추겨 주는 것이 사실이다. 그러나 새의 입장에서는 어떤가? 식용으로 잡혔건 방생용으로 잡혔건, 억울하고 원통하기는 마찬가지일 것이다. 식용이면 차라리 금방 도살되어 고통의 기간이나 짧겠지만, 방생용이면 누가 사 줄 때까지 한없이 고통을 당하다가 끝내 사주는 사람이 없으면 결국 어리 안에서 죽고 말 것이다. 그러니 구원되어야 할 이유는 어느 쪽이나 마찬가지로 절실한 것 아닌가?

내가 작은 새들에게 이렇게 마음이 쓰이는 것은 어렸을 때에 겪은 한 사건 때문이다. 6·25 때 시골로 피난을 갔을 때였다. 초등학교 5학년생이었지만 학교를 갈 수 없어 심심했던 나는 늘음줄을 만들어 가지고 놀았다. Y자형 나무에 고무줄을 매어 돌을 쏘는 새총을 우리는 늘음줄이라고 불렀다. 그곳에 있는 솔밭에는 참새들도 많았고 바닥에 작은 돌멩이도 많았다. 나는 매일 거기 나가서 새를 향해 늘음줄을 쏘았다. 그러다 어느 날 참새 새끼 한 마리가 내 늘음줄에 맞아 떨어졌다. 난생 처음으로 포획한 새였다. 나는 벅찬 흥분에 들떠 뛰어가서 새를 집어 들었다. 새는 내 손 안에서 할딱이다 이내 죽었다. 그러나 상처가 보이지 않기에 가슴의 깃털을 들쳐 보았더니 거기 새의 머리만큼 큰 피멍이 부어올라 있었다. 한껏 고양되었던 나의 기분은 그 순간 감당하기 힘든 죄책감으로 뒤바뀌었다. 사람으로 치면 배구공만한 돌이 날아와 가슴을 때린 것이었다. 얼마나 아팠을까? 나는 새에게 엎드려 빌고 싶었다 ― '다시는 새를 향해 늘음줄을 쏘지 않을 테니 용서해 달라'고. 새를 양지 바른 곳에다 묻어 주면서도 용서를 빌고 또 빌었다. 그때서부터 나는 작은 새에게 큰 빚을 진 마음이 생겼다.

나중에 자라서 슈바이처(Albert Schweitzer)의 책『나의 삶과 사상에서(Out of My Life and Thought)』를 읽어 보니까 그도 그것과 흡사한 경험을 했었다. 그때 느낀 새에 대한 죄책감과 연민이 '생명에 대한 외경(reverence for life)'이라는 그의 사상의 단초가 되었던 것이다. 나는 같은 경험을 하고도 그것을 체계적인 철학적 사상으로 발전시키지 못하고 오직 죄책감과 부채감으로만 지녀 오고 있는 데, 어리 안의 작은 새들이 바로 그것들을 다시 불러일으켰던 것이다.

경내를 둘러보면서도 나의 마음은 이런 생각들로 인해 편치 않았다. 구경을 다 하고 나오면서 다시 그 새 어리를 지나게 되었을 때였다. 아내가 새 장수에게로 다가가서 지폐를 한 장 내어 주는 것이었다. 내가 갇힌 새들 때문에 심기가 불편한 것을 알아채기도 했으려니와 실은 아내 자신도 그 앞을 차마 그냥 지나칠 수 없었기 때문이었을 것이다. 새 장수는 어리 꼭대기의 뚜껑을 열고 팔을 넣어 휘젓더니 작은 제비 두 마리를 움켜서 아내에게 주었다. 아내는 그것을 두 손으로 조심스럽게 받아 들고 길가로 가서 무어라고 잠깐 기도를 하고는 놓아 주었다. 제비들은 순식간에 각기 제 갈 방향으로 날아가 버렸다. 제비들이 혹 고마움을 느꼈던들 우리의 인색한 선심에 무어 감동할 것이 있어 머리 위를 돌고 가겠는가? 물론 우리도 우리의 자선이 너무나 초라한 것임을 잘 알고 있었으므로 그런 보답은 생각지도, 바라지도 않았다.

그렇게 두 마리의 제비를 풀어 주어 약간의 부채감은 덜었지만 그곳을 떠나오는 내 마음은 방생하기 전보다도 더 괴로웠다. 새 장수가 제비를 꺼낼 때 바닥에 오글오글 모여 있던 엄지손가락만큼 작은 참새들을 보았기 때문이다. '저것들은 하늘을 날기 시작한 지 며칠 만에 잡혀왔을까? 한번 제대로 높이 날아 보기나 했을까? 이제 막 세상에 나와 삶의 즐거움을 맛보기도 전에 잡혀왔을 터이니 얼마나 원통하고 한스러울까? 이런 생각을 하니까 짹짹거리던 그들의 소리가 자기들을 구해 주지 않고 가 버리는 무정한 나를 원망하는 소리가 되어 귀에서 떠나지 않았다.

'다시 돌아가 작은 새들을 다 사서 날려 준다? 그러면 어리 안에 남은 다른 새들은 또 어떡하고? 돈이 자랄는지 모르지만 그것들도 다 사서 풀어 주어? 그러면 어리 밖에 매어 놓은 올빼미 새끼, 매 새끼, 등 큰 새들은 또 어떻게 하지? 그들마저 풀어 준다 한들 새 장수를 설득하여 개과천선시키지 않으면 다음에 더 많은 새를 잡아올 것 아닌가?'

이렇게 문제를 확대해 나갈수록 나는 점점 더 자신이 없어졌다. 사실 나의 자비심은 기껏해야 작은 새들을 사서 풀어 주는 것 정도가 고작이었다. 그 이상은 생각만 했을 뿐이지 실행 가능성은 거의 없는 것들이었다. 특히 마지막에 새 장수를 개과천선시킨다는 대목에 이르러서는 스스로도 코웃음이 나왔다. 부도덕하고 반생명적인 축사와 양식장에서 사육한 날짐승, 길짐승, 물고기를 매일 잡아먹고 있는 주제에 먹고살기 위해 새들을 잡아 파는 사람을 나무란다는 것은 소도 웃을 노릇이었기 때문이다. 또 나의 시간과 돈을 들여서 그에게 다른 생업을 마련해 줄 만큼 그렇게 이타적인 위인도 못 됨을 나 자신이 잘 알고 있는 터였다. 나는 단지 실행하지 못할 동정심에 탐닉한 것이었으며, 그것은 자기기만적인 감정의 유희에 불과한 것이었다.

어느 날 아프리카 사람들의 참상을 듣자 곧 철학자, 예술가로서의 영예롭고 안락한 삶을 던져 버리고 가봉의 오지로 봉사하러 떠나기로 한 그 장한 결심과 큰 사랑, 그런 위대한 양심의 발로는 슈바이처 같은 특별한 사람에게만 있을 수 있는 것인가? 그렇지 않을 것이다. 모든 중생이 다 부처가 될 수 있다면 내 마음속 어디엔가에도 동체대비(同體大悲)의 부처 마음이 있을 것이다. 그것이 발현(發現)하지 못하는 것은 나의 이기심과 세속적인 집착이 그것을 겹겹이 얽매고 있기 때문일 것이다. 그렇다면 나야말로 미망의 감옥에 갇혀 있는 자요, 나야말로 그 강고한 집착의 구속에서 풀려나야 할 존재가 아닌가?

불가에서 신도들에게 방생을 권하는 뜻도 잡힌 동물 한두 마리를 풀어 줌으로써 손쉬운 위안을 얻게 하기 위한 것은 아닐 것이다. 아마도 그 참뜻은 이기심과 집착의 속박에서 구제되어 자유천지에로 방생되어야 할 자는 바로 우리 자신이라는 것을 깨닫게 하는 데 있을 것이다.

(2015. 2)

여창감상(旅窓感想)

황금 부처

만달레이는 미얀마 마지막 왕조의 수도였던 고도로서 여러 가지 고적지가 많다. 왕궁을 제외하면 대부분이 사찰인데 그중에서도 가장 유명한 곳이 마하무니 파야(사원)이다. 그곳에는 부처의 생존 당시 그를 직접 모델로 하여 조성했다는 전설이 있는 거대한 황금 부처가 있기 때문이다. 이런 연유로 그곳은 미얀마의 3대 불교 성지 중 하나가 되었다. 우리가 찾아갔을 때에도 관광객보다도 훨씬 더 많은 미얀마인 성지 순례자들로 경내가 붐볐다.

입구에 들어서 바라보니까 양쪽으로 열주가 늘어선 긴 복도가 이어졌는데, 그 복도 끝 법당에 불단을 모으고 그 위에 커다란 황금 불상을 안치해 놓았다. 그런데 복도에는 앉아서 예배드리는 신도들로 꽉 차서 안으로 들어갈 수가 없었다. 할 수 없이 복도 밖으로 나가서 불단의 측면으로 접근해서야 불상을 좀 자세히 볼 수 있었다.

불상은 좌불이지만 보관(寶冠)까지 합하면 높이가 좋이 3~4미터는 되는 대불인데 그 큰 부처의 전신이 황금으로 뒤덮여 있었다. 보관과 가슴의 장신구들과 특히 거울같이 매끈하게 닦인 부처의 얼굴이 휘황한 조명을 받아 찬연한 황금색으로 빛나는 모습은 과연 장관이었다.

그런데 불상 주위에는 승려와 신도들이 계속해서 작업을 하고 있었다. 그들은 얇은 금박을 부처에게 붙이고 있는 것이었다. 그래서 이 불상의 몸은 점점 더 커 가고 있다 한다. 그러고 보니 팔, 무릎, 몸통에 붙인 금박들이 불룩불룩하게 뭉쳐져 있었다. 그렇게 이 불상에 덧붙여진 금의 두께만도 벌써 15센티나 된다는 것이다.

재물을 내서 불상을 장엄(莊嚴)하는 것은 하나의 공덕일 것이다. 재물 중에서도 가장 귀한 금을 내서 장엄하는 것은 그래서 크나큰 공덕으로 여겨졌을 것이다. 그러나 부처는 무소유를 설했다. 부처에게 황금은 흙덩이만도 못한 것이다. 금은 단지 헛된 소유욕에 절어 있는 중생의 마음에나 소중한 보물일 따름이다. 어떻든 그렇게 움켜쥐려고만 한 금을 부처에게 바친 것만도 세속적 집착을 끊은 점에서는 대단한 것이다.

그러나 그것이 황금에 대한 애착을 완전히 끊은 것일까? 황금이 황금의 상태로 있는 한 그 세속적 가치는 그대로 보유하는 것이고 그것을 내놓은 사람도 값비싼 재화를 내놓았다는 의식을 그대로 지속하는 것이다. 그래서 그는 황금을 바치고도 마음으로 아직도 황금을 놓지 못하고 있는 것이다. 더구나 누군가 자기의 몸무게만큼의 황금을 바쳤다는 말이 전해 내려오면 지금도 저 안에 그 사람 몸무게만큼 그의 금이 들어 있음을 사람들은 떠올리게 되고 그런 면에서 그는 아직

여창감상(旅窓感想)

도 그 황금을 소유하고 있는 것이다. 그러니 부처를 덮고 있는 저 황금─부처에게는 티끌만도 못한 것이고 대개는 헌정한 사람들의 허영심을 만족시키는 저 황금이 정말 부처를 기리는 것인가. 그보다는 황금을 흩어 부처의 가르침을 널리 전하고 가난한 사람들을 구휼하는 것이 진정으로 황금을 부처에게 바치는 것이 아닐까?

이런 생각을 하며 사원을 나오니 해는 벌써 서편으로 꽤 기울어 있었다. 우리의 다음 행선지는 우 베인 다리인데 그 다리는 일몰의 경관이 특히 일품이라고 알려진 곳이다. 그래서 우리도 해가 지기 전에 다리에 도착하게 해 달라고 운전사에게 각별히 부탁하며 차에 올랐다.

톤타만이라는 호수를 남북으로 가로지르고 있는 이 목조 다리는 교각 사이로 해가 드는 아침, 저녁때가 사진 촬영의 적시라 한다. 우리가 도착했을 때는 석양이 비끼기 시작할 무렵이었으므로 낙조를 배경으로 다리를 볼 수 있는 다리 동쪽의 호숫가는 벌써 사람들로 가득 차 있었고 그들보다 더 적극적인 사람들은 배를 세내어 타고 호수로 나아가 일렬로 늘어서서 다리를 바라보고 있었다.

우리는 먼저 다리를 걸어 보기로 하였다. 이 다리는 전체가 티크 나무로 되어 있었다. 교각은 약 2미터 간격으로 박은 티크 통나무였다. 그 교각들을 나무로 잇고 그 위에 작은 각목을 가로로 깐 것이 전부인 다리였다. 그 각목도 촘촘히 댄 것이 아니라 발이 끼지 않을 정도로 사이가 떨어져 있어서 아래의 호수 물이 훤히 내려다보였다. 난간은 다리 가운데에만 있는데 그 역시 손잡이만 있고 그 손잡이와 다리 바닥 사이는 비어 있었다. 이 좌우상하로 텅 빈 다리, 바람이 옆으로 위아래로 거침없이 통과하는 다리, 그래서 없는 듯이 있는 이 다리를 걷는 것은 마치 물 위의 허공을 걷는 기분이었다. 그렇게 가리는 것이 없는 다리를 건너니까 마음도 그만큼 허허로워졌다.

다리를 건너갔다 돌아온 후에도 해가 아직 남아 있어서 우리도 다리 동쪽으로 나와 낙조를 등진 다리를 바라보았다. 거리를 두고 본 다리는 가장 기본적인 기능을 위해서 최소한의 재료를 사용한 토목의 최소주의(minimalism)를 구현하고 있었다. 서편 하늘을 꽉 채운 붉은 노을을 배경으로 까맣게 나타난 다리의 골격은 차라리 빈약하였다. 자연 위에 세워진 인간의 축조물은 대개가 자연을 압도하려는 오만을 전시하는 것들이지만, 이 다리에는 그런 인간의 오기나 속기라고는 찾아볼 수 없었다. 장렬한 낙조에 대비된 다리의 앙상한 실루엣은 오히려 너무 겸허할 정도였다. 그것의 아름다움은 겸손을 미의 한 속성이라고 한다면 아름답다 할 수 있는 그런 아름다움이었다. 그것은 심미적 쾌감을 주기보다는 영혼의 평화를 가져다주는 것이었다. 다리는 가난한 자신을 부끄러움 없이 내보이고 장려(壯麗)한 자연이 그것을 자기의 일부로 감싸 안음으로써 감동적인 장면이 연출되었던 것이다. 그래서 가사를 걸친 맨발의 승려가 천천히 건너는 모습이나 허리 굽은 농부가 낡은 자전거를 끌고 가는 모습이 거대한 붉은 노을을 뒤로한 이 다리에 기막히게 잘 어울리었다.

이 다리는 19세기 중반에 왕궁을 잉와에서 아마라푸라로 옮길 때 새 왕궁을 짓고 남은 목재를 가지고 당시의 시장이었던 우 베인이 지었다 한다. 이 다리는 북쪽의 파토도지 사원과 남쪽의 짜욱도지 사원의 승려들이 왕래할 수 있게 하기 위해 지었다 하니 우 베인은 큰 불사(佛事)를 한 것이다. 그러나 실제로는 물론 승려들보다 일반인들이 더 많이 이용하는 다리가 되었다.

수행자가 차안(此岸)에서 피안(彼岸)으로 건너간다는 것은 성불(成佛)의 전통적인 은유이다. 그런 의미에서 우 베인은 이 다리를 통해 은유적으로 수행자의 득도를 돕고 있는 것이고 그리하여 부처의 가르침을 실행한 것이 된다. 그러나 무수한 중생이 그 다리로 인해 호수를 돌아가는 수고를 덜고 편안한 삶을 영위한다는 것이야말로 중생의 고통을 소멸해 주겠다는 부처의 큰 서원을 구현한 것이 아닌가. 불가에서는 천지간에 부처가 아닌 것이 없다고 한다. 이 다리는 더구나 수행자와 뭇 중생에게 이처럼 부처의 뜻을 펴고 있으니 부처의 화신(化身)이라 하여 지나침이 없을 것이다.

그러나 우 베인은 이 부처의 화신을 황금으로 장엄하지 않았다. 그 대신 고가의 티크 목재 값과 3년에 긍한 공사 비용으로 많은 돈을 썼던 것이다. 황금을 살 수 있는 재화를 그렇게 흩어 썼으니까 그는 황금을 버린 것이고, 그 재화를 부처를 위해 썼으니까 그만큼의 황금을 부처에게 바친 것이다.

그렇게 고귀한 뜻으로 지은 다리건만 오랜 세월을 지내는 동안 교각의 밑둥은 썩은 것이 많았고 물 밖으로 나온 부분도 풍우에 깎이고 상해서 전체적으로 무척 낡은 모습이었다. 그러나 그런 이 다리에도 불상 위를 덮은 황금 못지않은 황금 장엄이 있었다. 그것은 아침저녁

으로 눈부신 태양이 이 다리를 찬란한 황금빛으로 물들여 주고 있는 것이었다. (2016. 7)

여창감상(旅窓感想)

4

꽃과 자연

어딘지 쓸쓸하고 처연한 느낌마저 주는 그 기품 있는 꽃,
나에게 처음으로 아련한 그리움을 심어 주었던 그 꽃은
들국화라고 불러야 내 정서에 맞지 쑥부쟁이나 구절초일 수 없는 것이다.

문향(聞香)

　　"문향"이라는 말이 있다. "문(聞)" 자를 자전에서 찾아보면 "듣는다"는 뜻 말고 "후향(嗅香)," 즉 "향기를 맡는다"는 뜻이 있다. 그러므로 "문향"의 경우 "문(聞)" 자는 "듣는다"와는 관계가 없다. 그러나 나는 바로 그 "듣는다"는 뜻 때문에 이 말을 좋아한다.

　　외숙의 고가(故家)에서 "문향루(聞香樓)"라는 편액(扁額)에 처음 관심을 갖게 되었을 때, 나는 "문" 자에 그런 뜻이 있는지 몰랐다. 그래서 "향기를 듣는다?"라고 일단 의아해했지만, 그 뜻을 내 나름으로 새겨보면서 곧 그 표현의 묘미에 매료되고 말았다. 열려 있는 귀로 들어오는 소리를 감지하는 물리적 감각을 청(聽)이라고 한다면 문(聞)은 내용이 있는 말을 들어 이해하는 인지 기능이라고 할 수 있다. 그것을 잘 들으려면 조용히 귀 기울여야 하고 또 마음을 가다듬어 정신집중을 해야 한다. 가령 공자가 "아침에 도를 들으면 저녁에 죽어도 좋다(朝聞道 夕死可矣)"고 했을 때도 문(聞)은 소리를 듣는 것이 아니라 도에 대한 언설을 듣는 것이고, 나아가 그 깊은 이치를 깨닫는 것까지 뜻한다. 불가에서도 불설(佛說)로 알려진 경전은 "나는 이렇게 들었노라(如是我聞)"로 시작하지 않는가. 이런 경우 문(聞)은 현묘한 통찰이나 사유 같은 고도로 정밀한 정신 작용을 수반하는 느낌마저 준다.

그러니 이런 뜻이 향기와 어울리면 단순한 후각적 체험 이상의 함의를 갖게 된다. "문향"의 뜻을 이렇게 새기면, 우선 향기를 맡는 사람이 마음을 고요히 하고 향기를 깊이 음미하는 것을 떠올리게 되고, 나아가 그 향기가 그의 마음속 깊숙이 스며들어 미묘한 심리적 반응을 일으키는 것까지 상상하게 된다.

이렇게 심오한 자극을 줄 정도의 향기라면 그것은 무척 신비한 향기여야 할 것이다. 즉, 그것은 대단히 맑고 고상하여 그것을 맡으면 문득 선계에 노니는 듯한 느낌을 주는 것이어야 할 것이다. 또 그것은 절대로 짙은 향기여서는 안 되며 은은하면서도 분명하고, 끊인 듯 이어지고 이어진 듯 끊어지면서 사람의 마음을 사로잡는 것이어야 할 것이다. 내 나름으로 새긴 "문향"은 이처럼 향기를 음미하는 태도뿐만 아니라 향기 자체에도 높은 격조를 요하는 말인 것이다.

이런 요건을 가장 잘 구비한 향기 중의 하나가 난향(蘭香)일 것이다. 물론 난초도 향기의 질이 여러 가지여서 일률적으로 말할 수는 없다. 예컨대 난향 중에서 단(甘)내가 나는 것은 하품이다. 반면에 맑고 유현한 방향(芳香)을 상품으로 친다. 내 양란(養蘭)의 경험으로 보면, 관음(觀音), 철골(鐵骨), 설월(雪月) 등, 소심란(素心蘭)들의 향기가 이에 해당한다.

이 소심란 중의 하나가 피면 온 집안 곳곳에 향기가 스며든다. 처음에는 꽃에 가까이 가야 향기가 느껴지지만, 조금 지나면 어디서든 옷깃으로 바람이 일거나 문틈으로 새 들어오는 실바람만 있어도 방향이 슬쩍 코끝을 스치는데, 그러면 무언가 대단히 고결하고 우아한 것과 함께하고 있다는 즐거움을 갖게 된다. 특히 마루에 혼자 정좌하고 앉아 문득문득 이는 그 청아한 향기를 맡고 있으면 지상과 천상이 따로 없다는 생각마저 든다. 또 마음이 고요하고 평화로워져서 묵상을 즐길 수 있으며, 그럴 때는 불가에서 말하는 선정(禪定)의 경지가 이런 것이 아닌가 생각되기도 한다. 이럴 때 나는 "들을 문(聞) 자" 뜻의 "문향"을 즐긴다고 생각하는 것이다.

이런 즐거움을 맛보기 위해서 나는 이들 소심란들을 20여 년간 애배(愛培)해 오고 있다. 그런데 나의 정성이 부족한 탓인지 근년에 관음 소심은 모두 고사(枯死)하고 철골과 설월만 남았는데, 그중에서도 설월은 매년 두어 분이 꽃을 피워서 그 아름다운 자태와 고결한 향기로 우리 집을 호사시켜 주었다. 반면, 철골은 잎만 무성하고 꽃을 피우지 않더니, 실로 5, 6년 만인 작년 늦여름에 꽃대가 두세 개 올라왔다. 너무도 반갑고 고마워서 관수(灌水)와 시비(施肥)를 각별히 하며 매일 성장 상태를 들여다보며 개화를 기다렸다. 철골은 원래 꽃대도 짧고 꽃도 작은 편인데 영양이 좋았는지 꽃대도 크고 튼실했으며 꽃봉오리도 관음에 필적할 만큼 크게 자랐다. 그러더니 어느 청명한 초가을 아침 드디어 꽃봉오리가 열렸다.

난초는 개화하면서부터 향기가 나지만, 방향이 가장 성하기는 오전 열 시쯤 아침 햇살을 받을 때이다. 나는 급한 마음에 햇빛이 꽃에 닿기 전부터 코를 대고 향내를 맡아 보았지만 어찐 일인지 내 후각에 느껴지는 것이 없었다. 열 시경까지 기다려서 다시 가 맡아 보아도 감감 무소식이었다. 코를 꽃 가까이 대고 손바닥으로 부채질을 해서 바람이 꽃을 스쳐 내 코에 와 닿게 해 봐도 여전히 아무것도 느껴지지 않았다.

할 수 없이 아내를 불러 향기가 나나 맡아 보라고 하였다. 아내는 베란다에 나오면서부터 "향기가 나는데요" 하면서 엎드려 향내를 맡더니, "이렇게 좋은 향내가 나는데 왜 안 난다고 하세요?" 하며 의아해했다. 난은 여전히 방향을 발하지만 나의 후각이 노쇠해서 그 향기를 못 맡는 것뿐이었다.

허탈하였다. 냄새를 하도 잘 맡아서 한때는 그로 인한 별명까지 붙었던 나 아니던가. 그런데 이제 그 좋은 향기를 못 맡다니! 난초의 향기를 못 맡으니 이제 난이 무슨 소용이 있는가?

그래서 이제 난을 다 치워 버릴까 하는 생각도 해 보았다. 그러나 나 하나 향기를 못 맡는다 해서 난을 다 처분해 버리는 것은 너무나 야박하고 이기적인 처사 같았다. 원래 수승(殊勝)한 향기는 대개 암향이어서 있는 듯 없고 없는 듯 있는 것이 아니던가. 더구나, 이제 내가 실제로는 그 향기를 못 맡더라도, 내 마음속에 그 향기의 기억이 살아 있으니 어찌 내게 향기가 없어졌다고 할 것인가? 그래서 아직도 향기를 즐길 수 있는 사람들을 위해서, 또 나의 아름다운 기억을 위해서, 난을 계속 기르기로 정했다.

그러나 이제 나는 그동안 내 나름으로 즐기던 "문향"의 그윽한 즐거움은 더 이상 향수할 수 없게 되었다. 좋은 향기가 풍겨도 그것을 다른 사람을 통해서나 알게 되었기 때문이다. 그렇지만 "남에게 들어서(聞) 향기(香)가 나는 것을 아는 것 또한 '문향(聞香)'이요, 그렇게 향기를 접하는 것도 한 즐거움이 아니겠는가?" 하고 스스로를 위로해 본다.

(2012. 7)

우리 집의 보춘화(報春花)

화초를 고를 때면 꽃의 빛깔이나 모양보다는 향기를 취하는 편이다. 향기가 없는 꽃은 아무리 화려해도 일차원적이랄까 너무 단순하다는 느낌이 든다. 빛깔만 현란하고 향기가 없는 꽃은 심지어 조화같이 느껴지기까지 한다. 그래 그런지 그런 꽃은 몇 번 보고 나면 싫증이 나고 만다.

그러나 향기가 있는 꽃은 그렇게 평면적이 아닌 깊이가 있는 즐거움을 준다. 꽃에 향기가 있으면 우선 격이 달라진다. 풍기는 것이 아름다우니까, 사람으로 치면 고귀한 귀인이나 덕이 높은 군자 같다. 그래서 모양은 별로 볼 것이 없더라도 향기가 있으면 일종의 기품을 느끼게 된다.

또 향기가 없는 꽃은 아무리 보기 좋더라도 그것이 주는 즐거움이 제한적일 수밖에 없다. 그 즐거움은 우리의 시선이 꽃과 마주칠 때만 느낄 수 있는 혜택이기 때문이다. 그러나 향기로운 꽃은 보이지 않아

꽃과 자연

도 향기만 맡을 수 있으면 언제, 어디서나 꽃을 대하게 된다. 향기로 써 꽃의 존재를 감지하는 순간 우리의 마음에는 꽃이 자리 잡게 되고, 그러면 우리는 벌써 심안으로 꽃을 보는 것이다.

향기가 없는 꽃은, 벽에 걸린 수채화처럼, 우리의 눈길이 와 닿기를 기다린다는 면에서 정체적이고 수동적이다. 그러나 향기 있는 꽃은 스스로 자신의 존재를 알린다. 그래서 향기 있는 꽃은 단순한 대상이 아니라 하나의 주체로서 우리에게 접근해 오고, 무언의 대화를 걸어 온다. 그것은 무언의 대화이기에 모든 말을 동원하는 대화가 될 수 있고 그래서 우리의 상상력을 무한히 자극할 수 있다. 또 그래서 긴여운도 있을 수 있다.

한 5, 6년 전 2월경이었다. 친구들과 양재동 근처에서 점심을 먹고 나오니 절기는 입춘 때인데도 밖은 엄동이었다. 점심 후에 근처 시민의 공원을 함께 산책하려 했지만 풍세도 사납고 날이 너무 추웠다. 그래서 화초도 보고, 바람도 피할 겸하여 양재동 화훼시장을 둘러보기로 했다.

꽃시장의 비닐하우스 안은 과연 따뜻하고 습도도 적당하여 쾌적할 뿐만 아니라 각가지 꽃들이 만발하여 별천지 같았다. 그러나 그 대부분이 양란이어서 빛깔은 요란하지만 향기는 없었다. 대강 둘러보고 나오려는데 문 근처 작은 화분을 파는 곳에서 신선한 향기가 느껴졌다. 자잘한 십자화가 다닥다닥 피어 있는 천리향(千里香)이었다. 그 향기를 맡는 순간 바깥에서 아우성치는 찬바람의 위세가 갑자기 허세로 느껴졌다.

'이렇게 연약한 향기는 일견 저렇게 강한 바람의 상대가 되지 않지. 그러나 저 바람은 곧 이 향기에 밀려 멀리 패퇴하고 말 거야.' '부드럽고 약한 것이 굳고 강한 것을 이긴다(柔弱勝剛强)'고 노자는 말하지 않았던가. 연약한 새싹이 그 두껍고 단단한 껍질을 뚫고 나와 움트거든. 굳은 것은 억세 보여도 실은 이미 죽은 것이고 부드러운 것은 생명을 품고 있기 때문에 그렇게 강할 수 있지.'

이런 생각에 잠겨 내가 계속 향내를 맡으며 자리를 못 뜨자 동행한 친구가 집에 갖고 가 길러 보라면서 작은 모종을 하나 사 주었다. 꽃은 물론 없고 두 갈래로 난 가지에 잎만 두어 개씩 붙어 있는 어린 묘목이었다. 집에 갖고 온 지 얼마 후 해동이 되자 산에 가서 새 흙을 파다가 아담한 화분에 옮겨 심었다.

정성껏 물을 주며 길렀더니 다음 해 1월이 되자 가지 끝 두어 군데에 좁쌀알만 한 것들이 뾰족뾰족 맺혔다. 그것들이 점점 갤쭉하게 자라더니 끝에 분홍색을 띤 작은 꽃봉오리들이 되었다. 그리고 3월 초에 드디어 고 앙증맞은 것들이 꽃을 피웠다. 그전까지 우리 집에서 제일 먼저 피던 춘란보다도 더 먼저 피었다. 이때부터 이 작은 천리향이 "우리 집의 보춘화"라는 칭호를 갖게 되었다. 그렇게 명명한 까닭은 개화 시기가 제일 앞선다는 것만이 아니었다. 그보다는 향기 없는 춘란에 비해 천리향은 일명 서향(瑞香)이라고 불릴 만큼 향기가 싱그럽다는 점이 더 큰 몫을 했다.

사실 꽃의 크기나 모양으로 보면 천리향은 봄의 상징이라 하기에는 너무 미미한 편이다. 그러나 그 방향(芳香)은 봄의 전령이라 하기에

꽃과 자연

부족함이 없다. 그 향기를 맡으면 눈이 저절로 감기면서 상상 속에 형형색색의 꽃들과 푸른 잎이 우거진 봄 동산이 나타날 뿐만 아니라 바람소리, 새소리, 시냇물 소리까지 들리는 듯하기 때문이다. 이처럼 남국의 무르익은 봄의 정취를 그대로 전해 주니 봄을 알리는 데에 이보다 더한 것이 무에 있으랴.

우리 집의 봄은, 공식적으로는, 입춘방(立春榜)을 써 붙이는 날에 시작된다. 그러나 이때는 정황으로 보면 아직 겨울이라서 봄을 느끼게 할 수 있는 것은 아무것도 없기 때문에, 차라리 대춘(待春)의 소망을 표시하는 날이라고 해야 옳다. 그러므로 봄이 실제로 시작되는 것은 천리향이 피어서 그 향기가 봄을 실어 오는 날부터이다. 그래서 천리향이라는 이름도 향기가 천 리를 간다는 과장된 뜻보다는, 천 리 밖 남녘의 봄을 전해 주는 향기라는 뜻으로 새기고 싶다. (2012. 3)

들국화

요즘 들어 우리 문화 생활에 일어난 변화 중의 하나는 박물학에 대한 인식이 높아졌다는 점이다. 우리가 젊었을 때는 모두가 기본적인 생활 문제를 해결하는 데에 급급해서 우리 주위에 관한 관심을 가질 여유가 없었기 때문에 박물학 같은 것은 풍족하고 한유한 생활을 즐기는 부자 나라 사람들이나 즐기는 도락 정도로 여겼다. 그래서 가령 새의 경우, 참새, 제비, 까치, 까마귀 이외의 새들은 대체로 '이름 모를 새'였다. 나무나 풀에 대한 지식도 그에 못지않게 열악했으며, 특히 풀은 식용 작물로 재배하는 것 외에는 잡초라고 뭉뚱그려 불렀다. 혹 한 가지 풀을 언급해야 할 때라도 새의 경우처럼 '이름 모를 풀'이라고 하거나, 아니면 아예 '이름 없는 풀'이라고 제멋대로 단정하기까지 했다. 그러나 우리가 이름을 모를 뿐이지, 이름 없는 풀이 어디 있는가? 이렇게 무지를 만천하에 드러내보이면서도 부끄러운 줄 몰랐고, 또 그것이 무지임을 지적해 주는 사람도 없었다.

꽃과 자연

지금은 상황이 많이 달라졌다. 요즘은 망원경을 가지고 새를 관찰하러 먼 길을 찾아가는 사람도 상당히 많아졌다. 야생화를 사랑하여 사진에 담는 사람들은 그보다 훨씬 더 많아졌고, 그렇게 적극적은 아니더라도 흔히 보는 야생화의 이름쯤은 알아서 자연을 좀 더 깊이 있게 즐기려는 사람이 늘었다. 이제는 박물학이 삶의 기쁨을 더해 주고 나아가 그 질을 높여 주는 한 좋은 방편으로 인정받게 된 것이다. 그래서 박물학적 무지는 부끄러운 것이 되었으며, 급기야 한 유명 시인이 "쑥부쟁이와 구절초를/구별하지 못하는 너하고/이 들길을 여태 걸어왔다니/나여, 나는 지금부터 너하고 절교다"라는 선언을 하기까지 이르렀다. 참고로 이 시의 제목은 「무식한 놈」이다.

야생화 촬영가인 모산으로부터 이 시를 처음 들었을 때, 나는 우리도 좀 더 내실 있고 품위 있게 자연을 즐기게 되어 가는구나 하고 속으로 쾌재를 불렀고, 한편 과거의 무지에 대한 시인의 고백에 대해서는 안도의 미소를 지었다. 야생화 촬영가들을 좇아다닌 덕택에 나는 쑥부쟁이와 구절초는 구별할 정도의 면무식은 했기 때문이다.

그러나 즐거운 마음은 거기까지였고, 곰곰이 더 생각하면서 다소 우려되는 바가 생기기 시작했다. 쑥부쟁이와 구절초는 우리가 흔히 들국화라고 부르던 꽃들이다. 그러니까 가을이면 산야에 피는 그 고운 꽃들을 지금부터는 쑥부쟁이나 구절초, 아니면 쑥부쟁이와 구절초라고 불러야지, 들국화라고 불렀다가는 무식한 자 취급을 받지 않을까, 또 그래서 앞으로는 들국화라는 말이 없어지지 않을까 하는 걱정이었다.

꽃을 제대로 대접하자면 제 이름을 불러 주는 것이 백번 옳다. 이름을 불러 주었을 때 비로소 꽃이 되어 오는 것은 사람보다도 꽃이 먼저일 것이다. 제 이름을 불러 주어야 꽃의 정체성, 독자성이 서게 되고 그런 것에 대한 인식이 기반이 될 때 그 꽃의 완상도 충실하게 이루어질 수 있기 때문이다.

그러나 꽃마다 다른 이름을 붙이는 것은 자꾸 개별화하는 것인데, 분석이 있으면 종합도 있어야 하듯이, 개별화 다음에는 전체를 볼 수 있는 통합도 필요할 것이다. 쑥부쟁이와 구절초는 다 국화과 식물이다. 그러니까 그들을 들국화라고 부르는 것은 훌륭한 통합적 명칭이다. 들국화는 이처럼 그들이 속한 과를 밝혀 줌으로써 그들의 공통된 특징을 알려 주는 역할을 훌륭히 해내고 있다.

또 이름은 그 자체로 풍기는 느낌이 있게 마련인데, 쑥부쟁이는 그 예쁜 꽃의 이름으로는 좀 거칠고 천격이라는 느낌이 들고, 구절초도 꽃보다는 한약재를 떠올리게 하는 면이 있다. 이에 반해 들국화는 얼마나 그윽한 맛이 있는가? '들'이라는 말은 야생과 순수한 자연을 뜻하면서 동시에 본래 그대로의 꾸미지 않은 모습을 함의하기도 하여 우리에게 소박함과 더불어 친근감을 전해 준다. 그것에 '국화'가 합쳐지면 격이 생기는데, 국화의 고고한 격이 '들'이라는 말로 경감되어 한결 부드러워져서 결과적으로는 격이 있으면서도 편안한 느낌을 준다. 이렇게 좋은 이름이면 그것만으로도 보존할 가치가 충분하지 않을까?

그러나 내가 들국화라는 말에 애착을 갖는 데에는 내 나름의 이유가 하나 더 있다. 그것은 내 소년 시절의 남모르는 한 사연에 닿아 있다. 나는 중학생 때 돈암동 근처 동선동에서 살았는데 근처에 덤바위 산이라는 산이 있었다. 덤바위는 그 산꼭대기에 있는 큰 바위의 이름 이었다. 이 바위의 서쪽, 즉 우리 동네를 면한 쪽은 좋이 열 길은 됨직 한 낭떠러지였지만, 그 바위의 동쪽, 즉 우리 동네의 반대쪽으로는 완 만한 경사로 이어졌고, 그리로 끝까지 내려가면 논밭이 있는 시골 마 을이 나왔다.

그 당시는 전화(戰火)로 파괴된 건물들이 아직도 시내 곳곳에 그대 로 방치되어 있었고, 많은 국민들이 입는 것 먹는 것을 구호품에 의지 해 살던 때였다. 이런 살벌하고 궁핍한 현실에서 벗어나고 싶었던 나 는 서구 소설을 탐독하면서 아름답고 평화로운 먼 이국을 동경하였 다. 그런데 이 덤바위산 너머의 마을은 매우 아늑하고 조용했으며, 전 쟁을 전혀 겪은 것 같지 않게 한적하고 평화로웠다. 그곳에는 개운사 (開雲寺)라는 절도 있었는데 올라가 보면 법당은 언제나 열려 있었지 만 늘 텅 비어 있었고, 들리는 소리라고는 산새 소리와 간간이 울리는 풍경 소리뿐이었다. 그곳은 이국은 아니었지만, 내가 생활하는 삭막 한 곳과는 너무나 다른 딴 세상 같아서 현실에 짜증이 날 때나, 외국 소설을 읽으며 멀리 떠나 버리고 싶은 마음이 들 때면 혼자 이 마을을 찾아가곤 했다.

그곳을 가자면 거쳐야 하는 덤바위 너머의 경사면은 큰 나무는 없 고 관목만 띄엄띄엄 있는 풀밭이었다. 아랫동네까지는 길도 없을 정 도로 사람이 다니지 않아서 나는 늘 혼자 그 비스듬한 풀밭을 걸어 내 려갔다.

그 넓은 풀밭에 가을이면 많이 피던 꽃들을 우리는 들국화라고 불렀던 것이다. 내 기억으로는 그것들이 대체로 연보라색이었던 것을 보면 대개가 쑥부쟁이였던 모양이다. 사춘기 소년이었던 나는 그때 한참 감상적이었고 막 이성을 그리워하기 시작했을 때였다. 그런 나에게 들국화는 내가 그리는 소녀의 완벽한 표상이었다. 가는 꽃대 위에서 잔바람에도 흔들리는 꽃처럼 가냘픈 소녀, 연보라색 꽃 색깔처럼 곱고 기품 있지만 어딘가 슬픔이 배어 있는 소녀를 나는 그렸던 것이다. 그래서 가을이면 산 아랫동네까지 가지 않고 그 풀밭을 거닐었다. 거기서 들국화를 바라보며 나는 마음껏 감미로운 상상에 탐닉할 수 있었기 때문이다. 그러면서 지금은 아무도 안 부르지만, 그때는 널리 알려졌던 〈들국화〉라는 노래를 혼자 부르기도 했다.

들국화, 들국화
이슬 맞은 들국화
한 여름 고이 자라
만가을에 피었네.
들국화, 들국화
향기, 향기 좋아서
손에도 꺾어들고
머리에도 꽂아요.

이 노래를 나직이 부르면서 나도 들국화를 몇 송이 꺾어 조그마한 꽃다발을 만들었다. 그것을 들고 누군가와 만날 약속이나 있는 양 풀밭 위를 서성였다. 그렇게 기다리고 있으면 내가 그리는 사람이 꼭 나타날 것만 같았던 것이다. 그러나 그런 소망은 끝내 이루어지지 않았고 늘 들국화 향기처럼 아릿한 아픔이 번지는 허전한 가슴을 안고 언덕을 다시 넘어 돌아왔던 것이다. 돌아올 때 덤바위 근처 사람들이 있는 데까지 와서는, 꽃을 든 내 모습에서 사람들이 내 속마음을 알아챌까봐 부끄러워서 꺾어들었던 들국화를 슬그머니 풀섶에 놓아 버리고는 도망치듯 내려오곤 했다.

내 마음에 새겨진 들국화는 중학생 때 덤바위산에서 보던 바로 그 들국화이다. 그전에도 들국화를 여러 번 보았겠지만, 들국화를 생각하면 떠오르는 것은 언제나 그 덤바위산 너머 풀밭에 소복소복 피어 있던 청초하고 가녀린 꽃이다. 그리고 어딘지 쓸쓸하고 처연한 느낌마저 주는 그 기품 있는 꽃, 나에게 처음으로 아련한 그리움을 심어주었던 그 꽃은 들국화라고 불러야 내 정서에 맞지 쑥부쟁이나 구절초일 수 없는 것이다.

들국화는 그 나름으로 아름답고 뜻이 적절한 이름일 뿐 아니라, 이런 정서적인 이유로도 내게 소중한 이름이다. 그래서 나는 그 고운 꽃들이 실은 쑥부쟁이나 구절초라는 것을 알면서도 여전히 들국화라고 부르고 싶고, 또 그 이름이 길이 살아남기를 바라는 것이다.

(2014. 11)

신록

한동안 뜸했던 탐화 여행을 어제 오랜만에 다시 다녀왔다. 이번에
는 운길산(雲吉山)역에서 모여 가기로 하였다. 집합 시간이 10시인데,
운길산역이 초행이라 얼마가 걸릴지 가늠이 안 되어서 넉넉잡고 3시
간을 앞서 아침 7시에 집을 나섰다. 전에 6시에 출동하던 것에 비하면
좀 늦은 편이지만 어려서 소풍 가는 날처럼 아침잠을 설치기는 새벽
출동 때와 마찬가지였고, 해 뜨기 전에 꽃을 찾아 나서면서 느끼는 설
렘도 그때와 다름없었다.

차를 세 번 갈아타서 이촌역에 도착한 후, 거기서 마지막으로 용문
행 전철을 갈아탔다. 마침 사람이 많지 않아서 강을 내려다보기 쉽게
남쪽 창가에 자리를 잡았다. 넓은 차창은 커다란 액자처럼 바깥 풍경
을 넉넉히 담아 주었다.

이촌역을 출발한 열차는 서빙고, 한남동, 옥수동을 차례로 지나갔
다. 한남동에 있는 초등학교를 다닌 나에게 이 동네 이름들은 60여 년

전의 아련한 기억들을 불러일으켰다. 그 시절 한남동, 보광동 일대는 봄이면 복숭아꽃, 살구꽃으로 뒤덮였었다. 그 밖에도 각종 과수와 들풀의 꽃이 하도 많아서 봄에 꽃을 보러 일부러 길을 나선다는 것은 생각지도 못했다. 그러나 지금 그 동네들에는 과수원은커녕 나무도 거의 없고 풀밭은 아예 한 떼기도 보이지 않았다. 회색빛 건물들만 꽉 들어찬 시가지를 바라다보면서, 우리가 지금 사는 곳이 대개 저럴진대 저 안에 칩거하여 이 봄도 모르는 사이에 보내기 전에 들꽃을 찾아서라도 봄맞이 나오기를 잘했다는 생각이 들었다.

'봄을 맞이하지 않으면 봄이 온 것을 어찌 알 것이며, 봄이 온 것을 모르면 봄이 가는 것을 또 어찌 알 것인가? 그 찬란한 기쁨과 그 가슴 아린 슬픔을 못 느끼고서 이 한 계절을 살았다 할 수 있을까?

이렇게 혼자 속으로 뇌까리다가 봄꽃을 한 해의 환유(換喩)로 쓰던 한 선배 교수의 말이 떠올랐다. 봄날 연구실의 창밖으로 보이는 관악산의 붉은 진달래꽃을 바라다보다가, "나는 진달래 두세 번 피면 정년이야" 하던 그분의 말이 내게 강한 인상을 남겼던 것이다. 정년이 얼마 안 남았다는 말을 그렇게 효과적으로, 실감나게 표현한 것을 나는 달리 듣지 못했다. 대개 봄이 되면 해가 바뀐 것을 의식하고 이해는 알차게 살아야지 하고 다짐을 하였다가도 이런저런 세사에 얽매이다 보면 하는 일 없이 1년을 후딱 보내기 일쑤 아닌가? 그래서 봄을 지낸 지 얼마 안 된 것 같은데 금방 또 새봄을 다시 맞는 것이 상례이고, 그런 과거를 상기해 보면 봄을 두어 번 맞는 것은 정말 잠깐이라는 것을 절감하지 않을 수 없었던 것이다. 그 선배 교수는 그것을 "진달래 두

세 번 피면"이라고 비유함으로써 그 기간의 덧없음을 더욱더 효과적으로 표현하였던 것이다. 그때 내 눈에는 그 선배 교수가 대단히 늙어 보였고 그분의 인생도 종착점에 가까운 것처럼 보여 일종의 연민마저 느꼈던 것이다.

그러던 나는 지금 어떤가? 나는 지금 정년을 앞두고 있는 것이 아니라, 정년을 지난 지 10년에 가까워 오고 있지 않은가? 그러니 이제 내게 다시 돌아올 새봄이 얼마나 남아 있을까? 분명한 것은 이 봄을 허송할 수 있을 만큼 많은 숫자는 아니라는 것이다. 이백(李白)이 「춘야연도리원서(春夜宴桃李園序)」에서 "옛사람들이 촛불을 밝혀 들고 밤놀이를 한 것도 마땅히 그럴 만한 이유가 있었다(古人秉燭夜遊 良有以也)"고 한 말에 새삼 공감이 갔다. 그래서 옛사람들의 풍류를 따르지는 못할지언정 이날 하루는 봄의 흥취를 만끽하리라고 작심하였다.

덕소를 지나며부터 차창에 담기는 풍경에 한적한 시골 기분이 어리기 시작했고 강물 빛도 한결 더 맑아졌다. 기차의 차창으로 내다보는 강은 언제나 먼 길을 유유히 가는 자, 낮은 소리로 전하는 사연이 많은 나그네를 연상시킨다. 그것은 기차의 빠른 속도가 그에 비해 훨씬 느리면서도 태고서부터 앞으로도 오랜 세월을 천천히 쉬지 않고 흐를 강의 흐름을 대조적으로 부각해 주기 때문일 것이다. 또 빤한 철로길이 아니라, 강물은 후미진 강기슭이나 험준한 협곡이나 정감 어린 작은 마을들을 지나면서 품게 된 은밀한 사연들이 많기 때문일 것이다. 마지막으로, 기차 여행은 아무리 길어도 종착역이 있고 거기에서 끝나게 마련이지만, 강물의 여정은 끝없이 이어지는 것이기 때문

꽃과 자연

일 것이다. 그래서 차창 밖으로 보이는 강물은 언제나 길 떠난 자의 마음을 깊이 흔든다.

팔당의 강물은 그런 사연들을 늘 소리 내어 지줄대는 것처럼 내게 느껴졌었다. 그래서 팔당 강물을 꼭 보고 싶었지만 새로 난 철로는 팔당 근처를 순전히 터널로 연결하고 있어서 검단산(黔丹山) 밑을 격류로 흐르는 거친 강물은 아쉽게도 볼 수 없었다. 팔당역을 지나면서 강은 다시 나타났으나 오래 볼 겨를도 없이 다음 정거장이 운길산역이었다.

새로 지은 운길산역은 깨끗하고 널찍한 데다가 타고 내리는 사람도 많지 않아서 한산하였다. 역사 앞마당에 나서니 어느새 해가 높아져서 기온이 떠나올 때와는 딴판으로 여름 날씨 같았다. 연무가 약간 남아 있기는 했지만, 그만하면 근래에 보기 드문 좋은 날씨였다.

모처럼의 봄나들이라 모두 마음이 들떴는지 일행은 다 예정 시간보다 일찍 나타났다. 다 모이자 우리는 두 차에 분승하여 먼저 세정사(世淨寺)로 향했다. 곧 절에 도착했지만, 절은 볼 것이 없다는 귀띔을 미리 받은 터라 절 구경은 생략하고, 우계(友溪)의 안내로 절 옆으로 흐르는 냇물을 따라 오르기로 하였다. 냇가에 이르자 이내 노란 피나물이 여기저기 보이기 시작했다. 꽃은 절정이 조금 지난 듯했지만 아직도 진한 노란색이 옅은 안개를 뚫고 비치는 햇빛을 받아 화사하게 빛났다. 그 꽃들은 우리가 이제 인간 세상을 벗어나 꽃 세상에 들어선 것을 알리는 전령 같았다. 그들의 환영을 받으며 조금 더 올라가자 피나물의 개체 수도 늘고 상태가 좋은 것들도 많이 나왔다. 또 곳곳에

으름, 나도개감채, 벌깨덩굴 등의 꽃도 보였다. 우리는 허기 진 자가 풍요롭게 진설된 성찬을 탐하듯 한동안 이들을 카메라에 담느라고 여념이 없었다.

그러나 사실 거기에 핀 꽃은 이들만이 아니었다. 도처에 병꽃과 조팝나무 꽃이 흐드러져 있었다. 너무 흔해서, 또 예쁘지 않아서 이들은 사람의 관심을 못 받지만, 그런 것에 아랑곳하지 않고, 각기 제 나름으로 봄의 영화를 한껏 구가하고 있었다. 실은 이들이 뿜어 대는 왕성한 활력이 우렁찬 봄의 찬가가 되어 그곳의 분위기를 주도하고 있는 듯 했다. 새봄에 피는 꽃은 누가 찬미해 주지 않아도 그 자체로 충분한 축복이어서 저 혼자서도 무한한 희열로 자족하였다.

우리가 웬만큼 사진을 찍고 한숨을 돌리자 우계가 이날 탐화의 주 목적인 앵초(櫻草)를 보러 가자 하며 앞장을 섰다. 그곳에서 불과 10여분 더 올라가니까 신기하게도 앵초가 갑자기 무리지어 나타났다. 아마도 꽃이 지고 영근 씨가 가까이에 떨어져서 그렇게 작은 지역에 조밀하게 퍼진 모양이다. 앵초는 진분홍 색깔도 예쁘지만, 다섯 개의 꽃잎을 가진 정형적인 꽃인데, 우계의 설명을 듣고 보니까 꽃잎 하나하나가 두 개의 쪽박을 마주 붙여 놓은 것 같은, 소위 하트 모양이어서 더욱 귀여웠다. 찍기 좋은 모델들이 얼마쯤이라도 있어서 우리는 배경이 좋은 것만 골라 찍을 수 있는 호사까지 누렸다.

나는 연장이 간단한 똑딱이인지라 배경까지 살리기는 어려워서 꽃을 정면에서 찍는 소위 증명 사진을 몇 장 찍고 사진기를 접었다. 꽃도 좋지만, 꽃만 찍기에는 그곳의 분위기에 무언가 특이한 매력이 있

꽃과 자연

어서 그 정체를 알고 싶었기 때문이다.

　그곳은 서울서 전철로 불과 예닐곱 정거장 떨어져 있는 곳이지만, 세상과 천 리나 격해 있는 듯이 외지고 조용한 데다가, 주위가 산으로 둘러싸여 그 아늑함이 별천지 같은 느낌을 더해 주었다. 우람한 교목들이 없어서 하늘이 가려져 있지 않았는데, 아직도 조금 남은 연무가 강렬한 햇빛을 어느 정도 차단하여 전체적으로 매우 밝으면서도 일종의 간접 조명과 같은 효과를 내고 있었다. 그것은 기독교 성화(聖畵)에서 흔히 보는 성인들의 후광처럼 노란색을 주조로 하는 온화한 밝음으로 모든 것을 밝히면서도 눈부시지 않은 빛이었다. 워즈워스(W. Wordsworth)가 「영생부(永生賦, Immortality Ode)」에서 천국과 가까웠던 유년시절에는 도처에서 보았지만 나이 들면서 잃어버렸다고 한 그 '천상의 빛'을 떠올리게 하는 빛이기도 했다. 그렇듯 안온하고 평화로운 빛에 감싸인 지상에는 신비와 환희가 어우러진 분위기가 미만(彌滿)해 있었다. 이 특이한 느낌이 어디서 오는 것일까 하며 주위를 살피다가 앵초 군락지에서 한 걸음 물러나 눈을 들어 멀리 예봉산(禮峰山)과 운길산의 정상 쪽을 올려다보는 순간 나는 그런 느낌의 근원을 직감하였다.

　그것은 신록이었다. 연무로 정상은 안 보였지만, 눈길이 가 닿을 수 있는 가장 높은 곳에서부터 내가 서 있는 곳까지 온 산이 신록으로 덮여 있었는데, 그것의 눈록(嫩綠)에 가까운 연두색이 태양의 간접 조명을 받아 그 부드럽고 밝은 빛을 발하고 있었고, 갓 씻겨 놓은 아기의 얼굴같이 애리애리한 새 잎에서 그 신비한 환희감이 발산되고 있었다. 두껍게 얼었던 강의 얼음을 밑에서부터 녹여 결국 깨뜨려 떠내려가게 했던 봄기운이 땅 밑으로 스미고 줄기를 타고 올라와 이제 비로소 새 잎으로 제 얼굴을 세상에 내밀었으니 거기에 어찌 기쁨과 즐거움이 없겠는가? 부드럽고 연약한 싹이 굳고 딱딱한 나무껍질을 뚫고 나오는 이 경이로운 사건에 어찌 신비함이 함께하지 않겠는가? 실은 온 천지가 생명의 부활을 찬미하는 대축제를 시행하고 있었던 것이다. 그 특이한 신비와 환희의 느낌은 모두 이 새 생명의 발현이 빚어낸 것이었다.

생명의 발현은 날빛과 분위기만 천상의 것처럼 고양시킨 것이 아니었다. 그 오묘한 조화(造化)의 수단이 되고 있는 새 잎들에게도 비할 바 없는 아름다움을 부여하였다. 은은한 빛을 품은 듯이 곱고 부드러운 빛깔과, 깨끗하고 흠결 없는 모양을 갖춘 새 잎은 꽃에 비교해 손색이 없었다.

바로 이런 순간을 보았을 로버트 프로스트(Robert Frost)는 실제로 신록을 꽃이라 하였다.

Nature's first green is gold	자연의 신록은 황금색
Her hardest hue to hold.	지속하기 지난한 빛깔이지
Her early leaf's a flower;	갓 피어나는 잎은 꽃 —
But only so an hour.	하지만 그렇기는 잠시뿐.
Then leaf subsides to leaf.	그리곤 잎은 잎으로 가라앉고
So Eden sank to grief,	낙원도 슬픔으로 침몰했지.

So dawn goes down to day.　　그렇게 새벽은 낮으로 변하니
Nothing gold can stay.　　　귀한 건 오래가는 게 없네.

주지하다시피 영어의 'gold'는 '황금' 또는 '황금색'만을 뜻하는 것이 아니라 '최상의' 또는 '가장 우미한'이라는 뜻을 내포한다. 그것이 여기서 후자의 뜻도 갖고 있다는 것은 셋째 줄에서 갓 피어난 잎을 '꽃'이라고 일컬은 데에서 확인할 수 있다. 꽃이 식물의 가장 아름다운 상태라면 잎도 지금 바로 그런 상태라는 것이다. 갓 피어난 새 잎은 꽃같이 아름다울 뿐 아니라, 꽃같이 연약하면서도 꽃같이 생명의 신비를 구현하고 있으며, 그리고 꽃같이 이내 사라지진다는 점에서도 꽃을 닮았기 때문일 것이다.

새 잎의 아름다움을 상찬하던 시인은 곧이어 그 최상의 상태가 오래가지 못한다는 사실에로 관심의 초점을 옮긴다. 그리고 신록뿐만 아니라 에덴 동산이나 새벽같이 아름답고 신비한 것들도 모두 이내 타락하고 만다고 차탄(嗟歎)한다. 그 속절없음이 우리로 하여금 사라지는 아름다움을 더 귀하고 아름답게 느끼게 하는 것이다.

그러나 나는 신록의 단명함을 차탄하고 싶지 않았다. 변하는 것이 생명의 본성일진대 어찌 그 절정의 상태가 지속되기를 바랄 것인가? 가는 것은 차라리 고이 보내야 다시 올 것 아닐까? 또 그 복락의 덧없음을 슬퍼할 것이 아니라, 지금 이 귀중한 순간을 포착한 행운을 감사하고 즐겨야 옳을 일이다. 내주(來週)면, 아니 내일이면 저 부드럽고 야들야들한 생명의 속살이 단단한 외피로 덮여 버리는지 모른다. 그러

면 이 진귀한 광경을 다시 즐기기 위해 또 한 해를 기다려야 할 것이니 지금 어찌 한시인들 그냥 보낼 수 있으랴?

그래서 오후에 사나사(舍那寺)로 자리를 옮겨 금낭화, 홀아비꽃대, 광대수염 등을 찍으면서도 나의 눈길은 연신 절의 뒷산을 덮고 있는 신록 위를 맴돌았다. 이때는 연무가 걷혀 성화를 연상케 하는 그 신비한 날빛은 가셨지만, 정밀(靜謐)한 가운데에도 부단히 작용하는 봄의 생명력이 발산하는 환희감은 여전히 대기에 충만해 있었다. 내게 그것은 봄의 정기(精氣)로 느껴졌다. 나는 자꾸 심호흡을 하여 그것을 내 가슴에 채워 천지에 가득한 생명력과 잠시라도 함께하고 싶었다. 진정한 상춘(賞春)은 봄을 객체로서 완상하는 것이 아니라 봄과 하나가 됨일 것이기 때문이다.

어제 탐화 여행에서는 많은 꽃을 만난 편은 못 된다. 그러나 꽃에 못지않은 신록을 제때에 본 것은 크나큰 수확이었다. 그것 하나만으로도 이제 이 봄을 다 보내도 큰 아쉬움이 없을 것 같다.　　　(2014. 4)

도심 속의 야생화

금년에는 제대로 봄꽃 놀이도 못하고 봄을 지냈다. 얼마 전 기흥의
부아산(負兒山)을 등산하면서 그 근처 골프장 주위의 벚꽃이 좋다고
하여 등산 전에 둘러봤더니 가로수로 심은 벚나무마다 꽃이 구름처럼
피어 있었고, 어떤 곳은 양쪽 나무 가지들이 하늘을 가려서 꽃 터널을
이룬 곳도 있어 장관이었다. 그렇게 꽃은 지천이었지만 우리가 걸은
길의 대부분은 차도만 있고 인도가 없어서 빈번히 왕래하는 차를 피
하느라고 마음 놓고 꽃을 쳐다볼 수 없었다. 꽃이 아무리 좋은들 즐길
수 있는 마음의 여유가 없었으니 어찌 꽃놀이라 할 수 있겠는가. 그러
니 그날 벚꽃 구경은 꽃놀이라기보다 꽃이 많은 길을 걸은 것이라고
하는 편이 옳다. 또 부아산은 원래 꽃이 별로 없는 산이어서 정상까지
갔다 오는 동안 진달래가 함빡 핀 나무를 몇 그루 본 것이 전부였다.

전에는 매년 진달래철이면 과 졸업생들이 꽃구경을 겸한 등산에
초대해서 꽃도 보고 오랜만에 젊은이들과 환담도 나누어 나이를 잊고

하루를 지낼 수 있었는데 근자에는 그마저도 소식이 끊겼다. "내게는 이제 한 해도 허송할 수 없는 소중한 봄인데 이렇게 그냥 보내서야 되겠는가. 누가 불러 줄 때를 기다릴 것이 아니라 내 스스로가 가야지" 하고 속으로 벼르면서도 좀처럼 나서지지가 않았다.

꽃구경을 제대로 하자면 북한산 정도는 올라가야 하는데 이제는 그만한 등산도 내게 쉽게 나설 수 있는 걸음이 아니다. 또 그렇게 힘들여 하룻길 등산을 하자면 꽃그늘에 앉아 술 한잔 같이 나누거나 그도 못하면 산길을 같이 걸으면서 말벗이라도 되어 줄 친구라도 있어야 할 터인데, 어느덧 그럴 만한 친구도 별로 남아 있지 않은 것이다. 그래서 동네 뒷산에서 진달래나 좀 본 것으로 올해 봄꽃 맞이는 끝이라고 생각했다.

그런데 오늘 아침 운현궁 앞을 지나다가 길가 작은 화단에 꽃들이 피어 있는 것을 보았다. 그것도 흔히 보는 화초가 아니라 야생화들이었다. 지난주에는 없었으니까, 필경 주말쯤에 모종을 한 것들이 그동안 내린 봄비에 착근이 되어 꽃까지 핀 모양이었다. 깊은 산으로 봄꽃 맞이를 못 가 섭섭했던 나에게 이것은 뜻밖의 고마운 선물이 아닐 수 없었다.

범부채는 아직 꽃이 안 나왔지만 비를 맞아 탱탱하게 물이 오른 잎이 부챗살같이 죽죽 뻗어서 여간 힘차고 싱싱해 보이지 않았다. 돌단풍도 단풍 모양의 단정한 잎이 깨끗이 씻겨 있었고 곧은 꽃대 위에 무리지어 핀 엷은 미색 꽃도 비에 젖어 한층 더 청초하였다. 그 곁에 역시 함초롬히 빗물을 머금은 매발톱도 고개를 숙이고 있었는데 산에서

꽃과 자연

흔히 보는 주황색이 아니라 요즘 원예종이 되다시피 한 산뜻한 남색이어서 더욱 눈을 시원하게 해 주었다.

심심산골에서나 볼 수 있는 이 고운 꽃들을 도심에서 만나다니! 반가움으로 가슴이 찌르르하여 목 뒤로 소름이 돋을 지경이었다. 자연 속에서 이 꽃들을 만나려고 얼마나 많은 산야를 헤맸던가. 4, 5년 전만 해도 봄부터 가을까지 곰배령, 금대봉, 선자령, 등 야생화의 명소들은 물론이고 인적 드문 강원도 산골짜기, 충청도 바닷가와 외딴 섬까지, 야생화 촬영에 나선 우계와 모산을 따라 나도 꽤나 꽃밭을 찾아다녔다. 성당(盛唐)의 시인 전기(錢起)는 친구가 "꽃 아래 취해 잠들어 호접몽(胡蝶夢) 속에서 날아다닐 것이 부럽다(羨君花下醉, 胡蝶夢中飛)" 했지만, 우리는 생시에 꽃에 취해 나비같이 꽃을 쫓았고 그것을 꿈속같이 즐겼으니 호접몽이 따로 부럽지 않았다. 보느니 꽃이요, 생각느니 꽃뿐이었으니 세상살이 걱정도 다 잊었고 나이도 잊었었다. 돌이켜 보면 눈부신 태양 아래 갖가지 꽃들이 난만히 피어 있고 어디선가 맑은 웃음소리만 쟁쟁이 울려 오는 낙원 같은 장면뿐이다. 70대에 그렇게 청춘같이 아름다운 삶을 살았으니 그보다 더 큰 축복이 어디 있겠는가.

그러다가 모산이 강릉 방언 사전 편찬에 몰두하면서 탐화 여행을 중단하게 되었고, 늘 그의 차를 편승하던 나도 자연히 꽃놀이와 멀어지게 된 것이다. 우계 혼자 아직도 정력적으로 출사를 다니지만 사는 곳이 서로 떨어져 있어 그간 탐화 여행을 같이 한 것은 고작 한두 번뿐이다. 그 아쉬움이 늘 마음 한편에 남아 있다가, 오늘 뜻밖에 길가에서 야생화를 보자 그때의 찬란한 기억들이 되살아나면서 내 가슴을 저리도록 조이게 했던 것이다. 그래서 익히 아는 꽃들이건만 처음 보는 것처럼 보고 또 보았다.

그렇게 한참을 들여다보고 나서도 나는 그 자리를 얼른 뜨지 못했다. 그것은 그 꽃들이 그토록 반가웠으면서도 한편으로는 안쓰러웠기 때문이다. 화단이라고 하지만 한적한 마당 안이 아니라 차도에 붙어 있는 한데여서 바로 한두 자 곁에 자동차들이 줄지어 지나가고 있었다.

'오늘은 새벽까지 비가 내려서 공기가 아직 청정하지만 조금 지나면 어김없이 매연으로 오염되겠지. 한밤까지 끊이지 않을 이 소음은 또 어쩔 것인가? 깨끗하고 조용한 곳에서 아침저녁으로 맑은 이슬을 머금으며 살던 것들이니 이 시끄럽고 독가스로 가득 찬 곳에서 얼마나 견뎌낼 수 있을까?

문득 김동명의 「파초」가 떠올랐다. 고향을 떠나온 이 풀꽃들은 조국을 떠나온 파초보다 더 가련한 존재였다. 그 파초는 추위에 상하지 않게 방 안에 들여 놓고 돌볼 애호가나 있지만, 이 꽃들은 돌보는 사람도 없고 돌볼 수도 없는 사지(死地)에 던져진 것이 아닌가? 할 수만 있으면 캐다가 다시 산에다 심어 주고 싶었다. 눈을 들어 북한산 쪽을 바라다보니, 촘촘히 들어선 건물들 사이로 산등성이가 조금 보였다. 그러나 그곳도 이미 이 꽃들이 살 만큼 청정한 곳이 아니다.

하릴없이 발길을 돌리면서 나는 혼자 중얼거렸다.

"모든 생명이 있는 것들은 당연히 살기를 원할 것이니 저 야생화

꽃과 자연

들도 이 살벌한 환경 속에서 살아남으려고 처절한 안간힘을 쓰고 있겠지. 저들을 이 지경에 몰아넣은 것도 인간이고 저들을 구할 수 있는 것도 인간이언만, 차를 타거나 걸어서 이곳을 지나가는 사람들 중 몇 명이나 저 꽃들에 관심을 가질 것이며, 또 그중의 몇 명이 저들의 소리 없는 비명을 들을 것인가?" (2016. 4)

깽깽이풀꽃 단상

야생화를 사랑하는 사람들에게 진기하게 생긴 꽃을 들어 보라고 하면 해오라비난초나 광릉요강꽃을 꼽는 경우가 많겠지만, 예쁜 꽃을 들어 보라고 하면 아마도 깽깽이풀꽃을 택하는 사람이 많을 것이다. 나도 그중의 하나이다. 깽깽이풀꽃은 우선 아주 단정하게 생긴 꽃이다. 여섯 개의 꽃잎이 두 개씩 대칭으로 벌려 있고 그 가운데에 통통한 암술이 자리 잡고 있는데 그 주위로 또 여섯 개의 가는 수술이 옹위하듯 서 있는 완벽한 구조를 갖추고 있다.

그러나 사람들이 이 꽃을 가장 예쁜 꽃의 하나로 꼽는 제일 큰 이유는 그 곱디고운 색깔 때문일 것이다. 꽃잎은 엷은 보라색에 약간 푸른 기가 도는 미묘한 색인데, 눈에 확 들어오게 산뜻하면서도 전혀 요란하지 않으면서 그저 기품 있고 곱다는 느낌만 주는 색이다. 그 안의 날씬한 호리병 같은 암술은 붉은색이고 수술의 끝도 붉어서 주위의 푸른색 도는 꽃잎과 절묘한 색의 조화를 빚어내고 있는 것이다. 절묘

꽃과 자연

하다고 한 것은 푸른색과 붉은색이 대조를 이룰 뿐만 아니라, 보라색 밑에 깔린 약간의 붉은 기운이 꽃술의 붉은색과 동족적 친화감도 함께 일으키기 때문이다. 이 미묘한 꽃 색깔 덕분에 자칫 도식성에 떨어지기 쉬운 구조의 정형성도 긍정적으로 작용한다. 그래서 이 꽃은 색깔과 모양, 그 모두를 다 갖춘 아름다운 꽃이 되고 있는 것이다.

그렇게 예쁜 꽃이 실낱같이 가는 꽃대 위에 피어서 어린애 숨결 같이 작은 바람에도 한들거리는 것이다. '깽깽이풀'이라는 이름도 이렇게 줄기가 꽃을 간신히 이고 있다는 뜻에서 지어진 것이 아닐까 생각된다. 그러나 그 모양은 바람에 떨리는 보랏빛 가을 꽃들처럼 처연하지 않다. 오히려 가냘픈 몸매의 소녀가 하늘하늘 춤을 추는 것같이 경쾌하고 즐겁게 보일 뿐이다. 그래서 이 사랑스런 꽃을 대하면 저절로 즐거워지지 않을 수 없다.

내가 이 꽃을 처음 본 것은 6, 7년 전 서산 근처의 어느 야산에서이다. 도록에서만 본 그 예쁜 꽃이 피어 있는 곳이 있다기에 우계와 모산을 따라 나섰던 것이다. 그런데 다른 데를 먼저 들러 가느라고 깽깽이풀이 있는 곳은 오후에 가게 되었고, 그 야산 밑에 이르렀을 때는 벌써 해가 상당히 기울어 있었다. 잰 걸음으로 오솔길을 올라가 꽃들이 피어 있는 곳에 도착해 보니까 실물은 도록의 사진보다도, 예상했던 것보다도 더 예뻤다. 우리는 환호를 하면서 부지런히 셔터를 눌러댔다. 그러나 얼마 못 가서 해가 넘어가고 말아서 아쉬움을 가누며 산을 내려오고 말았다.

집에 오자마자 사진을 컴퓨터에 올려 보았다. 그러나 모양은 실물과 같다고 할 것이 있어도 빛깔까지 같은 것은 끝까지 다 봐도 안 보였다. 내 카메라가 똑딱이라 그러려니 하였는데, 며칠 후 우계와 모산이 올린 것을 보아도 내 사진보다는 더 잘 나왔지만 여전히 만족스럽지 못했다. 필경은 지는 햇빛이었기 때문일 것이라 여기고 다음에 햇빛이 좋을 때를 기대하는 수밖에 없다고 생각했다.

그러다가 실로 오랜만에 어제 좋은 기회가 왔다. 야생화 동호인 모임인 인디카의 회원 한 분이 경북 어느 야산에 깽깽이풀이 군락을 이루고 있다는 정보와 함께 차편까지 제공해 주어 모산과 더불어 오랜만에 원정 출사를 나가게 된 것이다. 이번에도 먼저 고분군이 있는 곳으로 가서 여러 가지 꽃을 찍고 난 다음 오후에 깽깽이풀이 있는 곳으로 갔다. 가 보니까 야트막한 야산의 한 경사면이 온통 깽깽이풀 밭이었다. 쾌청한 날씨에 정오를 조금 지난 4월의 태양이 머리 위에서 작열하니 모산이 늘 촬영의 제일 조건으로 여기는 햇빛은 더 바랄 나위 없이 좋았다. 꽃은 그렇게 지천인데 찍는 사람은 우리 셋과 그곳 꽃밭들로 우리를 안내한 또 다른 인디카 회원 한 분 해서 네 명뿐이니 대상을 마음대로 고를 수 있었고, 또 그것을 마음껏 오래 찍을 수 있었다. 우리는 서서 찍고, 앉아서 찍고, 누워서 찍고, 심지어 모로 누워서도 찍고 ─ 원 없이 다양하게 찍었다.

집에 와서 기대를 갖고 한 장 한 장 모니터에 올려 보았다. 여전히 빛깔이 문제였다. 햇빛을 정면으로 받은 것은 빛이 반사되어 색이 바랬고 억지로 그늘을 지어 찍은 것은 또 그늘 때문에 제 색이 안 났다. 가다가는 몇 개 실물과 비슷한 것이 있지만, 여전히 "이 색이다" 하고

꽃과 자연

만족할 만한 것은 없었다.

실망스러웠다. 그러나 컴퓨터를 끄고 생각해 보니, 내가 바랄 것을 바라는 것이 아니었다. 꽃이라는 생명체가 빚어 낸 빛깔—그 보드랍고 연삭삭하고 촉촉한 꽃잎이 발하는 빛깔을 컴퓨터가 색소를 아무리 정밀히 조합한다 한들 저 번들번들한 광물질인 모니터를 가지고 무슨 수로 재현해 낼 수 있을 것인가? 꽃이 하도 예뻐서 집에서도 수시로 그 꽃을 보고 싶은 욕심과, 어느새 내 속에 깊숙이 자리 잡은 과학기술에 대한 과신이 그런 기적 같은 일도 손쉽게 이루어질 수 있을 것이라는 망상을 갖게 했던 것이다.

과학기술이 아무리 발달해도 그 예쁜 꽃은 저 산 위에나 있고 또 하나 그보다는 불완전하지만 그래도 그것에 제일 가까운 것이 내 마음에나 있을 뿐이었다. 그러나 내 마음속의 영상은 다른 재생물이 실제와 같은지 여부는 가려 줄 수는 있지만 스스로를 재현해 내지는 못한다. 그러니 내가 바라는 빛깔의 꽃은 안타깝게도 산에만 있을 뿐이다. 사진은 실물을 대치할 수 있는 것이 아니라 실물의 기억을 되살려 주는 장치에 불과할 뿐이었다.

그리고 사진이 실물을 대치하지 못하는 것도 실망스러운 것이 아니라 잘된 일이었다. 그 예쁜 빛깔의 꽃을 보자면 산을 올라야 하고 그런 수고를 치르고 나서 꽃을 보아야 그 꽃의 소중함을 실감할 것이기 때문이다. 방 안에 앉아 손가락 하나 까딱하면 실물과 똑같은 것이 나온다면, 그래서 진짜와 가짜가 구별할 수 없게 된다면 세상에는 귀한 것이 없어질 것이다. 귀한 것이 없다는 것은 모든 것이 쓰레기가 될 수 있다는 것이다. 이 얼마나 살 맛 없고 무미한 세상인가? 그러나 진짜가 하나밖에 없으면 그것은 소중한 것이 될 것이고 소중하면 지키려 할 테니까 공존이 시작되고, 그것을 보존하려 할 테니까 폭력이 제어되고, 또 귀하면 가치가 있는 것이 되니까 위계가 생기고 해서 결국 세상에 질서가 서게 되는 것일 게다. 그러니 자연에고 예술에고 진짜는 하나밖에 없다는 것이 얼마나 다행하고 잘 된 일인가?

(2107. 4)

꽃과 자연

설악

    산 좋아하는 사람들이 대개 그렇듯이 나도 우리나라의 큰 산 중에 설악을 제일 많이 등산했다. 80년대 중반부터 근 20년을 매년 한두 번은 설악을 올랐다.

    설악은 모든 계절이 다 좋았다. 이름조차 설악(雪嶽)이니 설경은 당연히 빼어났다. 겨울에 눈이 내리면 7, 8부 고지까지는 눈이 쌓이지만 그 위로는 눈도 내려앉을 수 없이 가파른 봉우리들이 키 자랑이나 하듯 경쟁적으로 흘립(屹立)해 있었다. 부드럽게 싸인 흰 눈을 뚫고 창극(槍戟)같이 날카롭게 치솟은 검푸른 암봉들은 장엄미의 한 극치를 이루었다. 허위단심 영마루에 올라서서 어름같이 차고 맑은 바람을 맞으며 그 경관을 조망하는 맛이 하도 장쾌해서 눈길에 어프러지고 고프러지면서도 기회가 닿으면 겨울 등산을 마다하지 않았다.

    봄에는 무언가 미세한 것들이 여기저기 꼬물꼬물 움직이고 소곤소곤 속삭이는 것 같은 은밀한 분위기가 그 큰 연두색 산을 감쌌다. 그 안에 들어가면 겨우내 잠들었다가 새로 깨어나 작동하기 시작하는 생명의 작용을 눈으로 귀로 온몸으로 느낄 수 있었다. 그런 정밀한 느낌은 조용한 가운데에서나 감지되는 것이기에 일반인의 입산이 허가되기 전에 특별히 허가를 받아 가서 즐기곤 하였다. 또 아래는 새 잎이 돋고 꽃들이 피어나지만 꼭대기에는 잔설과 얼음이 남아 있어 두 계절을 한꺼번에 즐길 수 있는 것도 적지 않은 재미였다.

여름의 설악은 녹음의 천지였다. 아래에서는 숨이 턱턱 막히게 더워도 계곡으로 들어가면 서늘한 산기운이 더위를 막아 주고 짙은 녹음에서 풍기는 신선한 공기가 정신을 맑게 해 주었다. 물그림자가 어룽거리는 계곡물이 하도 맑아서 내려가 손을 담그면 그 시원함이 얼굴을 씻기도 전에 등골까지 서늘하게 해 주었다. 그렇게 몸을 식히며 맞은편 벼랑을 쳐다보며 앉았노라면 바다로 피서 가지 않은 것이 잘한 결정이었음을 재삼 자찬하지 않을 수 없었다.

그러나 설악의 경관 중 압권은 단연 가을의 단풍이었다. 왜냐하면 그것은 색색의 단풍뿐만 아니라 하늘과 태양과 바위와 물이 함께 어우러져 빚어내는 설악의 총체적 예술이기 때문이었다. 그래서 산꾼들에게 설악산 단풍 산행은 매년 꼭 거쳐야 하는 연중행사로 되어 있었다. 나도 설악산 단풍을 못 보고는 한 해를 보낼 수 없는 것처럼 여겨서 단풍철 설악 등반은 거른 해가 거의 없었다. 천불동은 물론이고 가야계곡, 수렴동계곡, 주전골, 십이선녀탕, 화채능선 등 단풍이 좋다는 곳은 순례하듯 두루 찾아 다녔다.

그렇게 여러 번 갔건만 갈 때마다 경관은 처음처럼 경이로웠고, 그

꽃과 자연

래서 갈 때마다 감흥도 새로웠다. 설악의 깨끗한 공기와 맑은 물, 급격한 일교차가 빚어 내는 단풍은 그만큼 다른 어느 산의 단풍보다 빛이 짙고 선명했던 것이다. 파란 하늘을 배경으로 하고 단풍을 역광으로 볼 때 햇빛을 받아 반투명체로 밝아진 선홍색 단풍잎이 하늘색과 어우러져 이루는 색의 향연은 언제나 숨을 멎게 할 지경이었지만, 하얀 돌 위를 흐르다 고인 옥색 물속에 비친 단풍의 영롱함은 또한 얼마나 여러 번 나의 넋을 빼앗았던가. 냇물 위 깎아지른 벼랑 틈에 뿌리 박고 선 단풍나무 한 그루가 흑갈색 암벽에 불을 붙이듯 타오르던 모습이나, 단풍이 터널을 이루어 그 안을 지나는 사람까지 붉게 물들이던 것 등, 지금도 생각나는 절경들이 수없이 많다.

그런 절경 중에서도 제일 기억에 남는 장면을 꼽으라면 화채능선에서 본 단풍일 것이다. 어느 해 그 능선길을 가다가 내려다본 칠선폭포의 단풍이 하도 고와서 학교에 와 "칠선폭포의 단풍이야말로 천하일품"이라고 떠들어댔더니 그 얘기를 듣고 모산이 따라 나선 그 다음 해 가을 등산 때였다.

그날은 처음서부터 날씨가 흐리더니 대청에서 동쪽으로 꺾어 화채능선으로 접어들자 비가 흩뿌리기 시작했다. 단풍놀이에 비가 많이 오면 안 되지만, 조금 오는 것은 단풍 빛을 더욱 맑게 해 주기 때문에 우리는 괘념하지 않고 내처 걸어 나아갔다. 능선은 갈수록 칼날같이 좁아져서 왼쪽으로 칠선계곡이 내려다보이는 곳까지 왔을 때에는 두 사람이 교행하기도 여유롭지 않을 정도가 되었고 그 양쪽은 천인절벽이었다. 그런데 폭포가 있는 계곡 쪽을 내려다보니 안개가 자욱이 끼어 아무것도 안 보였다. 거기서 더 가면 칠선계곡은 다시 볼 수 없게 되기 때문에 우리는 거기 앉아 안개가 걷히기를 기다렸다. 그 단풍을 보려고 온 모산을 위해서뿐만 아니라, 그날 우리들의 단풍 구경의 하이라이트도 바로 그것이었기 때문이다.

한 10여 분을 기다렸으나 안개는 걷힐 기미를 보이지 않았다. 하산하여 저녁 먹고 고속버스를 탈 시간이 빠듯한지라 더 기다리지 못하고 일어서려는 때였다. 계곡의 한가운데, 까마득히 먼 곳의 안개가 살짝 벗겨지면서 실낱같이 가는 하얀 폭포가 보이더니 곧이어 그 주위로 선혈같이 붉은 단풍이 드러나는 것이 아닌가. 모두가 "야!" 소리를 지르며 뛰어 일어나면서 어린애들같이 환호하였다. 고대하던 광경이 그렇게 극적으로 나타나자 우리는 마치 무슨 신비한 초자연적 현상을 목격하는 사람들처럼 넋을 놓고 그것을 바라다보았다. 그 순간 우리는 모두 황홀하였다. 환희에 겨웠다.

그 환시(幻視) 같은 광경이 한 20초나 지속되었을까? 계곡은 다시 안개로 덮였고 칠선폭포도 꿈같이 사라지고 말았다. 그러나 그 짧은 시간에 본 선경(仙境)의 아름다움은 우리의 뇌리에 평생 지워질 수 없게 깊이 각인되기에 충분했고, 그때의 기쁨과 감격은 젖은 솜처럼 우리를 짓누르던 피로를 깨끗이 날려 주고도 남음이 있었다. 모산은 "그때 그 자리에 앉은 채로 세상을 떠도 좋다고 생각했어"라고 나중에 회상할 정도로 열락에 도취했었다. 그 이후 권금성에 이르는 거친 도정에 우리를 지탱해 준 힘도 필경 그 순간에 느낀 흥분과 희열에서 비롯한 활력이었을 것이다.

꽃과 자연

그 기쁨, 그 즐거움이 왜 그리 특별할까? 설악의 무엇이 우리를 그 토록 매료하는 것일가? 그것은 설악에서 보는 아름다움은 우리가 일 상에서 보는 경치의 아름다움과는 전혀 다른 유의 것이라는 데에 기 인할 것이다. 칠선폭포가 안개 속에서 나타나던 순간 나는 그 절벽 꼭 대기에서 폭포를 향해 뛰어내리고 싶은 충동을 강하게 느꼈었다. 몸 을 날리면 수직으로 떨어지는 것이 아니라 허공을 둥둥 떠서 안개 위 를 미끄러져 폭포 앞에 사뿐히 내려앉으리라는 믿음이 거의 확신에 가까웠던 것이다. 나는 앞서 칠선폭포의 아름다움을 "선경의 아름다 움"이라고 했는데 칠선폭포뿐만 아니라 내가 서 있는 곳도 선경이고 그곳 전체가 선계여서 나도 신선이 된 것 같은 착각이 든 것이었다. 그만큼 그곳은 우리가 아는 일상의 세상과는 다르다는 느낌을 주는 곳이었다.

사실 설악에 들면 모든 것이 달랐다. 하늘이 다르고 땅이 다르고 물이 다르고 공기가 달랐다. 무엇보다도 그곳에 미만해 있는 기(氣)가 달랐다. 도시는 사람과 기계가 주인 노릇을 하는 데이지만, 그곳은 산 이 주재(主宰)하고 산기운이 지배하는 곳이었다. 예컨대 설악에서는 산이 허락하는 곳만 갈 수 있다. 등산철에 사람이 그렇게 많이 가도 좁은 등산로를 따라 한 줄로 갈 수밖에 없는 곳이 설악이다. 그 길에 서 한 발자국만 벗어나도 발붙일 데도 없는 곳이 대부분이기 때문이 다. 그래서 설악은 그 좁은 등산로를 제외하고는 거의가 인간의 발이 닿지 않은 청정 지역이다. 또 그래서 산이 그 많은 인간을 다 품고도 언제나 의연히 제 모습 그대로일 수 있는 곳이다.

나는 지금도 설악산에 처음 갔을 때에 느낀 그 위압적인 산기운을 역력히 기억하고 있다. 60년대 초반 가을날 땅거미가 질 무렵이었다. 설악동에서 차를 내리자 한쪽에 하늘을 찌를 듯한 바위산들이 늘어서 있었다. 나는 그렇게 삐죽삐죽 치솟은 바위산은 태어나서 처음 보았다. 조금 더 걸어 들어가자 좌측에 곧 권금성이 나타났다. 나는 우선 그 직벽에 가까운 거대한 바위산의 위용에 압도되었다. 그 앞에 서자 포르스름한 자하가 서려 있는 산봉우리에서 내려오는 써늘한 산기운이 마치 쏴 소리를 내며 쏟아지는 폭포수같이 나를 엄습했다. 그 산기운을 맞으며 나는 전신이 오싹했고, 그 순간 그곳이 인간세상이 아닌 별유천지(別有天地)임을 직감했다.

설악이 특별한 점은 바로 그것이었다. 설악의 아름다움이 선계의 아름다움으로 느껴진 데서도 알 수 있듯이, 설악은 별유천지인 것이었다. 그런데 그 별유천지가 신화나 꿈속에나 존재하는 비현실적인 세상이 아니라 우리가 온몸으로 느낄 수 있는 현실 속에 존재하는 다른 세상인 것이었다. 그 태초의 천지처럼 청결하고 영험한 정기가 서린 산천에서 우리는 세상이 마땅히 그래야 하는 모습을 보았고, 항거할 수 없는 위엄을 갖고 군림하는 산 앞에서 미물처럼 왜소해지는 자신을 느끼면서 자연과 인간이 마땅히 그래야 하는 관계를 새삼 깨달았던 것이다. 그런 체험은 우리의 심신에 강력한 정화 작용을 해 주었다. 터무니없이 부풀어 있던 인간의 자만심과 속기(俗氣)를 일거에 뽑아내 주었을 뿐 아니라 온몸에 배어 있던 오염 물질도 깨끗이 씻어내 주었다. 그것들이 빠져나간 자리에 겸손과 신선한 산의 정기를 채우

꽃과 자연

고 우리는 새 사람이 되어 돌아올 수 있었던 것이다. 그래서 마치 궂은일을 하는 자가 자주 목욕을 해야 하듯이 우리는 도회 생활을 하면서 1년에 한두 번은 설악을 찾아 몸과 마음을 닦았던 것이다.

"산은 높아서가 아니라 신선이 있어야 명산이다(山不在高 有仙卽名)."—「누실명(陋室銘)」의 첫 구절이다. 설악에게 맞는 말이다. 설악은 남한에서 제일 높지는 않아도 가히 신선이 거할 만큼 영기가 서려 있기 때문이다. 나는 설악의 푸른 이내에서 그런 영기를 느꼈다. 내게는 그것이 청정의 증거이고 선계의 징표였던 것이다.

설악을 못 오른 지 어느덧 20년에 가깝다. 그러나 설악의 산봉우리들에 여전히 그 취미(翠微)가 어려 있다면 설악은 내가 아는 설악, 그 명산 그대로일 것이다. (2017. 7)

5

세상 보기

사람을 기다리게 하는 것은 사랑보다 더 보편적인 미덕,
즉 인간에 대한 믿음이라고 보아야 할 것이다.
이것이야말로 모든 바람직한 인간관계의 근본이 되는 것인데,
기다림은 바로 이 숭고한 미덕의 실현인 것이다.

동정(同情)

한 10년 전에 고등학교 동창 등산대가 네팔의 안나푸르나 베이스 캠프에 갔을 때였다. 등산을 하기 전에 잠간 카트만두에서 시내 관광을 하였다. 전세 버스로 이동하며 여기저기를 둘러보다가 어느 공터에서 잠시 쉬게 되었는데, 내리기 전에 가이드가 우리에게 한 가지를 각별히 주의시켰다. 내리면 구걸하는 아이들이 몰려들 터인데 그들에게 절대로 돈을 주지 말라는 것이었다. 한 아이에게 주면 다른 수십 명의 아이들이 벌떼같이 달려들어서 감당할 수 없다는 것이 그 이유였다. 그러니 처음부터 아예 못 본 척하라는 것이었다.

우리가 내리니까 아닌 게 아니라 수많은 아이들이 따라다니며 손을 벌렸다. 우리들은 모두 가이드의 지시대로 이들을 상대하지 않으면서 짐짓 무관심한 표정으로 딴전을 피웠다. 그런데 우리들 중의 제일 연장자인 선배 한 분은 무척 곤혹스런 표정을 감추지 못했다. 그는 머리가 하얗고 혈색이 좋은 데다가 낙천적인 성격으로 파안대소를 잘

하여서 산타클로스 같은 인상을 주는 분이었다. 생긴 것만 그런 것이 아니라 마음씨도 산타와 같아서 후배들에게 늘 무엇이나 주고 베푸는 분이었다.

내가 보기에 이 양반은 이 불쌍한 군중에게 무언가를 주고 싶어 못 견딜 지경인데 안 주겠다고 다 같이 약속을 한 터인 데다가, 주었다가 무슨 봉변을 할지도 은근히 걱정이 되어 마음속으로 심한 갈등을 일으키고 있음이 분명했다. 우리는 아이들을 애써 못 본 척하고 있었지만, 이분은 이 아이들을 측은해하는 빛이 역력한 눈으로 바라보면서 곧 돈을 꺼내 줄 듯이 연신 주머니에 손을 넣었다 뺐다 하고 있었다. 이 눈치를 못 챘을 리 없는 아이들은 그 양반 주위에 대거 운집해 손을 내밀고 있었다. 이분은 자기 딴에는 아이들을 피해 다녔지만 실은 이리저리 아이들을 몰고 다니고 있었다. 그러다가 한 여자 걸인과 마주치게 되었다. 머리는 흙먼지로 허옇고 바짝 마른 얼굴은 햇볕에 새까맣게 그을었는데 등에는 살았는지 죽었는지 모를 아이를 업고 있었다. 그 아이의 머리는 축 처져 있어서 그 여자가 움직일 적마다 마치 끈에 달린 공처럼 빙글빙글 돌았다. 이 참혹한 모습을 보자 이제까지 간신히 버텨 온 그 양반의 자제력은 여지없이 무너지고 말았다. 그는 얼른 호주머니에 손을 넣더니 5불짜리 지폐를 꺼내서 그 여자에게 주었다. 이들에게는 25전도 큰돈인데 5불짜리가 건네지는 것을 보자 주위의 걸인들이 모두 악마구니 떼처럼 그에게 달려들었다. 그런데 제일 앞에서 손을 내밀고 달려드는 사람은 바로 방금 5불을 받은 그 여인이었다.

세상 보기

주위의 도움을 받아 그 선배는 간신히 버스 안으로 피신할 수 있었다. 그러나 걸인들은 그가 앉은 창가에 몰려들어 여전히 아우성을 쳤다. 돈을 받은 여인은 차창을 손으로 두드리며 돈을 더 달라고 계속 요구하였다. 깡마른 그녀의 얼굴은 돌처럼 무표정했다. 그리고 그를 응시하는 그녀의 눈도 석탄 덩이같이 무표정하기는 마찬가지였다.

그 광경을 내려다보던 그 선배는 상당히 충격을 받은 모양이었다. "저 여자 5불을 주었는데도 왜 저러지?" 하며 벌겋게 상기된 얼굴로 우리를 돌아보았지만, 우리는 그분의 물정 어둠을 한심해하면서 속으로 혀만 끌끌 찼다.

그 여자는 필경 절대 빈곤의 극한상황에 처해 있어서 이미 염치를 돌볼 처지가 아니었다. 다시 말해, 누가 돈을 많이 주면 고맙다고 인사하고 돌아설 사람이 아니었다. 그렇게 돈 많고 인심도 후한 사람이면 그 여자에게는 단지 돈을 더 얻어낼 수 있는 대상일 뿐이었다. 그러니 돈을 받고도 더 달라고 달려드는 것이 당연했다. 그 여자는 그 선배가 가진 돈을 다 주었어도 만족하고 돌아서지 않았을 것이다. 그런 사람에게 여윳돈 약간을 집어 주고 고맙다는 인사를 받으려 했다든지, 또는 그럼으로써 불쌍한 사람을 도왔다는 기쁨을 누리려 하거나 가진 자의 마음의 짐을 덜려고 했다면 큰 오산이 아닐 수 없다. 이런 상황은 우리의 얄팍한 동정심으로는 대처가 안 되는 경우이다.

나는 속으로 '값싼 동정은 금방 한계를 드러내는구먼' 하며 아예 매정한 태도로 일관한 나의 처신을 변호하려고 했다. 그런데 그렇게 넘어가지지가 않았다. 특히 '값싼 동정'이라는 말이 걸렸다. 우리가 이 말을 쓸 때는 금액의 약소함보다는 진정성의 결여를 뜻한다. 예컨대, 얼마 안 되는 금액을 주더라도 그것이 불쌍한 사람을 진정으로 돕고 싶은 마음에서 우러나온 행동이면 그것을 '값싼 동정'이라고 비하하지 않는다. 그런 말은 상당한 액수의 돈이라도 주는 사람이 동정심이 없이 순전히 겉치레로 하거나 생색을 내기 위해서 줄 때 주로 쓰는 말이다.

이렇게 볼 때에 내가 그 선배의 행동을 그렇게 부정적으로 평가한 것은 나 스스로도 납득이 되지 않았다. 그분은 안 주고는 못 배길 정도로 정말 주고 싶어서 그 여인에게 돈을 준 것이다. 그분의 동정심이 5불에 그친 것은 사실이나 우리의 마음 씀씀이에는 크고 작음이 있는 것을 인정하지 않을 수 없다. 예컨대, 국가와 민족을 위해서 목숨을 초개같이 던지는 열사나 의사가 있는가 하면, 그만은 못하더라도 국가를 위해서 가족의 부양을 희생하는 사람이 있고, 대부분의 우리와 같이 자신과 가족의 안위를 지키는 한도 내에서 작은 애국을 하는 사람들이 있다. 그러나 의사와 열사의 애국만 애국이고 보통 사람의 애국은 애국이 아니라고 말할 수는 없다.

동정심도 마찬가지이다. 자기의 가진 것을 다 바쳐서 불쌍한 사람을 돕는 사람이 있고, 그렇지는 못하지만 봉사를 업으로 하는 사람들이 있다. 그리고 우리네 같이 여윳돈을 가난한 사람에게 건네는 작은 동정이 있다. 크고 작음의 차이는 있을지언정, 이것들은 다 동정이다. 애국의 경우 보통 사람의 애국이 없으면 나라가 설 수 없듯이, 보통 사람의 동정심이 없으면 세상이 이나마도 부지하지 못한다. 국가나 사회가 시행하는 복지사업도 일반 대중이 출연한 작은 돈이 모여서 하는 것이 아닌가.

하긴 순수주의자들은 이 복지라는 것조차 마뜩지 않게 생각한다. 그것은 제도화한 도움인데, 도움이 제도화하면 비인간적이 되고 기계화하는 경향이 있음을 이들은 저어한다. 이같이 공동체 구성원들 간의 끈끈한 정이 결여된 도움은 도움을 받는 사람으로부터 오히려 반감을 불러일으켜서 진정한 도움이 되지 않으며, 그렇기 때문에 빈곤의 문제를 근본적으로 해결하지 못한다는 것이 이들의 주장이다. 즉, 남을 내 가족같이, 더 나아가 내 몸같이 생각하며 도와야 해결이 된다는 것이다.

옳은 말이다. 그러나 이들이 지향하는 바는 너무 이상적이다. 그것은 사람들이 모든 것을 같이 쓰면서 서로 돕던 원시 공동 사회 같은 작은 집단에서나 가능한 이야기이다. 지금과 같이 거대 사회 안에서 모든 것이 분업화하고 조직화한 체제하에 사는 사람들, 태어나면서부터 필요한 것을 모두 각자가 소유해 온 사람들에게서는 바랄 수 없는 일이다. 물론 그런 이상을 저버려서는 안 될 것이다. 그러나 그런 이상적인 공동체가 이루어지기 전에, 당장 먹을 것이 없어 배를 곯거나 병든 몸을 치료하지 못해 고통당하는 사람들을 우선 구원해야 한다. 이를 위해서는 국가적 사업으로서의 복지라는 차선의 방법을 동원하지 않을 수 없다.

이렇게 보면 진정 남을 돕고 싶은 마음에서 우러난 동정이면 비록 작은 액수라도 존중하고 치하해야 마땅한 일이다. 내가 그 선배의 동정을 폄하한 것은 나의 야박한 행동을 정당화하기 위한 왜곡이었을 뿐이며, 그것을 가슴속 깊이에서는 알고 있었기에 그런 억지 정당화가 받아들여지지 않았던 것이다.

그 후 나는 그 선배의 행동을 눈여겨보게 되었다. 그날의 충격적인 경험이 그의 동정심을 위축시켜서 그 산타 같은 호인이 우리네 같이 이기적인 속물이 되지 않았을까 걱정되어서였다. 그러나 나의 걱정은 곧 기우임이 밝혀졌다. 그 다음에 방문한 도시에서 나는 그분이 혼자 서 있는 어린 거지에게 다가가서 슬그머니 무언가를 쥐어 주며, 둘 사이에 무슨 음모라도 있는 양, 그 아이에게 눈을 끔적끔적하면서 손으로 어서 가라는 시늉을 하는 것을 보았기 때문이다. 그의 얼굴에는 다시 그 산타 같은 커다란 미소가 가득하였다. 그 모습을 멀리서 지켜보며 나는 누구에게인지 모를 감사를 드렸다. (2011. 5)

세상 보기

휴대전화

나도 이 시대를 사는 다른 사람들처럼 기계를 많이 갖고 살고 있다. 그러나 실은 기계를 별로 좋아하는 편이 못 된다. 내가 정말 갖고 싶어서 산 것은 구식 독일제 전동 타자기와 1950년대에 제조된 역시 독일제 카메라 정도이고, 나머지는 대체로 세태에 따라 마지못해 구입한 것들이다. 예컨대 자동차는 "이 동네에서 자가용 없는 집은 우리밖에 없다"는 말을 듣고서야 샀고, 컴퓨터는 내 또래 학교 동료들이 거의 다 구비했을 때까지 사야 하나 안 사야 하나 망설이다가 한 동료의 강력한 권고를 받고 샀다. 이것들을 쓰고는 있지만 크게 애용하는 편은 못 된다. 자동차는 별로 안 모는 지가 20년이 넘어서 동창 중에는 내가 자동차를 갖고 있다는 것을 알지 못하는 친구도 있다. 컴퓨터도 매일 들여다보기는 하는데 기껏해야 이메일하고 글 쓰고, 신문 보고 모르는 것 찾아볼 때 이용하는 정도이다.

그런데 근년에 또 한 가지 가져야 할지 안 가져야 할지 문제가 된 것이 생겼다. 휴대전화이다. 나는 아직 휴대전화를 안 갖고 다닌다. 얼마 전까지만 해도 휴대전화 없이 지내는 데에 별 불편이 없었다. 그 때는 사람이 많이 다니는 곳에는 공중전화가 여러 대 비치되어 있어서 간혹 밖에서 연락을 취해야 할 때에도 문제가 없었다. 그런데 휴대전화 보급이 초등학생에게까지 미치자 공중전화 대수가 급격히 줄었다. 그래서 근래에 와서는 밖에서 전화를 할 일이 있으면 공중전화를 찾느라고 쩔쩔맬 때가 많았다. 그렇게 몇 번 혼이 나고 난 다음에 터득한 것이 아직도 지하철역에는 대개 공중전화가 남아 있다는 사실이다. 그래서 지하철이 닿는 곳 근처에서 누구에게 급히 연락할 일이 생기면 지상의 것은 아예 찾을 생각도 하지 않고 곧 바로 지하철역을 찾아 들어가서 용무를 본다. 그렇지만 지하철이 없는 곳에서는 여간 곤란하지 않다. 그래서 급할 때는 남의 휴대전화를 빌려서 통화하기도 여러 번 했다. 그렇게 해서라도 내가 연락할 일은 대체로 연락해 왔는데, 문제는 다른 쪽에서 나에게 연락할 방도가 없어서 애를 먹는 것이다. 이로 인해 핀잔도 많이 받고 수모도 꽤 했다. 그런데도 아직 휴대전화를 안 갖고 다니는 것은 그것에 대한 나의 거부감이 좀처럼 극복되지 않기 때문이다.

첫째는 아무 데서나 큰 소리로 떠드는 교양 없는 사람들과 동류가 되고 싶지 않은 것이다. 이들은 대개 나이가 지긋한 사람들이다. 여러 사람이 함께 있는 좁은 공간에서 주위의 사람이 깜짝 놀랄 정도의 큰 소리로 통화하는 이런 사람들을 보면, '저렇게 공중도덕에 대한 의식이 없는데 저 나이 되도록 어떻게 살아 왔을까? 자식들에게는 무얼 가르쳤을까? 하고 얼굴을 다시 쳐다보게 된다. 그러나 이것은 휴대전화를 안 가질 이유가 안 된다고 반박할 수 있다. 우선 휴대전화를 가졌다고 다 그렇게 무교양한 짓을 하는 것은 아니며, 그렇게 큰 소리로 통화하지 않으면 될 것 아닌가 하는 것이다. 그런데 이 두 번째 사항이 문제다. 그렇게 큰 소리는 안 낼는지 몰라도 나도 조용히 통화하리라고 장담할 수는 없기 때문이다. 집에서 전화 걸 때 옆집까지 다 들리겠다는 말을 아내로부터 여러 번 들은 것으로 보아 전화 통화하는 내 소리가 크다는 사실을 나는 알고 있다. 내 귀가 전보다 어두워졌으니까 내 말소리도 전보다 커졌거니와, 내가 통화하는 대상이 대개 칠, 팔십객들이어서 작게 말하면 알아듣지 못하는 경우가 많다. 그래서 필요에 의해 큰 소리로 통화하게 될 때가 많다. 더구나 나는 주로 대중교통 수단을 이용하니까 버스나 지하철의 소음 속에서 통화를 하자면 소리를 높이지 않을 수 없다. 그러니까 이 첫 번째 이유는 일반적인 이유는 될 수 없지만, 내게는 상당히 타당성이 있는 이유가 된다.

둘째는 아무 데고 벨소리가 울려 대는 것이 싫다. 조용해야 할 장소에서 갑자기 울려 대는 전화벨 소리는 얼마나 경망스럽고 무례하고 방정맞은가? 나는 이럴 때 그 주인이 짓는 창황망조한 모습을 보면 내가 다 민망하고 면구스러워진다. 나는 그런 당혹스런 표정의 주인공이 되고 싶지 않다. 이것도 물론 반박의 여지가 있다. 미리 진동 모드로 바꿔 놓든지, 아니면 아예 꺼 놓으면 될 것 아닌가 하는 것이 그것이다. 그러나 나보다도 훨씬 조심성이 많고 준비성이 강한 사람들도 이런 실수를 종종 저지르는 것을 보았다. 그러니 그것은 말같이 쉬운 일이 아님에 틀림없다. 더구나 나같이 건망증이 심한 자는 그렇게 조용해야 할 계제를 위해 미리 조치를 취할 것을 십중팔구 잊어먹을 것이다. 나이 들어 여러 가지로 추해진 모습을 보이는 것도 서글픈데, 그런 실수까지 연발하여 눈총까지 받고 싶지 않다.

그런 실수를 안 하려면 항상 진동 모드로 고정해 놓으면 되겠지만, 그러면 손에 들고 있지 않는 한 감지하지 못할 것이 틀림없다. 그렇다고 그것을 손에 늘 쥐고 있다는 것은 우선 늙은 사람에게는 보기에도 좋지 않을뿐더러, 필경 자꾸 떨어뜨려 망가뜨리거나 어디에다 놓고 올 것이 뻔하다. 이래서 진동 모드로 해 놓고도 결국 들고 다닐 수가 없으니 있으나마나 한 격이다. 또 전원을 꺼 놓는다면 아예 없는 것이나 마찬가지인데, 그 거추장스럽고 잃어버리기 쉬운 물건을 무엇 하러 갖고 다닐 것인가? 그래서 이 둘째 이유도 내게는 타당한 이유가 된다.

세 번째로는 사생활의 침해를 받기 싫은 것이다. 우리네는 사생활이라야 기껏해야 조용한 시간을 좀 갖는 것이 고작이지만, 요즘 세상에 살아남기 위해서는 그나마라도 확보하지 않을 수 없다. 요즘은 사람을 가만히 놔두지 않는 세상이다. 어디를 가나 간판과 광고가 눈을 어지럽히고 상가 근처에는 확성기로 호객을 하거나, 듣기에 좋지도 않은 음악을 크게 틀어 놓아서 귀가 따가울 지경이다. 시내를 걸을 때에도 앞을 잘 주시하여 얼른 알아 피해야지, 그렇지 않으면 젊은 여성들까지 몸으로 부딪혀 오기 일쑤이다. 이처럼 우리의 오관을 무시로 침입하는 자극과 혼란 속에 있다 보면 얼마 안 가서 정신이 혼미해지고 만다. 머리로는 아무 생각도 할 수 없게 되고 오관은 계속적인 자극에 대해 기계적으로 반응을 하게 되어 내가 나의 삶을 사는 것인지

밖으로부터 강요된 삶을 사는 것인지 분간이 안 된다. 이런 세상에서 제정신을 유지하기 위해서는 간섭받지 않는 혼자만의 시간을 얼마간 갖는 것은 필수적이다. 소인(小人)은 한가하면 나쁜 짓을 한다고 옛날의 성현은 말했지만, 요즘 세상의 소란함을 수양으로써 이겨 낼 수 없는 우리네 소인배들은 정신 건강을 위해서 한가한 시간을 되도록 많이 가져야 할 처지이다.

그런데 모처럼 그런 기회가 와서 심신이 휴식을 취할 때에도 휴대전화가 울리면 그런 한가한 분위기는 산산조각이 나고 만다. 그렇다고 "자, 이제부터 휴식이다" 하고 휴대전화를 꺼놓고, 또 "이제 휴식 끝이다" 하고 다시 켜 놓는 것도 우습다. 그런 것은 병영 생활을 하는 젊은 사람들에나 있을 법한 일이지, 직장에서도 은퇴한 우리 같은 사람에게는 어울리지도 않는다. 더구나 일상생활 속에서 간간히 취하는 휴식은 격식 없이 자연스럽게 취해져야 한다. 그렇게 시작과 끝을 인위적으로 정한다면 그것 자체가 스트레스가 되어 그 기간도 진정한 휴식이 되지 못한다.

진정한 휴식은 다만 얼마 동안이라도 방해받지 않는다는 확신이 있어야 누릴 수 있는 안락이다. 그러나 아무리 인적이 없는 곳에 가 있더라도 휴대전화를 갖고 있으면 도시 한가운데 있는 것이나 진배없다. 나를 아는 모든 사람들뿐만 아니라 나를 모르는 수많은 사람들도 내 전화번호를 알아내어 나를 호출할 수 있기 때문이다. 이러니 휴대전화를 가지고 있으면 이처럼 무시로 누릴 수 있는 안식을 포기해야 한다. 나는 그런 휴식도 없는 생활보다는 휴대전화 없이 지내는 편이

나을 것으로 생각한 것이다.

이런 것들은 휴대전화 갖기를 저어하는 사람들이 흔히 드는 이유들이라면, 내게는 이 외에도 나만의 이유가 하나 더 있다. 나는 본래 의심이 많고 조바심을 잘 내는 성격이다. 누구에게 일을 맡기면 그 일을 맡은 사람이 양심적으로, 책임감 있게 잘 하는지 의심이 가서 일일이 점검을 해야 직성이 풀린다. 또 무슨 문제가 생기면 그 하회를 좀 진득이 앉아서 기다리지 못하고 모든 잘못될 가능성을 생각하며 안절부절못한다. 이런 나에게 휴대전화가 있으면 저물도록 여기저기에 전화질을 할 것이고, 그래서 나의 조급증과 옹졸함은 더욱 심화될 것이 뻔하다. 그러지 않아도 나이 들면서 참을성이 부족해지는 것이 걱정인데 거기다가 휴대전화로 인해 조급증까지 더해지면 그나마 간신히 유지해 온 나의 보잘것없는 인격마저 파탄이 나고 말 것이다.

이와 관련하여 내가 휴대전화를 멀리하고 싶은 또 하나의 이유는 휴대전화가 기다림이라는 인간의 숭고한 덕행을 사라지게 한다는 점이다. 요즘은 사람을 기다리지 않는다. 가령 만날 약속을 한 사람이 일분만 늦어도 우리는 휴대전화로 상대방을 불러 "지금 어디야?" 하고 묻는다. 그렇게 상대방이 오고 있음을 확인하는 데에는 그에 대한 못 믿음이 깔려 있음은 두말할 나위 없다. 또 그런 질문을 하는 것 자체가 상대방의 늦음에 대한 일종의 질책이며, 그런 뜻을 모를 리 없는 상대방은 그때서부터 미안함과 죄책감 때문에 더욱 허둥댄다. 이런 불신과 조급증이 사람 사이를 각박하게 만듦은 재론할 필요가 없다.

우리가 어렸을 때만 해도 몇 시 몇 분에 만나자는 약속은 거의 없었고, 대개 몇 시 또는 기껏해야 몇 시 반이라고만 정했던 것 같다. 그뿐만 아니라 정해진 시각에서 5분, 10분은 항용 늦었고 상대방도 그정도는 예사로 기다려 주었다. 이보다도 훨씬 심한 경우도 많았다. 예컨대 "오전에 간다"든지 "저녁 때 들른다"든지 하는 말이 훌륭한 약속이었다. 또 기다리는 쪽도 느긋이 기다렸다. 그래서 옛날에는 오래 기다리는 것이 일상이었다.

그렇게 오래 기다렸다가 만나면 얼마나 반갑고 정이 더 깊어졌던가! 오는 사람은 한시라도 빨리 오려고 애썼으므로 기다린 사람은 오래 걸린 것을 책망하기보다는 고생한 것을 위로하였고, 온 사람은 자기를 믿고 오래 기다려 준 사람의 후의에 감사하였다. 그래서 두 사람의 결속은 더욱 공고해지고 믿음은 더 깊어졌다. 이런 것이 삶을 푸근하게 했고 사람들에게 감동을 주었었다.

문학작품에서도 기다림의 이야기가 우리에게 커다란 감동을 주는예는 허다하다. 이 도령이 춘향이와 헤어질 때 "아무 날 아무 시에 오겠다"는 약속을 한 바가 없다. 단지 장원급제하면 데리러 오겠다는 말 뿐이었다. 춘향은 그 말 한마디만 믿고 한양으로 올라간 후 소식 한 자 없는 이 도령을 기다렸고, 옥중에서도 그 모진 고초를 감내했던 것이다.

그런가 하면 페넬로페(Penelope)는 전쟁터에 나간 오디세우스(Odysseus)를 근 20년이나 기다렸다. 7년간의 전쟁이 끝난 뒤에도 10년 동안 돌아오지 않는 남편을 청혼자들의 성화를 버텨 가며 기다렸다. 오디세우스가 수많은 역경을 이겨낼 수 있었던 것도, 또 그의 긴 방황이 귀환으로 완결될 수 있었던 것도 가정을 지키며 기다린 페넬로페가 있었기 때문에 가능했던 것이다.

페르 귄트(Peer Gynt)를 기다린 솔베이(Solveig)의 경우는 어떤가? 위에 든 두 예는 결혼한 여인이 남편을 기다리는 경우들이다(춘향의 경우는 정식 결혼이 아니라 사실혼이지만). 돌아오마고 기약을 한 날짜가 없다거나, 귀환이 너무 오래 걸린 것이 문제지만, 이 경우들은 지어미가 지아비를 기다리는 것이니까 당연한 일면이 있다. 그러나 솔베이는 마을에서 추방된 페르와 오두막에서 같이 살려고 가족을 버리고 찾아온 것이다. 솔베이를 보고 환희작약하던 페르는 불 지필 장작을 가지러 밖에 나갔다가, 천사같이 청순한 솔베이에 비해 너무나 지저분하고 부정(不貞)한 자신의 과거를 생각하고 죄책감을 못 이겨, "돌아올 때까지 기다리라"는 말 한마디 남기고 떠나가 버리고 만다. 이 천하에 둘째가라면 서러울 허풍쟁이, 바람둥이, 사기꾼, 방랑자를 솔베이는 중년이 넘어 눈이 멀 때까지 그 오두막에서 기다린다.

무엇이 사람으로 하여금 이렇게 오래 기다릴 수 있게 하는가? 사랑이라고 답하는 사람들이 많을 것이다. 하긴 위의 세 경우도 사랑하는 사람들 사이의 기다림이다. 그러나 이성 간의 사랑을 매개로 하지 않는 인간관계에서도 오랜 기다림은 얼마쯤이라도 있을 수 있다. 그러므로 사람을 기다리게 하는 것은 사랑보다 더 보편적인 미덕, 즉 인간에 대한 믿음이라고 보아야 할 것이다. 이것이야말로 모든 바람직한 인간관계의 근본이 되는 것인데, 기다림은 바로 이 숭고한 미덕의 실현인 것이다. 내가 위에서 기다림이 인간의 숭고한 덕행이라고 정의한 그 첫째 이유가 여기에 있다.

세상 보기

기다림이 숭고한 데에는 또 다른 이유가 있다. 이렇게 오랜 기다림에는 자기희생의 고통이 따르게 마련이다. 그것은 다른 모든 사람에게는 이미 떠나가서 부재하는 사람이 기다리는 사람에게는 항시 현존한다는 괴리에 기인한다. 이미 떠나간 사람이 기다리는 사람에게 항시 현존한다는 것은 그가 마치 같이 있는 것처럼 떠나기 이전의 관계를 유지하기 때문이다. 이같이 부재하는 사람을 현존하는 것같이 사는 생활은 고통일 수밖에 없다. 위의 세 경우 여인들의 수절과 외로움이 그것이다.

이것이 기다리는 사람 자신이 스스로에게 부과하는 고통이라면 밖에서부터 오는 고통도 있다. 이는 떠난 사람의 존재를 인정하지 않는 다른 사람들이 그들의 생각을 기다리는 사람에게 강요하는 경우이다. 변 사또에게 이 도령은 여기 없는 사람이고 안 올 사람이니까 춘향이가 남편이 있는 것처럼 정절을 지키겠다는 것은 우스운 얘기다. 마찬가지로 오디세우스도 죽었거나 올 수 없는 데에 있다고 생각해서 구혼자들은 페넬로페에게 자기들 중의 하나를 선택하라고 강요하는 것이다. 이런 요구를 거절하는 것은 때로 목숨까지 위태롭게 한다. 이처럼 기다림은 목숨을 바치는 자기희생까지 감내하면서 한 인간에 대한 신뢰를 견지하는 것이기에 또한 숭고한 것이다.

위의 세 작품이 우리에게 각별한 감동을 주는 것도 오랜 우여곡절 끝에 사랑하는 사람들이 재회하기 때문만이 아니다. 그보다는, 기다리는 사람들이 어떤 고난 속에서도, 어떤 희생을 무릅쓰면서도, 떠난 사람들을 한시도 마음에서 놓지 않을 정도로 그들에 대한 굳건한 신뢰를 유지했기 때문이다. 페르가 그동안 자기가 어디에 있었는가라는 수수께끼의 답을 찾지 못해 당황하고 있을 때, 솔베이는 그것을 아주 쉬운 문제라면서, "나의 믿음 속에, 나의 희망 속에, 나의 사랑 속에 있었어요"라고 대답한다. 즉, 솔베이는 늘 페르와 함께 있었던 것이다. 이처럼 기다림은 떠난 자의 부재라는 물리적 제약을 무효화할 뿐만 아니라, 한 걸음 더 나아가 마음으로 그와 함께 있음으로써 그 물리적 제약을 초극한다. 물리적 제약은 인간이 가진 한계의 대표적인 것이 아닌가. 인간에 대한 신뢰에 바탕을 둔 이 기다림은 이처럼 인간으로 하여금 자신의 한계를 뛰어넘을 수 있게까지 해 준다. 위의 작품들이 주는 감동은 이런 깊은 곳에서 비롯하는 것이다.

기다린다는 것은 이처럼 소중한 인간의 자산인데, 휴대전화가 사람을 믿고 기다릴 필요성을 자꾸 없애 버리고 있다. 세상 어느 곳에 있든지 숫자 몇 번만 누르면 통화가 가능한데, 그래서 그의 의중을 확인할 수 있는데, 무엇하러 그가 돌아와서 말할 때까지 기다릴 것인가? 이처럼 인간에 대한 믿음을 지속할 수 있는 계제가 휴대전화에 의해 없어지니까 그런 신뢰 자체도 자꾸 사라져 가고 있다는 것이 나의 우려이다. 마음은 외로움과 슬픔을 참고 이기면서 성숙하고 넉넉해져 가는 것인데, 편리가 그런 기회를 앗아 가고 있는 것이다. 이제는 위에 든 아름다운 문학작품들도 더 이상 생겨날 수 없는 세상이 되었다. 문학에서 기다림의 주제를 빼어 버리면 무엇이 남을 것인가? 이 것은 전 인류의 정신문화의 크나큰 손실이 아닐 수 없다. 이런 자못 거창한 이유로도 나는 휴대전화의 사용에 부정적인 태도를 가져 왔다.

그런데 여기서 한 가지 고백해야 할 것이 있다. 나는 휴대전화를 안 갖고 다닐 뿐이지 없는 것은 아니라는 사실이다. 내 70회 생일에 식구들이 휴대전화를 선물로 사 온 것이다. "원치 않는 것을 왜 사 왔냐?"는 나의 불평에 대한 아내의 해명은 이러했다. 첫째는, 내 친구들이 전화로 나를 찾다가 나가고 없다고 하면, "아, 그 휴대전화 하나 사 주세요" 하는 소리를 하도 들어서 이제는 더 듣고 싶지 않다는 것이었다. 둘째는, 이것이 진짜 이유인데, 이제 나도 나이 70이니 언제 어디서나 신체적 변괴가 일어날 수 있는데, 그럴 때에 대처하기 위해서도 있어야 하고, 또 어디 멀리 가거나 저녁에 늦으면 걱정이 되니 연락을 취할 수 있도록 가지고 있어야 한다는 것이었다.

첫 번째 이유는 무시해도 될 것 같았다. 친구들이나 나나 이제는 모두 다 일 없는 늙은이들이니, 우리 사이에 긴급을 요하는 일도 없을 것이고, 그들이 아내에게 하는 말은 실없는 소리니까 귓등으로 들으면 될 것 같았다. 두 번째 이유는 고려해 볼 여지가 있지만, 그것도 지금 꼭 받아들일 필요는 없을 것 같았다. 내가 아직 길에서 쓰러질 정도로 쇠약하지는 않고. 혹 그런 일이 일어나더라도 수첩에 연락처를 적어 가지고 다니니까 연락하는 데에 문제가 없을 것이다. 단지 늦거나 멀리 갈 때 집에 연락하는 것만 잊지 않으면 될 것 같았다. 그러나 몸이 자꾸 늙어 가는 것은 사실이니까 나도, 집안 식구를 안심시키기 위해서라도, 미구불원에 휴대전화를 갖고 다녀야 할 것 같은데, 아직은 아닌 것 같았다. 그래서 좀 더 버티기로 작정하고, 선물받은 휴대전화를 서랍 속에 넣어 버리고 만 것이다. (2011. 6)

불완전의 축복

산에서 쓰레기를 주울 때는 대체로 내려오면서 줍는다. 등산하는 첫째 목적이 산에 오르면서 산을 즐기자는 것인데 올라가면서부터 주우면 쓰레기 줍느라고 등산을 즐길 수 없다. 이렇게 쓰레기 줍기가 등산에 우선하는 것은 아무래도 주객이 전도된 느낌이 든다. 또 밑에서부터 주워 올라가면 쓰레기를 들고 꼭대기까지 가게 되는 것도 마음에 내키지 않는다. 산의 정상은 어쩐지 신성한 곳으로 여겨져서 오물을 갖고 올라가서는 안 될 곳으로 생각되는 것도 그 한 이유이다. 그리고 대개는 같은 길로 올라갔다가 내려오므로 청소할 수 있는 구역은 오를 때나 내려올 때나 마찬가지인데, 내려올 때는 힘도 안 들고 걷기도 쉽다는 것이 또 다른 이유이기도 하다.

쓰레기를 줍는다고 했지만, 내 경우, 모든 쓰레기를 다 줍는 것은 아니다. 종이 조박이나 음식 찌꺼기, 과일 껍질 등은 시간이 좀 지나면 분해되어 흙의 일부가 되니까 그대로 놔둔다. 내가 줍는 것은 비닐

세상 보기

이나 플라스틱류들이다. 이것들은 잘 썩지 않아서 자연의 순환을 방해할 뿐만 아니라 오래 남아 있어서 경관을 해치는 것들이다.

이 비닐 쓰레기에는 작은 것들이 많다. 알사탕이나 과자의 포장지, 음료 팩에서 잘라낸 귀퉁이 같은 것들이 많아서 그렇다. 그런데 이런 쓰레기는 작은 것이라도 쉽게 눈에 띈다. 비닐 포장지들은 대개 고객의 눈길을 끌기 위해 요란한 색깔로 채색되어 있는데, 이것들은 땅 위에 떨어진 지가 오래되었어도, 심지어는 땅에 반쯤 묻혀서 몇 년 동안 비바람을 맞았어도 변색하지 않고 여전히 현란한 빛으로 빤짝인다. 비닐은 비닐이어서 오염 물질이 되지만, 또 비닐이어서 쉽게 수거도 된다. 이렇게 "나 잡아가슈" 하며 손짓하는 것 같은 비닐 쓰레기를 줍노라면 세상 이치에 대해 새삼 깊이 생각하게도 된다.

내가 산에서 쓰레기를 처음 줍기 시작할 무렵에는 기력도 왕성했지만 의욕도 대단했다. 그때는 마치 전쟁터에서 적을 섬멸하려는 전사가 숨어 있는 패잔병까지 모조리 소탕하려 들듯이 주위를 샅샅이 뒤져 가며 주웠다. 그렇게 열심히 줍던 어느 날이었다. 두둑해진 쓰레기 봉투를 마치 전리품인 양 들고 의기양양하게 내려오던 중에 뒤에서 무슨 소리가 나서 돌아보게 되었다. 아무리 둘러보아도 그 소리의 원인은 찾을 수 없었는데, 그 대신 길가 풀섶에 사탕 껍질이 떨어져 있는 것이 보였다. "그렇게 샅샅이 찾아 주웠는데 하나 놓친 것이 있었나?"라고 속으로 중얼거리며 돌아가서 그것을 줍고 주위를 더 살펴보았다. 그랬더니 그 위에 비닐 조각이 또 보였다. 알 수 없는 일이었다. 내려올 때 그렇게 눈을 부릅뜨고 살폈고 그때는 분명 없었는데 밑에서 올려 보니까 쓰레기가 나타난 것이다. 그래서 그 비닐 조각을 줍지 않고 더 위로 올라갔다가 다시 내려오면서 보니까 역시 내려오면서는 안 보였다. 내려올 때는 풀잎에 차폐되어 안 보였던 것이다. 그러고 보니까 올라갈 때 길가의 쓰레기를 보고 "내려오면서 주워야지" 하던 것도 못 줍고 온 것이 생각났다. 내가 놓친 것은 하나둘이 아니었다. 여간 실망스럽지 않았다.

나는 내가 지나온 길에는 마치 진공 소제기로 청소한 듯이 티끌 하나 없다고 믿었었다. 그런 만족감을 즐기기 위해서 그렇게 열심히 주웠었다. 그런데 이제 보니 올라갈 때와 내려올 때 보이는 쓰레기가 달랐고, 그래서 내려오면서만 주운 경우에는 놓친 것이 많은 것이 분명했다. 당장 다시 올라가면서 말끔히 줍고 싶었다. 그러나 이내 마음을 고쳐먹고 내려왔다. 조금만 생각해 보아도 그것은 부질없는 짓임이 분명했기 때문이다.

'눈을 아무리 매방울 굴리듯 하여도 못 보는 것은 여전히 있을 것이다. 아니 설혹 길 위나 길가의 것들을 다 주웠다 치더라도 숲으로 한 발자국만 더 들어가면 무수히 떨어져 있을 쓰레기는 어쩔 것인가? 또 다 치웠다고 생각하는 길도 조금만 파 보면 얼마나 많은 쓰레기가 나올 것인가? 완벽을 기한다는 것은 인간으로서는 불가능한 일이다. 그 불가능한 것을 고집하다가는 결과적으로는 좌절과 낙망밖에 돌아올 것이 없을 것이다.

그뿐만이 아니라, 그 과정도 괴로움의 연속일 뿐이다. 완벽을 기하려 할 때는 하나도 빠뜨려서는 안 되기 때문에 쓰레기를 주우면서 내

세상 보기

내 긴장하고 있어야 한다. 또 하나하나에 전체의 성패가 달려 있어서 그 하나하나에서 모두 성공해야만 궁극적인 목표를 성취하기 때문에 실패에 대한 불안과 날카로워진 신경으로 인해 좋은 일을 하면서도 마음은 전혀 평화롭거나 안온할 수가 없다. 또 이렇게 목전의 일의 완수에 과도히 집착하다 보면 본래의 목표를 망각하기 쉽다. 선의로 시작했지만, 본말이 전도되어 불행한 결과로 끝나는 경우가 얼마나 많은가?

그러나 인간의 유한함, 인간의 불완전함을 인정하고 자기가 할 수 있는 한도 내에서 할 수 있는 바를 한다고 마음먹으면 어떻게 될까? 모조리 주워야 한다는 강박관념이 없으니까 우선 마음에 여유가 생길 것이다. 놓치는 쓰레기가 있더라도 그것이 곧 전체를 실패로 떨어뜨리는 것이 아니기 때문이다. 반면에 줍는 쓰레기 하나하나가 모두 성공이므로 언제나 성취감과 기쁨을 느낄 수 있을 것이다. 그리고 지금 당장 하는 일의 성취에만 얽매이지 않으므로 산을 깨끗이 한다는 본래의 목표에 늘 충실할 수 있게 된다. 그래서 언제나 미완으로 끝나지만, 그래도 산을 깨끗이 만드는 것이 궁극적인 목표임을 잊지 않을 것이다. 그러나 그 이상(理想)을 당장 완수하려고 바동대지 않으며, 나의 작은 노력이 그 이상에 봉사한다는 것으로 만족할 수 있을 것이다. 즉, 반 봉지를 주웠으면 반 봉지만큼, 한 봉지를 주웠으면 한 봉지만큼 산이 깨끗해졌다고 긍정적으로 생각하고, 그것만으로도 대견하고 흐뭇해할 수 있을 것이다. '

이렇게 생각을 돌려, 그날 이후 나는 애써 쓰레기를 찾으려 하지 않고 눈에 보이는 대로 느긋한 마음으로 줍게 되었다. 산의 어느 한 부분도 완전히 깨끗하게 청소할 수는 없지만, 산을 조금이라도 더 깨끗이 만들고 그것으로 기쁨을 누릴 수 있다면, 그것으로 족하지 않겠는가? 그리고 그럴 수 있는 것이 우리에게 주어진 축복이 아니겠는가? (2011. 5)

어느 혼란스런 아침

며칠 전 좌석 버스를 타고 용인에서 서울로 들어가는 길이었다. 출근 시간대를 조금 지난 때였지만 차 타는 사람들이 꽤 많았다. 나는 창가에 자리를 잡고 앉아 있었는데 곧 젊은 여성이 타더니 내 옆자리에 앉았다. 이 여성은 앉자마자 핸드백에서 콤팩트를 꺼내 들고 화장을 하기 시작했다. 음식을 먹고 난 후 이 사이를 살핀다든지, 입술연지를 바르거나 바람에 흩날린 머리모양을 가다듬는 정도의 간단한 손질이 아니라 본격적인 화장을 하는 것이었다. 나는 민망해서 창문 쪽으로 고개를 돌리고 화장이 끝나기를 기다렸지만 화장을 시작한 지 10분 정도가 지나도 끝날 기색이 없었다.

고루한 생각인지 모르지만, 여자가 화장을 하려면 남이 안 보는 데에서 하는 것이고, 특히 외간 남자에게는 화장하는 모습을 보이지 않는 것이라고 나는 알고 있다. 따라서 점잖은 남자는 혹 여자가 화장하는 모습을 보더라도 못 본 척하거나 얼른 자리를 피해야 한다는 것이

내가 아는 예법이다. 그런데 내 자리가 통로 측이라면 몸을 조금 돌려서 돌아앉은 시늉이라도 하겠지만 창쪽 자리여서 고개를 외로 꼬고 앉아 있는 수밖에 없었다.

이런 불편한 자세로 10여 분을 버티다 보니까 슬그머니 부아가 났다. '내가 이렇게 곤욕을 치러야 하는 것이 아니라, 이 여자가 내 옆에서 화장을 하지 않아야 옳은 것 아닌가? 외간 남자가 있는 데서는 화장을 하지 않아야 하는 것인데, 이렇게 나와 같이 앉아서 화장을 해대는 것은 곁에 사람이 없는 것처럼 행동하는 것이 아닌가? 그렇다면 이것이야말로야말로 문자 그대로 방약무인(傍若無人)한 태도가 아닌가? 이렇게 혼자 추론을 하다 보니까 적이 불쾌해졌다. 그래서 옆에 사람이 있으며, 또 상당히 심기가 불편하다는 뜻을 알리기 위해서, "음" 하고 목청을 긁어 소리를 내 보았다. 전혀 반응이 없었다. 내 존재를 알리려고 해 본 시도가 무시만 당한 꼴이었다. 할 수 없이 불편한 자세를 계속 유지할 수밖에 없었다. 그 여인은 그 후로도 한 5분 간 더 바르고, 그리고, 두드리고 하더니 드디어 끝났는지 화장품 곽을 딱딱 닫아서 핸드백에 집어 넣었다. 그리고 이번에는 휴대전화를 꺼내 들고 들여다보기 시작했다. 그제야 고개를 자유롭게 돌릴 수 있게 된 나는 도대체 어떤 여자인지가 궁금해졌다. 옛날에는 남성을 위한 유흥업에 종사하는 여자 중에서나 그런 행동을 하는 사람이 있다고 알았는데, 아침서부터 그런 여자가 버스 안에서 직업적 호객 행위를 하고 있을 것 같지는 않았기 때문이다. 그래서 주위를 둘러보는 척하고 그 여자의 옆모습을 슬쩍 훔쳐보았다. 그런 유흥업소 여인들의 일반

세상 보기

적인 인상과는 너무나 다른, 똑 떨어지게 단정하고 예쁜 젊은 아가씨였다. 얼마 안 가서 차가 시내로 들어가자 나도 그 아가씨와 같은 정거장에서 내리게 되어 더 자세히 보아도 역시 어느 모로나 반듯해 보이는 여인이었다.

버스에서 내려 사무실과 상가가 밀집한 지역으로 또박또박 걸어가는 그 여인을 바라보며 나는 상당히 혼란스러웠다. 필경은 좀 늦게 출근하는 회사 사원이거나 상점의 점원일 터인데, 또 교육도 최소 고등학교는 졸업했을 것 같은데, 저런 행동을 하는 것을 어떻게 설명할 수 있을까?

아마도 아침에 바빠서 얼굴 손질을 못 하고 나와서 버스 타고 가는 시간을 이용했을 것이다. 그런 경우라면 옆에 앉은 사람과 주위의 상황을 고려해서 간단히 최소한의 손질만 하고 말았어야 했다는 것이 나의 상식이다. 꼭 그렇게 꽃단장을 해야 할 경우라도 역시 주위 상황을 고려해서 다소곳이 소리 안 나게 했어야 옳다고 본다. 그러나 이 여자는 조심성을 보이기는커녕 여봐란 듯이 머리를 꼿꼿이 들고 화장품 곽을 부산히 여닫으며 얼굴 단장을 하였다. 이로 보아 분명한 것은 공중 앞에서 화장을 하는 것이 그 여자에게는 전혀 금기시되고 있지 않다는 것이다.

한때 여자는 언제나 예쁘게 보여야 하고, 특히 남자에게 고운 모습을 보여야 한다는 것이 사회 통념으로 받아들여졌었다. 그때 여인들은 남자를 위하여 화장하는 것을 의무같이 여겼고, 그래서, 심한 경우, 화장 안 한 얼굴은 남편에게까지 보이기를 거부한 여인들도 있었다. 이때는 화장하는 모습을 보이는 것은 일종의 터부였다. 이처럼 화장하는 것을 남에게 보이지 않은 데에는 몇 가지 이유를 상정해 볼 수 있다.

첫째는 화장하기 전의 얼굴은 제대로 갖추지 못한 얼굴이라고 생각했기 때문일 것이다. 즉, 화장하기 전, 또는 화장하는 도중의 얼굴은 완성된 모습이 아니기 때문에, 늘 어여뻐야 할 여자로서 남에게, 특히 남자에게는 보일 수 없다고 생각했을 것이다.

둘째로는 화장이 일종의 조작이라는 자의식 때문이었을 것이다. 사회적 요구에 따라 얼굴에 화장을 하지만 그 얼굴이 자신의 참 모습은 아님을 부정할 수는 없었을 것이다. 즉, 진실은 민얼굴인데, 그것을 가리고 꾸미는 화장은 조작이며 진실을 은폐하는 것이라는 자의식을 갖게 했을 것이고, 따라서 그런 은폐·조작 과정은 별로 떳떳한 것이 아니어서 남에게 내보이고 싶지 않았을 것이다.

이제는 남녀가 평등할 뿐만 아니라 여성 우위라는 말을 심심치 않게 들을 정도로 여권이 신장된 세상이니까 여성들이 남성을 즐겁게 하기 위해 화장을 한다는 의식은 없을 것이다. 오늘날 여성들은 자기만족, 자기 성취를 위해 얼굴을 아름답게 가꾼다고 말할 것이다. 이렇게 남성과 무관한 것이니까 남성이 화장하는 것을 보건 안 보건 개의치 않을 것이다. 그래서 위에 든 첫 번째 이유는 더 이상 유효하지 않다.

그러나 두 번째 이유는 시효가 있을 것 같지 않다. 여성들이 자기만족, 자기 성취를 위해 화장을 한다고 해도 그것이 가령 화가가 흰

세상 보기

종이 위에 아름다운 얼굴을 그리는 것하고는 다르기 때문이다. 여자 화가가 미인도를 그렸을 때, 우리는 그 그림을 화가와는 별개로 생각하고, 화가 자신도 그 그림하고 자기 얼굴을 동일시하지 않는다. 그러나 화장한 사람은 화장하기 전의 사람과 별개의 사람이 아니다. 모든 화장한 여인은 화장한 얼굴을 자기 얼굴로 행세하지 않는가. 그렇다면 화장하는 것은 자기의 얼굴을 본래의 모습보다 더 아름답게 꾸민다는 면에서 아직도 일종의 조작임에 틀림없고, 그렇기 때문에 여전히 모든 사람 앞에 드러내고 할 일은 못 되지 않나?

그렇다면 어떻게 해서 그런 행동을 할까? 아름다워지고 싶은 욕망이 하도 강하기 때문에 그것을 달성하기 위해서는 남의 눈치도 아랑곳하지 않고 모든 수단을 다 동원하는 것일까? 그렇게 얌전해 보이는 여인이 그렇게 염치없고 당돌한 생각을 가지고 있을 것 같지 않았다. 그러면 이제는 조작이 부끄러워할 것이 아닌 것이 되었나? 세상이 아무리 변했기로 설마 그럴 리야! 그 여인은 그렇게 전도된 가치관을 가지고 있을 것같이 이상해 보이지도 않았다.

나로서는 설명이 안 되었다. 나는 혼란스러워 자꾸 고개를 가로 저으며 걸었다. 이런 내 모습을 눈여겨 본 사람이 있다면 그는 '저 영감 뭔가 중요한 것을 잃어버린 모양이구먼' 하며 내게 안쓰러운 시선을 보냈을 것이다. (2013. 2)

어떤 저력

이번에 미국 여행을 하는 동안 뉴욕에서 샌프란시스코까지 미국 국내 비행기를 타면서 여러 가지 특이한 경험을 하였다. 우선 탑승 수속을 하면서 아내와 내가 각기 짐을 한 개씩 부쳤더니 가방 한 개당 25불씩 50불을 내라는 것이었다. 한국에서 항공 운임을 다 지불했다고 말하였으나, 짐 값은 따로라는 것이다. 우리가 이용한 비행사는 저가 항공사도 아니고 미국의 가장 큰 항공사 중의 하나였다. 미국에 사는 한 친구가 '미국의 국내선 비행기는 옛날 우리나라 시외버스 정도이니 서비스를 기대하지 말라'고 한 말이 생각났다. 그러나 우리의 옛날 시외버스도 여행용 가방에 짐 값을 물리지 않았으니 고객 대접은 이보다는 나았다고 봐야 할 것이다.

할 수 없이 짐 값을 치르고 유난히 삼엄한 검색대를 거쳐 보안 구역 내로 들어갈 수 있었다. 탑승구 앞에 앉아 생각해 보니 짐 값을 따로 받는 항공사에서 점심을 줄지 의문이 들었다. 그래서 카운터에 가

세상 보기

서 문의하였더니, 기내에서의 음식은 다 파는 것이니까 사 먹든지, 아
니면 밖에서 준비해 가라는 답이었다. 고객 대접이 이 지경인 비행기
의 기내식이 오죽하랴 싶어 우리 내외는 대합실의 식당에서 물과 샌
드위치를 사서 준비하였다.

시간이 되어서 탑승을 시작하였는데 우리는 2구간(zone 2)이어서 1
구간이 다 타고 난 다음 마지막에 타게 되었다. 좌석 번호를 찾아가
보니까 우리의 좌석은 끝에서 세 번째 줄이었다. 그런데 아내의 핸드
백과 내 작은 륙색을 올려놓으려고 짐칸을 보았더니 먼저 탄 사람들
이 다 차지하여 작은 짐 하나도 끼어 넣을 여지가 없었다. 우리의 짐
은 작으니까 의자 밑에 놓을 수나 있었지만, 가방을 갖고 늦게 들어
온 사람들은 통로를 오르내리며 빈자리를 찾느라고 야단이었다. 결국
가방이 넓적한 면으로 놓여 있는 곳을 찾아 그 가방을 모로 세워 놓고
자기 가방을 끼워 놓는 방식으로 짐 정리를 겨우 끝냈지만, 그럴 때까
지 그것을 도와 줄 승무원은 한 명도 보이지 않았다.

좌석은 중앙의 통로를 사이에 두고 양쪽에 세 자리씩이었는데, 우
리같이 마른 사람에게도 빠듯하였으니 덩치 크고 다리 긴 미국인들에
게는 상당한 고역이었을 텐데 그들은 모두 아무 불평 없이 수긋이 앉
아 있었다.

비행기는 정시에 출발하였다. 그런데 엔진을 시동하자 후미 쪽에
서 새어 들어오는 배기가스 냄새가 심하게 났다. 자동차 배기가스 같
지 않고, 무척 독하고 역한 냄새였다. 비위가 약한 아내는 금방 토할
것같이 속이 울렁거린다고 고통을 호소했다. 비행기가 앞으로 나아가

면서 가스 냄새는 줄어들었지만 이륙하고 한참 후에까지 냄새는 조금 남아 있었다.

좌석벨트 착용 사인이 꺼지자 늙수그레하고 뚱뚱한 여승무원들이 이어폰을 배급했고, 이어 청량음료와 땅콩을 제공하였다. 기내에서 제공하는 유일한 무료 음식이었다.

샌프란시스코까지의 비행 시간은 무려 6시간 반이나 되었다. 그 시간을 때우기 위해서는 영화나 보는 것이 상책이라고 생각하여 영화를 틀었더니 신용카드로 관람료를 결제하라는 지시가 떴다. 얼마인지는 모르겠으나 돈 내고 영화를 볼 것이면 널찍한 극장에서 볼 것이지 이 좁고 불편한 자리에서는 돈 내고 보고 싶지 않아서 음악이나 듣기로 했다. 그러나 음악 역시 청취료를 요구했다. 이제는 은근히 부아가 났다. 그래서 그 마저 끄고 준비해 간 스도쿠 책을 꺼내서 스도쿠를 풀기 시작했다.

그러나 그것도 여의치 않았다. 우리 뒷줄에는 멕시코인 부부가 너댓 살 된 여아를 한명 데리고 탔고, 맨 뒷줄에는 한국인 여자가 역시 대여섯 살 미만의 사내아이들 둘을 데리고 타고 있었다. 비행기가 이륙하고 계속 상승할 때에는 조용하더니 일단 고도를 취하고 순항할 때쯤부터 이 아이들이 소리를 지르기 시작했다. 이유 없이 빽빽 소리를 지르는데, 그것도 서로 경쟁하듯이 번갈아 가며 소리를 질렀다. 시끄러운 것은 물론이지만, 그 보다도 그 고음의 새된 소리가 여간 신경에 거슬리지 않았다. 그렇게 신경이 날카로워진 데다가 주위 사람들에게 그렇게 불편을 끼치는 아이를 달래거나 제재하지 않고 내버려

두는 부모에 대한 분노가 가슴속에 들끓었다. 이러니 정신 집중이 될 리 없고 그래서 문제도 풀리지 않았다.

나는 주위를 둘러보았다. 누가 불편한 기색으로 돌아보는 사람이 있으면 그를 응원군 삼아 아이 부모에게 아이 좀 달래 주면 좋겠다는 말을 하고 싶었기 때문이다. 그러나 우리 줄에 같이 앉아 있는 미국인 여인이나 앞줄에 앉은 사람들, 통로 건너에 앉은 사람들 중 누구 하나도 불편한 내색을 보이거나 아이들 부모에게 눈총을 주는 사람이 없었다. 나 혼자만 속을 끓이고 콩닥거리는 것 같았다.

'어찌 된 일일까? 저들의 귀도 열려 있으니 못 들을 리 없는데 어떻게 저렇게 꿈쩍 안 할까? 남의 일에는 절대로 개입하지 않는 철저한 개인주의 때문일까? 그러나 자기가 그 피해를 입는데 어떻게 남의 일이라고 오불관언할 수 있겠는가? 그보다는 자식이 저렇게 소란을 피우는데도 가만 놔둘 정도로 무책임하고 염치없는 부모는 상식 이하의 사람들이므로 말해 봐야 통할 리 없으니까 아예 무시해 버리는 것일 게다. 아니, 저 아이들을 자기 행동의 통제가 불가능한 정신지체아로 보고 아무 방법이 없다고 생각하고 있는지도 모른다.'

그 어느 쪽인지는 알 수 없으나, 한 가지 놀라운 것은 이들 모두가 불편함과 괴로움을 아무 소리 없이 참아 내고 있다는 사실이었다. 이것은 내가 유학생 때 처음 보고 놀랐던 미국인들의 저력을 상기시켰다. 중간시험이나 기말시험 때가 되면 밤을 새는 일이 흔했다. 그런데 우리는 하룻밤을 새고 나면 그 다음 날에는 그로기 상태가 되어서 또 새지 못했다. 억지로 또 밤을 새더라도 그때는 머리가 기능을 하지 못해서 효과는 오히려 마이너스였으니 결국 시간과 체력만 낭비한 꼴이 되고 말았다. 그러나 미국학생들은 둘째 날에도 끄떡 없이 밤을 새며 공부했고 그러고도 우리같이 그로기 상태가 되지 않았다. 공부에는 지력 못지않게 체력이 중요함을 절실히 깨닫게 되었고, 그런 면에서 미국인의 저력을 인정하지 않을 수 없었다.

이날 미국인들은 무서운 참을성으로 그들의 또 다른 놀라운 면을 내게 보여 준 것이다. 비행기는 이제 그들에게 고급 교통수단이 아니었다. 특히 국내선 삼등석은 비좁은 좌석에서 고객 대접도 별로 못 받고 견뎌야 하는 불편한 대중교통 수단에 불과했다. 그래서 아예 모든 불편을 참고 견디려는 마음가짐으로 비행기를 탔을지 모른다. 그렇다 손 치더라도 아이들의 소음에 대해서 이들 모두가 한결같이 보여 준, 한 점 흐트러짐 없는 인내심의 발휘는 경이로운 것이었다. 서양인에 비해 감정적 표현을 잘 절제한다는 동양인인 내가, 이 비행기에 탄 사람 중 가장 나이 든 축에 끼일 내가 그것을 못 참고 안절부절못한 것이 새삼 부끄러웠다. 그래서 항의할 생각을 접고 나도 진득이 참기로 하였다. 시계를 보니 이륙한 지 30분 정도밖에 지나지 않았다. 장장 6시간을 견디자니 난감했다. 그러나 그 불편의 일부를 우리 민족이 빚고 있는 것만도 부끄러운 일인데 그것을 저들처럼 참아 내지도 못한다면 이 또한 민족적 수치 아닌가? 이처럼 이 문제가 개인적 수양의 문제가 아니라 민족적 자존심의 문제로까지 번지자 더욱 물러설 수 없었다.

나는 각오를 단단히 하고 참았지만 그럼에도 불구하고 인내심의 한계를 느낄 때가 있었다. 그런 고비를 몇 번 넘기고서야 그 괴롭고 지루한 시간이 결국 끝이 났다. 비행기가 샌프란시스코 공항에 내려 정지하자 사람들은 짐을 꺼내 들고 차례로 기내를 빠져나갔다. 나는 주위의 사람들을 주시하였다. 그렇게 소리치는 아이들을 내버려 두는 부모가 어떻게 생긴 사람인가 돌아보는 사람이 있는지 확인하고 싶었기 때문이다. 그러나 아무도 그런 저급한 호기심을 보인 사람은 없었다. 모두 아무 일도 없었다는 듯이 뒤도 안 돌아보고 힘차게 걸어 나갔다.

　나도 짐짓 앞만 보고 걸어 나갔으나 다리가 좀 휘청거렸다. 그것은 내가 늙어서만이 아니었다. 그것에는 소음을 억지로 참느라고 신경이 피폐해진 데서 오는 피로감이 분명 한몫을 했던 것이다. 괴로움을 참으면서 그것에 휘둘리지 않고 꿋꿋이 자신을 보존하는 것은 단순히 참을성만으로 이룰 수 있는 일이 아니었다. 그것은 그 괴로움을 어떤 형식으로라도 이겨 낼 수 있는 내공이 있어야 가능한 일이었다. 이날 미국인들이 내게 보여 준 것은 그런 내공이 쌓인 힘이었고 그런 면에서 분명 또 하나의 저력이었다. (2014. 12)

고소(苦笑)

연구실 문의 위치가 조금 낯설다. 그러나 틀림없는 내 연구실이다. 열쇠를 돌려 문을 열고 들어선다. 순간 나는 깜짝 놀란다. 어떤 낯선 젊은이가 그 안에 앉아 있기 때문이다. 그도 내가 들어서는 것을 보고 놀란 모양이다. 얼른 일어나서 조금 당황스런 표정을 짓는다. 어떤 불순한 동기로 무단 침입한 사람으로 대뜸 의심이 든다. 그러나 그의 행색은 전혀 그런 부류의 사람이라고 볼 수 없게 말쑥하다. 아니 그는 대단한 멋쟁이 미남이다. 흰색에 가까운 연회색 마직 아니면 면으로 지은 양복을 입고 머리에는 옅은 갈색의 파나마 모자를 썼다. 혈색이 좋은 얼굴에 어글어글한 눈이 잘 어울렸고, 누구 앞에서도 꿀릴 것이 없다는 당당한 표정이다.

"여기는 내 방인데, 누구신지⋯⋯?"

"저는 희랍어 강사 차××입니다. 교무에서 이 방을 쓰라고 해서 들어와 있었습니다."

"교무에서 내 방을 쓰라 했다고? 교무 부학장이면······." 어느 소과
(小科)의 얌전한 젊은 선생인데, 과도 이름도 생각이 나지 않는다. 요
즘 이렇게 사람 이름이 생각 안 나는 일은 자주 있으니까 억지로 생각
해 내려고 애쓰지 않는다. 조금 있으면 생각날 터이니까.

교무에게 전화 걸어보는 것은 교무 부학장의 이름이 생각나면 하
기로 하고, 우선 그 희랍어 강사를 다시 앉으라 하고 이런저런 이야기
를 하다가 학번을 묻는다. 들어보니 내가 가르친 사람들에게 배웠을
한참 어린 나이이다. 나는 은근히 내가 나이 많은 사람임을 암시한다.
그는 속으로 내 나이를 어림짐작을 해 보는 듯싶더니 묻는다.

"그러면 김×× 선생님과 어떻게 되십니까?"

"김 선생은 나보다 한참 아래지."

김 선생을 거명하는 것으로 보아 이 젊은이는 철학과 서양 고전철
학 전공자로 외국 가서 공부를 마치고 이제 막 돌아온 모양이다. 이렇
게 생각하면서 고전철학 전공자로 김 선생보다 위인 이×× 선생도
나보다 아래임을 알려 준다. 그리고는

"아, 그 양반들보다도 더 선배로 장관을 지낸 이×× 선생도 나보
다 아래요."라고 자못 호기롭게 말한다.

그런데 그 순간 그 이 선생이 정년을 했다는 사실이 퍼뜩 떠오른
다. 동시에 그보다도 더 나이가 많은 내가 지금 학교에 연구실을 갖고
있을 수 없다는 사실을 깨달으며 '이게 꿈이구나!' 하고 홍소(哄笑)를
터뜨린다. 나는 그렇게 웃느라고 잠에서 깨고 말았다.

참 영절한 꿈이었다. 그 희랍어 강사는 자기 이름이 '차 아무개'라

고 하도 또박또박하게 대어서 깨어난 즉시 생각해 보았으면 그의 이름도 기억할 수 있었을 것이다. 그리고 내가 세 명의 철학과 선생들의 이름과, 그들과 나의 연령차를 정확히 짚어 말했던 것 등도 너무나 생시 같았다.

그런데 꿈을 다시 생각해 보니 대화의 내용이 너무 빈약했다. 새로 공부하고 온 고전철학자를 만났으면 그가 공부한 내용도 물어보고, 또 내가 평소에 알고 싶어 하던 소크라테스 이전 철학자들에 관한 질문도 해 봄직한데 나이 타령만 하다 말았기 때문이다. 왜 그런 생각은 전혀 떠오르지 않았을까? 아무리 생시 같은 꿈이라도 꿈은 꿈일 뿐인데 꿈속의 내 행동에 대해 내가 너무 많은 것을 바라는 것일지 모른다. 그러나 꿈이 헛것이 아니라 그 나름의 뜻이 있다 하지 않는가? 꿈이 무의식의 발로라면 이 꿈이 시사하는 바 한 가지 분명한 점이 있다. 그것은 지금 내 마음의 근저에서 내 의식을 지배하고 있는 것은 내 자신의 늙음에 대한 자의식이라는 점이다. 나는 늙는 것에 대해 애써 마음을 쓰지 않으려 하고 있지만, 이 꿈은 내가 이 문제에 깊이 빠져 있음을 보여 주는 것이다.

반면에 나의 학문적 관심과 지적 호기심은 내 의식의 표층을 겉돌고 있을 뿐이며, 그것이 내 의식에서 차지하는 비중도 미미하다는 것이 드러난 것이다. 반평생을 학문과 교육을 본업으로 하는 집단에 속해 살아온 나에게 이것은 부끄럽고 쓸쓸한 진단이 아닐 수 없었다. 그래서 나의 홍소는 이내 고소로 바뀌고 만 것이다.　　　　(2015. 3)

토막말

길 가다 아는 청년을 만나서 몇 마디 이야기하고 헤어지는데, 그가, "가세요" 한다. '가세요'라? '안녕히 가십시오'를 그렇게 토막 쳐서 말한 모양이다. 옛날에는 '-어요'체는 여자들이나 아이들이 쓰는 말이고 장성한 남자들은 '-읍니다'체를 쓰는 것으로 되어 있었다. 더구나 윗사람에게는 으레 '-읍니다'라야 예법에 맞는 말이었다. 그러나 요즘처럼 남녀의 구별이 없어져 가는 세상에 남녀가 어투까지 가려 하자고 까탈을 부릴 수는 없는 형편이니 그 정도는 묵과하기로 하자. 그러나 '안녕히'를 뺀 '가세요'라는 말은 아무래도 귀에 거슬린다. 이것은 인사말인데, 인사면 상대방에 호의를 표하는 마음이 나타나야 할 것이 아닌가. 그러니까 '안녕히 가세요'를 이루는 두 단어 중에 호의를 나타내는 말, 즉 더 중요한 말은 '안녕히'이지 '가세요'가 아니다. 말을 배우는 어린아이들이 말을 제대로 다 못할 때에는 '안녕' 하고 한마디만 하는 이유도 여기에 있다.

이처럼 '가세요'라는 말은 인사로서 본연의 역할을 못할 뿐 아니라, 듣기에 따라서는 심히 불쾌한 말이다. 가령 "아무개 갔어" 하면 그가 세상 떴다는 말 아닌가. 70을 넘으니까 이 말을 자주 듣고 자주 하게 된다. 또 스스로도 갈 날이 머지 않았다는 생각이 마음 한구석에 늘 무겁게 자리 잡고 있는데, 그런 뜻을 의미할 수 있는 '가라'는 말을 듣고 기분이 좋을 리 없다. 이런 점들을 생각해 보면 '안녕히 가세요'를 토막 친 이 '가세요'란 말은 인사가 아니라 욕에 가깝다. 나도 그 말을 듣는 순간, 속으로 "'가라'니. 그 사람 고약한 친구네" 하며 기분이 좋지 않았다.

그리고 생각해 보니 요즘 자주 듣는 토막말들이 많다. '섭하다' '훨낫다' '간만에' '별로다' 등, 당장 생각나는 것들만도 너댓이 된다. 이 중에서도 마지막에 든 '별로다'는 특히 문제가 많은 말이다. '별로'는 부정문에만 쓰이는 말인데 부정형 어미가 빠져 버렸으니 우선 어법에 맞지 않다. 또 '별로' 다음에는 그 부정의 내용이 되는 말이 와야 할 터인데 그마저도 생략되고 없다. 그러니까 이 말은 내용도 형식도 갖추지 않은, 다시 말해서 말답지 않은 말이다. 그러나 사용 빈도는 그 중에 제일 높으니 참으로 문제가 심각한 말이다.

그래도 위에 든 예들은 토막 쳐진 말만으로도 뜻을 짐작할 수 있는 것들이다. 그러나 단순히 토막만 치는 것이 아니라 토막 쳐 낸 것을 합성한 말은 뜻이 짐작도 안 된다. 요즘 흔히 쓰는 말로 '엄친아' '돌싱녀' '멘붕' 같은 것들이 그 예이다. 특히 '돌아온 싱글 여자'와 '멘탈 붕괴'를 뜻한다는 나중의 두 개는 영어와 우리말을 뒤섞어 각 단어의 첫

　　　　　　　　　　　　　세상 보기

음절을 잘라 내어 합해 놓은 것이니 도저히 추리해 볼 수도 없으려니와 국적도 가릴 수 없는 것들이다. 그래도 이것들은 요즘 인터넷 신문에 버젓이 나오는 말이니 상당한 통용성을 획득한 말인 모양이다.

놀라운 것은 이런 말로 기사를 쓸 정도로 토막말에 익숙한 기자들도 땅뜀이 안 되는 말들이 또 있는 모양이다. 얼마 전에 어느 신문에 난 기사에 의하면 요즘 중고등학교 학생들이 쓰는 말은 이 시류의 첨단을 걷는 기자들도 전혀 알 수 없는 데, 그것도 역시 단어의 앞이나 뒤를 토막 쳐 합성한 것들이란다.

왜 이런 토막말들이 성행할까? 전자통신 시대에 문자 메시지를 주고받는 데 시간과 노력을 줄이기 위해서 그렇게 말을 토막 치는 것이 한 이유일 것이다. 말을 두려워하여 삼가고, 말을 함부로 다루어서는 안 된다는 유교적 전통과 규범이 허술해진 것도 또 다른 이유일 것이다. 어떤 이유에서건 이렇게 말을 토막 치는 것은 언어의 파괴 행위로서 그것만으로도 크게 우려되는 바이지만, 이보다 더 큰 문제는 그렇게 토막 쳐 합성한 말은 주위의 몇몇 사람만 알기 때문에 그로 인해 통어권이 세분화된다는 점이다.

자식 세대와 대화를 하면서 세대차를 운위하던 것은 옛날이야기란다. 요즘은 대학생이 고등학생의 말을 이해하지 못하고 고등학생은 중학생과 얘기가 안 통한다고 한다. 이처럼 몇 년 차이로 문화와 언어가 다르다가는 앞으로 학년마다 다른 통어권에 사는 시대가 올는지 모른다. 그렇게까지 심각해지지 않는다 하더라도 이런 현상이 만연하면 의사소통에 저해를 갖고 올 것이 틀림없다. 이는 방치할 수 없는 문제이다.

통어권은 자꾸 통합되어 나가는 것이 발전하는 것이다. 더구나 지구화 시대를 지향하는 지금 통어권을 세분화한다는 것은 시대 조류에 역행하는 것일 뿐만 아니라 그것은 궁극적으로 인간 사회를 와해하는 행위가 될 것이다. 그러므로 이렇게 말을 임의로 토막 쳐 다시 합성하여 몇 사람만 그 뜻을 이해하게 하는 행위는 전 사회가 관심을 갖고 적극적으로 저지해야 할 사안이다.

『구약』에 보면 바벨탑을 지어 신의 경지를 넘보려 한 인간을 여호와는 서로 말이 통하지 못하게 해서 지리멸렬하게 만들었다는 이야기가 나온다. 인터넷 보급률과 IT 기술에서 세계 1위를 달리고 있는 우리는 지금 어쩌면 신의 능력에 가장 근접해 있는지 모른다. 그래서 우리말이 이렇게 수많은 통어권으로 나뉘는 것이 혹 신의 저주가 아닐까 하는 걱정마저 드는 것이다. (2015. 9)

세상 보기

6

문학산책

독자 제위는 나의 어설픈 해설에 기대려 하지 말고 스스로 꽃밭으로 걸어 들어가서
도처에 마련되어 있는 꽃과 시의 향연을 마음껏 즐기시기를 권하는 바이다.

「진달래꽃」의 해석과 국어사전의 어의 풀이

　소월의 「진달래꽃」은 지난 근 1세기 동안 우리나라에서 가장 애송되어 온 시였고, 앞으로도 계속 그러하리라고 예상된다. 설혹 시를 모른다고 공언하는 사람일지라도 중학 과정만 마쳤으면 이 시의 몇 구절은 왼다. 그러니 이 시는, 시쳇말로 하면, 가히 '국민 시'라고 부를 만하다. 이 시가 이렇게 사랑을 받는 이유는 무엇보다도 흔히 우리 민족의 독특한 정서라고 일컫는 한을 잘 구현하고 있기 때문일 것이다.

　그 한은 떠나는 임을 보내는 자의 애틋한 마음으로 나타나 있다. 그런데 누가 누구를 떠나보내는지 그 구체적인 관계는 확실치 않다. 두 명의 작중 인물의 성(性)을 확언하기 어렵기 때문이다. 화자(話者)를 여성으로 보면, 이 시는 모든 고통을 혼자 지고 묵묵히 인종으로 일관한 과거 우리 여성의 전통적인 한을 표출한 시가 된다.

　그런 가하면, 임에게 진달래꽃을 "사뿐히 즈려 밟고" 가라는 것으로 보아 떠나는 사람을 여성으로 볼 수 있으며, 그렇다면 보내는 사람은 자연히 남성이 된다. 반대로 생각할 경우, 남성에게 꽃을 밟고 가라는 것부터가 잘 맞지 않을뿐더러 "사뿐히"는 더더구나 어울리지 않아서 필자는 화자를 남성으로 본다.

이렇게 화자를 남성으로 보더라도 그의 행동을 보면 그는 남성성이 의심이 갈 정도로 약화돼 있는 남성이다. 떠나는 임에게 항변 한마디 못하고 "말없이 고이 보내 드리우리다"고 하는 것이나, 가는 임을 붙잡지 않고 꽃을 따다 길에 뿌린다는 것이나, "죽어도 아니 눈물 흘리우리다"라고 하는 발언 등은 전형적인 옛날 우리네 여인들의 소극적 태도이기 때문이다. 그러므로 작중 화자는 남성이라도 남성성을 태반 상실한, 여성화한 남성이다. 그런데 바로 이런 점이 이 시에서 한의 정서를 효과적으로 발현하는 데에 기여하고 있다.

역사적으로 우리나라에서 여성들은 사회적 약자로서 언제나 고통을 당하는 쪽이었다. 또 고통을 당해도 항거할 처지도 못 되었고 항거할 방도도 없었다. 그래서 슬픔을 안으로 삭이는 것만이 이들이 고통에 대처할 수 있는 유일한 방법이었고, 그 슬픔이 속으로 맺혀서 한이 되었던 것이다.

남성으로 생각되는 이 시의 화자는 이런 전통적 여인의 태도를 답습하고 있다. 떠나는 임을 "말없이 고이 보내 드리우리다"라는 발언에서 볼 수 있듯이, 고통의 원인을 혁파하여 문제를 타개하려는 적극성을 보이는 것이 아니라, 상황에 순응하려는 태도가 그렇다. 또 끝없는 자기희생을 운명으로 받아들였던 옛날 우리 여성들처럼 사랑을 위한 그의 헌신은 철저히 자기희생적이며, 임을 위한 그의 사랑은 남성성이 거세되었다고 할 만큼 지극히 순종적이고 그의 감각도 여성처럼 섬세하다. 결과적으로 이 시에는 떠나는 임에 대한 화자의 요구나 주장이 극도로 절제돼 있다. 이런 전통적인 약자로서의 여성의 면모가 한의 정서를 고조시키고 있는 것이다.

그러나 그가 이처럼 소극적인 것이 임에 대한 사랑이 부족하기 때문은 결코 아니다. 다음에 이어지는 구절 "영변의 약산/진달래꽃/아름 따다 가실 길에 뿌리우리다"가 이를 증명한다. 약산을 온통 붉게 물들인 진달래꽃은 임에 대한 그의 사랑의 상징이다. 그의 사랑은 산을 뒤덮을 만큼 가없고 산을 벌겋게 달굴 정도로 뜨거운 사랑이다. 그렇건만 그것은 임의 뜻을 손톱만큼이라도 거스르는 것을 용납할 수 없을 정도로 순수하고 갸륵한 사랑이기에 그는 원망 한마디 없이 보내는 것이다.

그 꽃을 한 아름 따 온다는 것은 여러 가지 함의를 가진다. 아름은 양팔로 감싸 가슴에 안는 것을 연상시킨다. 이제 임을 품을 수 없는 그는 꽃을 대신 안는다. 그 가슴은 견디기 어렵게 아프리라. 그 아픔을 꽃다발을 끌어안음으로써 얼마쯤 억누를 수 있을 것이다. 그러나 이 눈물겨운 위안마저도 임을 위해 버려야 한다. 자기를 버리고 가더라도 임은 발에 흙 한 점 묻어서도 안 되며 아름답게 가야 하기에 그의 사랑의 징표인 진달래꽃은 임의 발밑에 놓이는 마지막 헌신적 희생으로 바쳐지는 것이다. 흙 위에 뿌려진 꽃은 임의 발은 깨끗이 보존하겠지만 그 발에 밟혀 으츠러지고 말 것이다. "사뿐히 즈려 밟고 가시옵소서"라는 것은 약간의 동정심을 베풀어줄 것을 간구하는 부탁의 말이므로 그 안에는 밟히는 자의 아픔이 숨어 있다. 이때에 우리는 임의 신발에 묻을 피 같은 붉은 꽃물을 상상하게 되고, 발과 신발의 무감각성과 으츠러져 피 흘리는 사랑의 아픔의 극명한 대조에서 그의 마지막 희생의 처절함을 실감한다. 이때에 한은 한껏 고조된다.

이처럼 이 시는 한의 정서를 잘 구현하고 있는 것으로 정평이 나 있는데, 정작 첫 연을 읽어 보면 이런 평가와는 상치되는 대목이 발견된다.

> 나 보기가 역겨워
> 가실 때에는
> 말없이 고이 보내 드리우리다.

임이 화자를 버리고 떠나는 것은 화자를 보기가 역겹기 때문이다. 그를 보기가 역겹다는 것은 바로 그가 역겨운 존재이기 때문일 것이다. 그런데 '역겹다'는 국립국어원 편 『표준국어대사전』에서는 '역정이 나거나 속에 거슬리게 싫다', 금성사 판 『국어대사전』에서는 '몹시 역하다', 한글학회 지음 『우리말 큰사전』에서는 '역정이 나게 싫다', 남영신의 『우리말 분류사전』에서는 '역정이 날 만큼 지겹다' 등, 한결같이 극심한 혐오감을 나타내는 말로 풀이되어 있다.

'역겹다'가 이런 뜻이라면(실제로 『우리말 큰사전』은 「진달래꽃」의 마지막 연을 예문으로 들고 있다.) 화자는 임이 떠나는 것에 대해 고까움을 토로할 입지를 잃고 만다. 자기가 임에게 참을 수 없을 정도의 불쾌감을 주어서 임이 떠난다는데 무슨 할 말이 있겠는가? 이들 사이가 이런 것이라면 거기에 시가 들어설 자리는 없다.

우리가 어떤 사람에게 역겨움을 느끼는 것은 그 사람에게 참을 수 없는 결함이 있기 때문인데, 임과 화자의 관계가 그런 것이라면 거기에서 한의 정서가 생겨날 수도 없다. 한은 고통이 부당하게 주어졌을 때에 그 부당성이 응어리가 되어 원망과 억울함이 맺히는 것인데, 화자에게 그토록 혐오스런 결함이 있다면 임이 그를 버리고 떠나는 것이 너무나 당연하여 그것에 대한 원망과 억울함을 느낄 여지가 없는 것이다.

그뿐만 아니라 '역겹다'가 그렇게 강한 혐오감을 나타낸다면 그 다음에 오는 구절들과도 아귀가 맞지 않는다. "말없이 고이 보내 드리우리다"라는 구절도 할 말이 없어서가 아니라, 할 말은 많지만 임의 마음에 짐을 지우지 않기 위해서 하고 싶은 말을 안 하고 속으로 삭이겠다는 뜻이고, 또 그런 뜻일 때에 한을 담을 수 있는 것이다. 그러나 화자가 임에게 그렇게 못 참을 정도로 혐오스런 존재라면 그는 임의 마음에 불편을 준 죄인이므로 오직 부끄럽고 죄스러운 마음뿐일 것이고 그래서 당연히 아무 말 없이 어서 보내 드려야지, "말없이 고이 보내 드리우리다"라고 선심 쓰듯 생색을 낼 수는 없는 것이다. 더구나 임에게 역겨움을 주었으면 임의 마음에 상처를 준 것이고, 그것에 대한 아무 변명이나 해명 없이("말없이") 임을 보내면 그 마음의 상처를 그대로 안고 가게 하는 것이므로 "고이" 보낸다는 말도 맞지 않는다.

'역겹다'를 그렇게 새기면 그 다음 연에서도 뜻이 앞서 우리가 본 것과 어그러진다. 진달래꽃을 뿌려 임에게 밟고 가라고 하는 것도 표면적으로는 임을 위하여 그의 발까지도 깨끗이 지켜 드리고자 함이나, 앞서 언급했듯이, 심층적으로는 자기가 겪고 있는 사랑의 고통을 호소하고 있는 것이며, 그럼으로써 거기에는 자기의 진실되고 순수한 사랑을 임에게 알리고자 하는 의도가 숨어 있다. 그러나 화자가 역할 정도로 혐오스런 결함을 가진 사람이라면. 그리고 그가 임을 진정으로 사랑한다면, 그는 임의 앞에서 한시바삐 사라져야 옳고 임이 자기 존재를 되도록 의식하지 않게 해야 마땅하지, 무슨 염치로 자기 사랑의 상징을 길에 뿌려서 임에게 자신의 존재를 상기시킨단 말인가? 그것은 잊고 떠나려는 임에게 고통을 한 번 더 주는 해코지가 될 뿐이다.

오직 "나보기가 역겨워/가실 때에는/죽어도 아니 눈물 흘리우리다"만이 이 경우에 타당한 발언이 될 수 있다. 그러나 임에게 괴로움을 준 화자는 임이 떠나는 것을 억울해할 처지가 못 되므로 이제는 이 말도 억울함을 참고 끝내 속으로 삭이겠다는 한의 표현은 될 수 없다. 단지 임에게 참을 수 없는 불쾌감을 안긴 죄인으로서 그 죗값을 달게 받겠다는 뜻이 되고 만다.

이처럼 '역겹다'를 지금 사전에 정의된 뜻으로 새기면 화자가 고통을 당해야 할 이유가 너무나 분명하고 타당하기 때문에 그 고통이 한으로 승화될 여지가 없어질 뿐만 아니라, 전술한 바와 같이 시의 결구(結構)가 와해되어 시가 성립하지 못한다.

필자는 이런 연유로 「진달래꽃」의 '역겹다'가 지금의 사전적 의미와는 다른 뜻이 있다고 생각한다. 즉, 그렇게 격한 혐오가 아니라, '무단히 싫어지다' 또는 '(어떤 싫은 일을) 더 이상 견디지 못하게 되다' 정도의 뜻이 있다고 보는 것이다. 이것은 필자만의 생각이 아니라 이 시를 영역한 많은 역자들의 의견이기도 하다. 왜냐하면 이 부분을 '싫증이 난다'는 뜻의 'weary of me'로 번역한 역자가 가장 많기 때문이다. 반면에 그것을 심한 혐오감을 나타내는 'abominable', 'nauseated' 'disgusted' 등의 단어를 사용해 번역한 예는 보이지 않는다. 이것은 역자들도 그런 극렬한 혐오감은 이 시의 정조(情調)와 맞지 않는다고 판단했기 때문일 것이다.

열렬히 사랑하던 사람들도 얼마 후 사랑에 지쳐 열기가 식으면서 상대방을 시들하게 보게 된다. 그런 변화가 더 진행되면 상대가 특별히 잘못한 것이 없더라도, 또는 특별한 흠이 없더라도 싫어지고, 나아가 마주하기가 불편해질 수 있다. 「진달래꽃」의 임과 화자와의 관계는 이런 것이라야 잘 맞는다. 즉, 화자에게 잘못이 없는데도 임이 마음이 변해서 버리고 떠나야 화자는 임의 행동에 대해 억울함과 원망을 느끼게 되고 그것이 한으로 발전할 수 있기 때문이다.

사전에는 없는 이런 '역겹다'의 내력을 필자 나름으로는 이렇게 가정해 본다. '지금의 '역겹다'에서와 같이 '역'을 짧게 발음하여 역(逆)한 느낌을 강조하고 그다음에 경음화(硬音化)를 가져와서 '역겹다'로 발음되는 말이 아닌, '여겹다'라는 말이 있었다. 이 말은 '감당하기 힘들다'라든지 '참지 못하겠다'는 뜻의 '겹다'에서 시작된 말인데, 거기에 '여'가 덧붙여진 것이다. '여'는 '여돌차다', '여살피다'에서와 같이 우리말에서 강조를 나타내는 접두사로서 자주 쓰이는 말이다. 그러나 이

'여'는 장모음이기 때문에 다음에 오는 자음을 경음화하지 않는다. 그래서 원래는 '여겹다'였는데, '역겹다'가 많이 쓰이면서 발음이 그것에 동화하여 '여겹다'로 경음화되었고, 나중에는 철자까지 동화하여 '역겹다'가 되었다.'

이것은 물론 국어학의 문외한인 자의 추측에 불과하다. 그래서 이 가설은 학문적으로 일고의 가치가 없는 억측일지 모르지만, 지금의 사전적 뜻과는 다른 '역겹다'가 있었다는 것에는 필자 나름으로 꽤 강한 믿음을 갖고 있다. 또 과문한 탓에 그런 예문을 제시할 수 없지만, 20~30년대 우리 소설에 밝은 분은 그런 예를 찾을 수도 있으리라고 생각한다.

또 한 가지 다시 고려해볼 것은 '즈려밟다'의 뜻이다. 한글학회에서 펴낸『우리말 큰사전』에는 '즈려밟다'는 '지르밟다'의 방언으로 보았고 '지르밟다'의 뜻은 '내리눌러 밟다'로 정의해 놓았다. 국립국어연구원 판『표준국어대사전』도 마찬가지로 '즈려밟다'는 '지르밟다'의 잘못으로 뜻은 '위에서 내리눌러 밟다'라고 풀이하고 있다. 그리하여 이 구절의 뜻은 '사뿐히 내리밟고 가시옵소서'로 굳어져 있다.

그런데 꽃이 으스러지는 것을 곧 가슴의 통증으로 느낄 화자에게 꽃을 내리밟으라는 것은 아무래도 너무 우악스러워 잘 맞지 않는 느낌을 준다. 이때에 화자가 바라는 바는 되도록 아프지 않게 살며시 밟아달라는 것일 게다. 이 점에 관해서는 상허 이태준의 소설에 나오는 예문들이 도움을 줄 수 있을 것이다.

인형 같은 두 아기는…… 새빨간 장미꽃을 눈 마당 같은 비단길 위에 송이송이 떨구었고 그 꽃송이를 지러 밟으며 약간 들러리의 부축으로 들어오는 신부는……(『제2의 운명』)

'밤중에라도 오시면 좌우가 얼마나 수선스럽겠길래! 제법, 잠든 걸 어여삐 여겨 깨칠세라 걸음을 지르밟아 듭실 그런 어른이라면 내 가슴이뭣하러 맺혀!' (『왕자 호동』)

이때는 철자법이 확립되지 않았던 때이므로 '지러밟다', '지르밟다'로 표기됐지만 문맥으로 보아 소월이 '즈려밟다'라고 한 말과 같은 말이라고 생각된다. 첫 번째 것은 신부가 식장에 입장하는 장면이다. 신부가 발을 들었다가 내리밟는 식으로 걸었다가는 발등을 덮는 웨딩드레스를 밟아 넘어질 것이다. 신부는 당연히 발을 살며시 밀며 조심스럽게 옮겨 놓을 것이고, 그것이 '지르밟다'의 뜻일 것이다. 두 번째 예문은 전쟁 준비에 바쁜 무골(武骨)의 왕이 밤에 자기를 찾아 주기를 고대하는 왕비의 혼잣말이다. 여기서도 '지르밟다'는 자기를 깨우지 않도록 소리 안 나게, 조심스럽게 발을 옮긴다는 뜻이다. 이 둘을 '즈려밟다'와 같은 말로 보면 '즈려밟다'는 '지르밟다'의 방언이나 잘못이 아니라 그 나름의 어엿한 낱말이며 그 뜻은 '조심스럽게 발을 옮기다'나 '살며시 밀어 밟다'가 된다. 이런 뜻이라야 「진달래꽃」에서도 전후 문맥과 맞는다.

「진달래꽃」은 이 나라 국민들이 다 애송하고 그래서 다 잘 안다고 생각하지만 실제로는 해석에 문제점들을 안고 있다. 그것은 우리나라

국어사전의 어의 풀이에 문제가 있기 때문이라고 생각한다. 그래서
필자는 이제 이 두 문제를 공론에 부치면서 강호 제현의 고견과 질정
(質正)을 구하는 바이다. (2013. 7)

『불멸의 함성』을 정리하면서

미국의 리처드 올틱(Richard D. Altick) 교수는 서지학의 대가로서 고서 연구를 하다가 알게 된 진기한 이야기를 엮어 『학자 탐험가들(*The Scholar Adventurers*)』이라는 책을 냈는데 이 책에는 학자들이 진실을 추구하는 추리 과정이 탐정소설을 방불케 하는 이야기가 많다. 한 가지 예를 들면 이렇다.

19세기 영국의 유명 작가들은 작품을 정식으로 출판하기 전에 가까운 친지들에게 먼저 돌리기 위해서, 또는 판권을 확보하기 위해서 약간의 팸플릿 판을 먼저 출판하곤 했다. 이 팸플릿 초판본이 고서 수집가들 사이에 고가로 거래되었는데 카터(Carter)와 폴라드(Pollard)라는 젊은 서지학자들이 이것들의 진위에 관심을 가졌다. 특히 엘리자베스 브라우닝(Elizabeth Barrett Browning) 작 『포르투갈인의 소네트(*Sonnets from the Portuguese*)』의 팸플릿 초판본에 의심을 품게 되었다. 엘리자베스와 로버트 브라우닝이 이탈리아로 사랑의 도피를 한 것은 당시 대단히 센세이셔널한 사건이었고 그래서 이 위대한 로맨스의 진수라고 할 수 있는 이 시집의 초판본은 수집가들이 특별히 선호하는 품목이 되었던 것이다. 빅토리아 시대에 막강한 권위를 누렸던 학자 겸 문필가 고스(Edmund Gosse)에 의하면 브라우닝 부부가 피사(Pisa, 이 장소도 잘못된 것으로 나중에 판명되었다)에 있었던 1847년 어느 날 아침 엘리자베스가 수줍어하면서 원고 뭉치를 식탁에 앉아 있던 브라우닝의 주머니에 넣고는 자기 방으로 도망쳐 올라갔는데 그것이 바로『포르투갈인의 소네트』의 원고였다는 것이다. 같은 해, 즉 1847년에 레딩(Reading)에서 이 시집의 팸플릿 판이 나왔는데 이 젊은 학자들은 이것에서 이상한 냄새를 맡았던 것이다.

첫째, 브라우닝 부부나 그의 친지들 누구도 이 팸플릿에 관해 언급한 바가 없었다. 둘째, 이 팸플릿은 1847년에 발행됐다고 표기되어 있는데 귀중 도서 거래 기록을 조사해 보니까 1880년대 이전에는 거래된 적이 없었다. 셋째, 이 팸플릿은 나오면 한꺼번에 여러 권이 나왔는데 그것들이 모두 민트 상태(조폐창에서 새로 찍어낸 화폐처럼 사용한 흔적이 전혀 없는 상태)였다. 넷째, 이것이 결정타인데, 브라우닝 자신의 증언에 의하면 그 유명한 아침 식탁에서의 사건은 1847년이 아니라 1849년에 일어났다는 것이다.

마지막 한 가지 사실로도 이 팸플릿이 위서(僞書)라고 주장할 수 있으나 이 젊은 학자들은 확실한 물적 증거를 원했다. 그래서 이들은 그것을 위해 과학적인 방법을 동원했다. 이 팸플릿에 사용된 활자의 모양이 특이한 것이어서 조사해 보니까 그런 폰트의 활자는 영국에

1880년대 이후에 소개된 것이었다. 종이의 재질을 분석해 보니까 화학 처리를 한 목재 펄프로 만든 종이였는데 이 역시 1880년대서부터 쓰기 시작한 것이었다. 이로써 그 팸플릿은 1847년에 나올 수가 없는 위서임이 확실히 증명된 것이다.

그러면 이 대담한 사기극을 꾸민 범인은 누구인가. 카터와 폴라드는 계속해서 이 범인의 정체를 한 꺼풀씩 벗겨 나간다. 그것은 나라의 기둥으로 믿었던 고관대작의 인사가 적국의 스파이라는 사실을 조금씩 밝혀 나가는 것만큼이나 흥미진진하고 놀라운 이야기지만 너무 장황하여 여기서는 생략하기로 한다.

학자들이 이처럼 위서를 밝혀 내려고 애쓰는 것은 단순히 호기심을 만족시키거나 흥미를 위한 것도 아니고 금전적 이득을 얻기 위한 것도 아니다. 위서는 서지학 연구에 혼란을 가져올 뿐만 아니라, 권위 있는 자료로 잘못 인정되는 경우(위서는 대부분 원고나 초판본으로 위장한다) 정본 확립을 목적으로 하는 본문 비평에 심대한 오류를 일으킬 수 있기 때문에 이를 반드시 제거해야 하는 것이다. 여기서 위의 일화를 언급한 것도 지난 2년 반에 걸쳐 6~7명의 연구원들과 더불어 상허 이태준의 작품을 정리하는 동안, 이렇게 엽기적인 사건도 아니고 그 발견 과정이 이렇게 극적인 것도 아니지만, 우리도 현재 나와 있는 한 작품의 일부가 위작된 것을 찾아냈기 때문이다.

상허의 작품을 정리한다는 것은 작자가 의도한 바에 가장 가깝게 본문을 확정하여 현대 철자법으로 고쳐 놓는 것을 뜻한다. 그 작업을 위해서 우리는 우선 수정과 편집이 가능한 한글 파일을 작성해야 했다. 1988년 월북 작가 작품이 해금(解禁)되자 두 출판사(편의상 A출판사, B출판사로 각각 지칭한다)에서 상허의 전집을 내었다. A출판사는 8월에, B출판사는 한 달 후인 9월에 전집을 발행하였는데 B출판사에서는 원본을 밝혀 가며 본문을 정리했을 뿐 아니라, 그것을 현대 철자법에 맞춰 고쳐 놓았으므로 우리는 B출판사본을 저본으로 삼아 한글 파일을 작성하였다. 그것을 가지고 처음에는 최종본과, 다음에는 최초본과 대조해 가며 본문을 확정해 나갔다.

상허의 주요 작품들은 거개가 먼저 잡지나 신문에 실렸고 나중에 단행본으로 나왔기 때문에 그런 것들은 최초본과 최종본을 찾는 데에 큰 어려움이 없었다. 그런데 장편 중에는 단행본으로 나오지 못한 것들이 있었다. 『불사조』는 신문에 연재하다가 월북하여 중단된 미완성 작품이니까 당연히 단행본이 없지만, 『성모』와 『불멸의 함성』은 끝까지 연재되었음에도 어쩐 일인지 단행본으로 나오지 못했다.* 할 수 없이 이것들은 최초본을 갖고 두 번을 검토하기로 했는데, 특히 『불멸의 함성』은 신문 보존 상태뿐만 아니라 복사 상태도 나빠서 판독에 애를 먹인 곳이 많았다.

우리가 『불멸의 함성』의 1차 대조 자료로 사용할 수 있었던 것은 국립중앙도서관 소장 『조선중앙일보』 영인본과 국사편찬위원회 소장 영인본, 그리고 연세대학교 도서관 소장 영인본이었다. 앞의 두 개는

---

* 　　이 두 작품은 어느 작품 목록에도 단행본으로 출판된 기록이 없다. 『성모』에 관해서는 상허가 어떤 글에서 신문 연재를 스크랩해 놓지 못한 것이 아쉽다는 얘기를 한 것은 있다.

복사 상태가 좋지 않은 반면 연세대 본은 상대적으로 상태가 좋아서 주로 이것을 참조하였는데 문제는 소설의 전반부 정도밖에 볼 수가 없다는 것이었다. 1차 검토를 할 당시는 연세대 본의 전산화가 다 완료되지 않아서『불멸의 함성』후반부에 해당되는 부분은 일반에게 공개되지 않았던 것이다.

그런데 하필 후반부의「만나러 온 사람」이라는 장(章) 끝에서 이상한 점이 발견되었다. 신문 연재 한 회분 정도의 글이 두 번 나온 것이다. 즉 249회 다음에 251회가 나오고 그다음에 한 회분의 글(이것을 편의상 'X문건'이라 하겠다)이 있고 다시 251회가 나온 것이다. 우리가 한글 파일을 만들 때 저본으로 삼은 B출판사본이 그렇게 되어 있었던 것이다. 그래서 앞의 251회분을 빼 버렸더니 문맥이 통했다. 그러니까 우리는 자연히 249회와 251회 사이의 X문건을 250회의 글로 생각하게 되었다.

그러나 확신은 할 수 없었다. 왜냐하면 원본인 국립중앙도서관본에도, 국사편찬위원회본에도 250회는 나와 있지 않기 때문이었다. 249회는 1935년 3월 17일자 신문에, 251회는 3월 20일자 신문에 게재되어 있는데, 3월 19일자 신문에는『불멸의 함성』이 실려 있지 않고 18일자 신문은 두 곳에 다 낙장(落張)으로 없었다. 그러나 B출판사본뿐만 아니라 A출판사본에도 249회 다음에 X문건이 나오고 그다음에 251회로 그 장이 끝나고 있으므로 X문건이 250회의 글이라는 믿음은 확신에 가까워졌다. 아마도 두 출판사는 우리가 모르는 다른 소스를 갖고 있고 거기서 250회분인 X문건을 찾아 실었으리라고 우리는 추정했던 것이다.

그리고 1년이 지나 2차 검토를 할 때는 연세대의 『조선중앙일보』 전산화가 완성되어 『불명의 함성』을 끝까지 볼 수 있게 되었다. 아닌 게 아니라 검토자는 3월 18일자 신문에서 250회를 찾아내었다. 그런데 그 내용이 X문건과 전혀 달랐다. 그는 신문 어디에서도 X문건을 찾아볼 수 없었으며 그래서 그것은 위작된 것일 거라는 의견을 덧붙였다.

"전집을 낸 두 출판사에서 상허의 글로 실어 놓은 한 면 반이나 되는 긴 글이 위서라?" 이건 보통 일이 아니었다. 우리는 사무실에서 연세대 소장 영인본을 직접 띄워서 다시 검토해 보았다. 역시 250회는 분명히 있는데 X문건은 어디에도 없었다. X문건은 문맥상 249회와 251회 사이에 낄 수밖에 없는 글인데 250회가 나왔으니 위서일 수밖에 없었다.

그러나 우리는 그 문건 안에서 위서라는 증거를 찾고 싶었다. 그래서 찬찬히 X문건을 다시 읽어 보니까 위서임을 가리키는 내적 증거들이 나타났다. 그것을 설명하기 위해서 이 대목의 내용을 간단히 소개하지 않을 수 없다. 주인공 두영을 열렬히 사랑하던 적극적인 여성 정길이가 갑자기 자기를 단념해 달라는 편지를 남기고 평양의 자기 집으로 가 버리자 두영은 그녀를 찾아 평양에 온다. 그러나 정길의 집에서 한 청년으로부터 그녀가 결혼했다는 말을 듣고 두영은 실의와 절망에 빠져 비 오는 거리를 향방 없이 걷는 것으로 249회가 끝난다. 그런데 251회에서 두영이 부벽루를 거니는 장면이 나오므로 그 사이에

부벽루에 가는 것은 반드시 나와야 한다. 두 글에 나타난 이 장면을
대조해 보면 시사하는 바가 있다.

[X문건]

　마음은 당장 집안으로 들어가 정길이가 어디에 있는지 알아내
어 데려오고 싶으나 발걸음은 무슨 무서운 짐승을 보고 놀란 것처
럼 영 떼어지지 않았다. 정신 나간 사람처럼 멍하니 한참 서 있다
가 무작정 걸음을 옮겨 이곳저곳으로 거닐다보니 어느새 부벽루에
와 있었다.

[250회]

　두영은 다리가 피곤한 것도 깨닫지 못하고 그냥 정한 데 없이
시가를 방황하다가 한편 구석에서 대동문이 나타나는 것을 보았
다. 그리로 가 보니 대동강이 나왔다. 두영은 청류벽을 향해 걸어
올라갔다.
　"정말이냐 정길아? 아모리 네게 사랑이 없이 결혼하였다 하더
라도 그게 지금 나에게 무슨 위안이 되느냐?"
　두영은 낙수물 소리만으로 텅 빈 부벽루에 올라 처음 이렇게 정
길을 원망해 보았다.

　250회 글에 나타나 있듯이 부벽루는 대동강 가에 있지만 깎아지른
절벽인 청류벽 위에 있는 누대이다. 그러니까 X문건에서처럼 시내를
방황하다가 자기도 모르는 새에 당도할 수 있는 곳이 아니라, 시가지
에서 벗어나 언덕길을 상당히 올라가야 이를 수 있는 곳이다. X문건
의 필자는 단지 뒤에 나오는 부벽루와 연결을 짓기 위해서 부벽루를

언급한 것인데 그 위치를 모르니까 전혀 사정에 맞지 않는 기술을 한 것이다.

또 한 가지는 두영이 과거를 회상하는 부분에서 나타난다. 두영은 특히 여러 가지 정길의 표정을 회상하며 그녀를 잃은 것을 애달파한다. 그것들을 열거하면, 자기의 사랑을 끝내 무시하겠냐 하던 "당돌한 정길의 얼굴"과, 두영이 일하는 광산의 위험을 늘 걱정한다고 하던 "다정하던 정길의 얼굴"과, 두영과의 관계를 끊지 않으면 필경 퇴학을 시킬 학감의 위협이 무섭지 않다고 하던 "당당한 정길의 얼굴"과, 원옥과의 관계를 캐물은 것을 후회한다고 하던 "조심스런 정길의 얼굴"이다.

직접 인용된 부분들이 보여 주듯이, X문건의 필자는 두영이 정길의 이 모든 표정을 실제로 목격한 것처럼 쓰고 있다. 그러나 정길이 말한 것들은 모두 편지의 사연이지 두영이 앞에서 일어난 일들이 아니다. 그러므로 위와 같이 두영이 실제로 목격한 것처럼 말할 수가 없는 것들이다. 백보를 양보해서 두영이 정길의 편지를 읽고 상상한 정길의 표정을 그렇게 썼다 하더라도, 두 번째의 "다정하던 정길의 얼굴"은 직접 목격한 것이 아니고는 그렇게 쓸 수 없는 것이다. 그런데 이 편지를 받을 당시 두영은 미국 유타주 광산에서 일하고 있고 정길은 조선에 있어서 그들은 태평양을 격하고 있었던 것이다. 상허가 이런 어설픈 실수를 했을 리가 없다. 이것은 이 문건이 위서라는 명백한 증거가 아닐 수 없는 것이다.

그러면 누가 이 문건을 위작했을까? 필경 전집을 먼저 낸 A출판사

편집부의 일원이었을 것이다. 1988년 당시 알려진『조선중앙일보』의 복사본은 아마도 국립중앙도서관본과 국사편찬위원회본밖에 없었을 텐데, 전술한 바와 같이 거기에 모두 250회가 없었던 것이다. 책은 빨리 경쟁자보다 먼저 내야겠는데 249회 다음에 251회를 그냥 이어 놓으면 말이 통하지 않고, 그렇다고 그 사이를 비워 놓을 수도 없으니까, 앞뒤를 봐서 말은 통하게 꾸며 넣었을 것이다. X문건 내용에 새로운 행위는 거의 없고 주로 탄식과 앞에 나온 사건들의 회상으로 채워진 것도 안전하게 빈칸을 메워야 하는 필자의 사정을 방증한다 하겠다.

한 달 후에 출판한 B출판사도 사정은 마찬가지였을 것이다. 일단은 있는 자료대로 249회에 이어 251회로 그 장을 마쳤지만, 먼저 나온 A출판사본에서 그 사이에 X문건이 있는 것을 보았을 것이다. 그래서 B출판사에서도 처음의 우리처럼 그것을 250회분으로 추정하고 X문건과 251회를 이어 또 하나의 결말을 냈을 것이다. 다른 소설에서는 두 가지 다른 결말이 있는 경우 먼저 것을 먼저 싣고, 그다음에 수정된 것을 추가하면서 본문주로써 그 내역을 설명한 예가 있다. 그러나『불멸의 함성』에서는 X문건의 정체에 대한 불확실성 때문인지 아니면 단순히 편집상의 실수인지, 아무 설명 없이 두 결말을 이어서 실은 것이다. 결과적으로 249회, 251회, X문건, 251회가 연이어져 있게 되었다. 그러나 X문건은 앞의 것과 인쇄 상태가 확연히 달라서 나중에 추가된 것임을 여실히 보여 주고 있다.

어떻든 연세대 본에서 나온 250회분의 글뿐 아니라 위에 든 내적 증거들로써 X문건을 위서로 판정하고 본문에서 걷어내 버리자 우리의 사기는 크게 고무되었다. 그동안 본문 확정 작업을 하면서 시중에 나와 있는 책들의 오류를 많이 바로잡았으나 그것들은 피라미 잡이였다고 한다면 이것은 월척의 잉어를 낚은 것과 같았다. 2년 반 이상 작업이 계속되면서 모두 지치기도 했고 이 일의 가치에 대해 회의가 들기도 했지만 이번 사건으로 우리가 하는 일의 필요성과 의의를 새롭게 절감하였고, 심기일전하여 마지막 완결을 위해 다시 힘차게 나아갈 활력을 얻게 된 것이다. (2017. 7)

『별은 창마다』

우계(友溪)는 이효석 작품의 본문(text) 확정 작업을 하면서 내게 외숙 상허(尙虛) 이태준의 작품을 정리할 것을 권유하였다. 그러나 그것은 여러 가지 어려운 여건을 전제하는 일이기 때문에 나는 엄두를 내지 못했다. 그러자 우계는 자기가 그동안 쌓아 온 지식과 요령을 내게 가르쳐 줄 뿐만 아니라 처음에는 당신이 직접 작업을 수행하며 시범을 하겠다고 자청하여 결국 외숙의 작품을 정리하는 큰일을 시작하게 되었다. 여기서 정리한다는 뜻은 첫째로 상허의 작품을 찾을 수 있는 한 다 찾는다는 것이고, 둘째는 그 작품의 최초본과 최종본을 현재 나와 있는 판본과 비교, 편집하여 가장 신뢰할 만한 본문을 확정한다는 것이다.

그렇게 일을 벌여 놓고 보니까 제일 먼저 닥치는 문제가 자료의 확보였다. 우리 집에서 갖고 있던 상허의 작품들은, 6·25때 처남이 월북 작가라는 이유 하나만으로 아버지가 경찰서에 끌려가 고초를 당하자, 어머니가 서둘러 다 파기해 버렸다. 그 후 우리 형제가 우연한 기회에 수집한 것이 일여덟 권 있는 정도였다. 그처럼 불비한 상태였지만, 일을 시작하자 다행히 영인본을 많이 구해 준 분, 또 간혹 원본을 희사하신 고마운 분들도 있었다. 그러나 그런 도움에도 불구하고, 전체적으로 보면 낙치(落齒)한 노인의 치아처럼 빈 부분이 여기저기 있었다.

소설의 경우, 최초본은 대개 신문이나 잡지에 연재된 것이어서 오히려 찾기가 용이한 편인데 문제는 최종본이라고 할 단행본들이었다. 근래까지 못 구한 소설 단행본이 4권 있었는데 그중 『성모』는 상허 자신이 원고를 일실했다고 술회하고 있어 단행본으로 나오지 못한 것으로 알고 있고 『불멸의 함성』도 어느 서지에도 단행본으로 기록된 것이 없어 역시 단행본으로 나오지 않은 것으로 추정하고 있다.

나머지는 『딸삼형제』와 『별은 창마다』였다. 그 중의 『딸삼형제』는 전숙희 기념관인 한국현대문학관에 소장되어 있는 것을 친우 천승걸 형의 알선으로 촬영할 수 있었고, 결국 『별은 창마다』 한 권이 미비된 상태로 남게 되었다.

이 책을 찾아 사방으로 수소문을 해 보았더니 다행히 소장하고 있는 사람을 몇 찾아낼 수 있었다. 어렵게 다리를 놓아 이들에게 간곡하게 도움을 청하였다. 복사를 하면 책의 등이 상하기 쉽기 때문에 나는 디지털 카메라로 촬영하는 것만 허락해 주기를 청했던 것이다. 이것은 사람이 책을 읽는 정도로만 펼치면 되니까 책을 가장 손상하지 않는 방법이었다.

문학산책

나는 처음에 낙관적으로 전망했다. 나의 목적이 상업적인 데에 있지 않고 후세의 상허 독자들에게 가장 믿을 만한 본문을 제공하기 위한 것이며, 상허의 자손들이 이북에 살아 있다 하더라도 숙청당한 아버지의 작품을 거둘 형편일 리 없을 뿐 아니라 당국이 그것이 허락될 리도 없으므로 생질인 내가 나서서 하는 일이라는 것을 설명하면, 흔쾌히 도와주리라 생각했기 때문이다. 그러나 나의 소청은 "어디 있는지 찾을 수 없다", 아예 "없다", "훼손될까 우려되어 안 되겠다"는 등의 이유로 번번이 거절당하였다.

　실망한 것은 물론이려니와 이해가 잘 안 됐다. 상허의 작품을 아직껏 소중히 간직하고 있는 사람이면 필경 상허를 사랑하는 사람일 터인데 그를 위한 이런 의의 있는 일에 협조하지 않는 것이 이해되지 않았던 것이다. 그런 내 푸념을 들은 주위의 친지들이 귀띔을 해 주었다. 출판하는 사람의 경우 사업상 손해를 우려할 수 있고, 고문서 수집가는 소장품의 희소가치가 떨어질까 저어할 수 있을 것이며, 또는 내가 제의한 보상금이 만족할 만하지 못했을 경우도 있으리라는 것이었다. 그러고 보니 결국 모두가 돈 문제였는데 나는 이런 일에 돈이 개재되리라 생각지 못했던 것이다. 내가 그들의 협조를 낙관했던 것은 결국 늙어도 세상 물정에 어두운 소치였던 것이다.

　그러나 책 한 권 사진 찍는 데의 보상금이 몇십만 원대가 아니라 몇백만 원대 또는 그 이상이라면 나의 재정으로는 감당할 수 없는 일이었다. 그렇다고 예까지 와서 주저앉을 수는 없는 노릇이었다. 할 수 없이 세상에는 좀 더 호의적인 소장자가 있을 것이라는 막연한 믿음에 의지하는 수밖에 없었다. 나는 다시 수소문을 시작했다. 어느 모임에 가서나 상허의 작품을 소장하고 있는 사람에 대한 정보를 알려 달라고 호소했다.

지난 연말이었다. 40년 전 중앙대학교에서 가르친 사람들이 나를 만찬에 초대하였다. 그 자리에서도 나는 예의 광고를 빠뜨리지 않았다. 그들은 대부분 고등학교 영어 교사들이기 때문에 내가 바라는 정보를 가졌을 개연성이 적지만 그래도 요행을 바라고 얘기했던 것이다.

그랬더니 2, 3일 후 보성고등학교에서 교편을 잡고 있는 장인갑 선생에게서 전화가 왔다. 자기 학교에 옛날 잡지와 문학 서적을 수집하는 오영식 선생이라는 분이 있는데 내 얘기를 했더니 상허의 무슨 작품을 보기 원하느냐고 묻는다는 것이다. 귀가 번쩍 트였다.『별은 창마다』가 필요하다고 알려 주면서 또 없다고 하지 않을까 속으로 걱정이 되었지만, 이번엔 어쩐지 예감이 좋았다. 아니나 다를까, 책이 있는데 일단 한번 와서 보라는 회답이 왔다.

지체 없이 보성고등학교를 찾아갔다. 보성고등학교는 또 상허와 얼마나 인연이 깊은 학교인가! 옛날 상허가 성북동 자택에서 시내를 가기 위해 혜화동으로 나가자면 반드시 넘어야 했던 고개 아래 있던 학교 — 그가 수없이 지나 다녔을 학교이다. 그러나 지금은 성북동 고개가 아니라 송파구 올림픽공원 옆에 있었다.

마중 나온 장 선생과 함께 역사자료실이라는 오 선생의 방으로 올라갔다. 오 선생은 방 밖까지 나와 나를 정중히 맞아 주었다. 수인사

224

를 나누고 보니까 오 선생도 40년 전에 중앙대학교에서 내게 교양영어를 배웠다는 것이다. 이제는 안심이 되었다. 이날은 일이 잘 풀리리라는 확신이 든 것이다.

그동안 내가 겪은 씁쓸한 경험을 이야기하자, 오 선생은 나를 위로하면서 자료 소장자의 1차적 의무는 그것을 좋은 목적으로 쓰려는 사람에게 공개하는 것인데 그렇지 못한 현실이 안타깝다 하였다. 그러면서 『별은 창마다』뿐만 아니라 자기가 소장하고 있는 상허의 다른 작품들을 내놓으며 필요한 것을 골라 사용하라는 것이었다. 지금까지 나의 경험과는 너무나 다른 이 너그러운 대접에 나는 놀랐다. 그의 호의에 감사하면서 그중 세 권을 고른 다음, 며칠 후 사진기를 가진 친구를 데리고 와서 촬영을 해 가겠다고 말하였더니, 그럴 것 없이 갖고 가서 촬영하고 돌려달라는 것이다. 이렇게 고마울 수가 있는가? 고마움만이 아니었다. 천지에 끼었던 안개가 삽시간에 흩어지고 운권천청(雲捲天晴), 밝은 세상이 드러난 기분이었다.

알고 보니 오 선생은 서지학회에서 열성적으로 활동하고 있는 회원으로 많은 서지학자들과 수집가들을 알고 있었다. 이날 오 선생과의 대화를 통해 나는 서지학에 관한 많은 귀중한 지식과 정보를 얻었을 뿐 아니라, 나의 작업에 도움을 줄 수 있는 서지학계 인사들을 소개해 주겠다는 약속도 그로부터 얻게 되었다. 고립무원의 상태에서 갑자기 천군만마의 원군을 만난 기분이었다.

학교에서 나와 점심을 같이 하면서 우리는 의기투합한 젊은이들마냥 동동주 잔을 자꾸 서로 권하여 두 되나 비우고 헤어졌다. 취기가 도도하여 돌아오면서 나는『별은 창마다』라는 소설 제목을 자꾸 되뇌었다. 소설 속에서 창밖에 빛나는 별은 아름다운 미래와 희망을 상징하고 있다. 주인공 남녀는 너무나 현격한 경제적 차이 때문에 사랑의 결실을 이루지 못하고 헤어지지만, 종래에는 사랑이 아니라 의의 있는 일을 위해 다시 뭉친다. 소설의 시대적 배경은 일본이 본격적으로 제국주의 야욕을 드러내던 때인데, 그런 엄혹한 시기에도 이들 젊은이들은 좌절하지 않고 그 상황 속에서도 조선인의 생활 수준 향상을 위해 그들이 할 수 있는 일을 찾아 젊은 정열을 바치는 것이다. 모든 창 밖에는 별이 빛나듯이 우리 모두에게는 언제나 밝고 미래가 있다는 긍정적인 메시지를 작가는 암시하고 있는 것이다.

내가 그 제목을 되뇐 것은 상허의 작품을 정리하던 중 한동안 어두웠던 나의 창에도 이제 밝은 별이 돋아나기 시작했기 때문이다.

(2015. 12)

문학산책

사람, 꽃 그리고 시

■ 김창진의 『오늘은 자주조희풀 네가 날 물들게 한다』에 부쳐

1.

내가 남정(南汀) 김창진(金昌珍) 선생을 처음 만난 것은 한 지인의 출판기념회에서였다. 순서가 다 끝나고 헤어질 때쯤에 하객 중의 한 분이 우계(友溪) 이상옥(李相沃) 선생과 나에게 다가와서 당신의 아들이 영문과를 졸업한 김 아무개라며 인사를 해왔다. 우리는 둘 다 김 군을 가르쳤기 때문에 그와 반갑게 수인사를 나눴다. 그런데 우계는 나와는 달리 반색하는 품이 유별했다. 알고 보니 우계의 산문집에 감명을 받은 남정이 그에게 글을 보내 와서 그 둘 사이에는 그날 처음 상면하기 전에 벌써 문교(文交)가 있었던 터였다.

그 후 얼마 안 되어 우리 셋은 동인지 모임인 남풍회(南風會)에 같이 회원이 되어 다시 만났다. 동인지 첫 호를 내기 전후해서는 여러 가지 의견을 모으기 위해 자주 모임을 가졌는데, 그때마다 남정은 우

리에게 각별한 호의를 보였고 우리는 그의 소탈하면서도 다정다감한 인품에 호감을 느껴서 가까워지기 시작했다.

좋은 인연은 늘 그렇듯이, 남정과의 관계도 시간이 흐를수록 깊은 맛을 더해 갔다. 그것은 그에게 호감이 가는 면이 그만큼 많다는 뜻이 될 것이다. 남정을 만나는 사람은 우선 그가 티 없이 맑은 영혼의 소유자임을 담박에 알게 된다. 언제나 미소를 머금은 온화한 표정과 겸손한 언사로 사람을 반기는 그를 마주하면 누구나 그 점을 직감할 수 있을 것이다. 그처럼 맑은 영혼을 가질 수 있는 것은 그의 마음이 선의로만 빚어져 있기 때문이리라. 그는 남을 비판하거나 남에 대해서 부정적인 얘기를 하는 법이 없다. 혹 누가 마음에 들지 않는 짓을 하더라도 끝내는 좋게 해석하려고 한다. 이런 마음에 무슨 그늘이 있을 수 있겠는가? 이러니 그가 자기의 이익을 위해 남과 다투거나 겨루는 것은 상상할 수가 없다. 그를 보고 있노라면, "도대체 저렇게 선량하기만 한 양반이 어떻게 이 험한 세파를 헤쳐 왔을까?" 하는 의문을 갖지 않을 수 없고, 그래서 마치 멸종 위기의 희귀한 존재를 대하는 느낌이 든다.

그러나 그와 조금 더 깊이 사귀어 보면, 그의 진정한 매력은 이 시끄럽고 번잡한 현실 세계와는 동떨어져 사는 듯한 바로 그 표일(飄逸)한 기풍에 있음을 알게 된다. 가령, 사람을 응시하고 있지 않을 때의 그의 눈길은 허공을 달리고 있는 것 같고, 그의 마음은 시공(時空)으로 멀리 떨어져 있는 곳을 떠돌고 있는 듯한데, 이럴 때는 그에게서 가히 적선(謫仙)이라고 부르면 걸맞을 풍모가 엿보이는 것이다. 또 그는 소년의 청순한 감각을 고스란히 간직하고 있어서, 그가 자란 낙동강 하구 갈대 우거진 강마을에서 어릴 적에 보고 느꼈던 것들이 그에게는 과거의 기억이 아니라 현재의 체험같이 생생하게 살아 있는 것이다.

이런 순진무구한 품성을 가진 남정이 시인인 것은 너무나 당연한 일이다. 그는 본태적(本態的)으로 시인이다. 이것은 그가 시를 짓는 사람이라는 통상적인 의미에서가 아니라, 타고난 그대로가 시인이라는 뜻에서 한 말이다. 소년의 섬세한 감각뿐만이 아니라, 세상을 경이의 눈으로 바라보며 그것이 베푸는 아름다움에 매번 첫사랑같이 도취하는 순수함을 갖춘 마음이 곧 시인의 마음이라면, 남정은 늘 그런 마음이다. 즉, 그에게는 평상심이 시심이고 시심이 평상심인 것이다. 그러므로 그는 항시 시를 살고 있는 시인이다.

이런 특이하고 매력적인 인품에 끌려 우계와 나는 남정과 가까워졌지만, 우리의 교유가 갑자기 밀도를 더해가기 시작한 것은 모산(茅山) 이익섭(李翊燮) 선생이 우리와 합류하면서부터이다. 모산은 우계와 나와 함께 대학의 동료였을 때부터 취미 활동도 같이 하고 여행도 자주 같이 하는 자별한 사이인데, 그는 우리보다 3, 4년 뒤에 동인이 되었다. 그런데 그가 남풍회에 입회하여 남정을 만나자 둘 사이에는 곧 수어지교(水魚之交)가 이루어진 것이다. 모산은 남정의 섬세한 감각과 특이한 문체에 매혹되었고 남정은 모산의 예민한 감수성과 표현력에 경탄했다. 그래서 둘은 서로 물을 만난 고기 같았던 것이다. 이리하여 늘그막에 우리의 친교(親交)가 시작된 것이다. 우리는 스스로를 '맥파(麥波)'라 부르며 만나서 담소를 나누기도 하고 전람회나 음악회에 가기도 했지만, 그것으로는 미진한 듯이 거의 매일 전자메일을 주고받게 되었다.

　그 무렵 우계와 모산은 다른 한편으로 인터넷 야생화 동호회에 가입하여 야생화 촬영에 한참 몰두해 있었다. 나는 회원도 아니면서 산 좋고, 꽃 좋고, 벗이 좋아 그들의 출사(出寫) 때 여러 번 따라다녔다. 출사에서 돌아오면 우계와 모산은 꽃 사진을 메일에 올렸고, 가끔 나도 덩달아 소형 디지털 카메라로 찍은 하찮은 사진을 올리기도 했다. 우리는 그렇게 사진을 돌려 보며 간단한 품평이나 소감을 써 올렸는데, 언제부터인가 남정은 시(詩)로 화답을 했다. 처음에는 어쩌다 좋은 시상(詩想)이 떠오른 경우인가 보다 했는데 주의해 보니까 꽃 사진이 오를 때마다 시가 오르는 것이었다. 이들 야생화 촬영가들은 한 번 출사하면 보통 수백 장의 사진을 찍어 오므로 한 번에 적으면 두세 가지, 많으면 대여섯 가지의 꽃 사진을 메일에 올렸는데 남정은 그 꽃들에 대해 하나도 빠짐없이 시를 지어 내었다. 그것도 한참 있다가 시가 올라오는 것이 아니라 사진이 오른 다음 날에, 어떤 경우는 사진을 올린 지 불과 몇 시간 만에 시가 나왔다. 그렇게 짧은 시간 내에 쓰인 시임에도 불구하고 그것들은 놀라울 정도로 정교하면서도 완성도 높은 작품들이었다. 그 꽃 시들은 때로 절묘한 이미지로 꽃의 특징을 잡아내는가 하면, 때로는 그윽한 울림으로 우리를 감동시켰다. 또 그럼으로써 꽃 사진을 예술적으로 한층 격상시켜 주었다.

　이런 사정이 계속되자 사진이 올라오면 곧 남정의 시가 뒤따를 것을 모두 예상하게 되었다. 그러면서 사진을 올리는 쪽이 좀 불안감을 느끼기 시작했다. 사진 찍는 것도 물론 힘들고 공이 드는 일이지만,

　　　　　　　　　　　　　　　　　　　　　　　　문학산책

그러나 어찌 시를 짓는 어려움에 비할 것인가? 사진을 올리면 또 남정이 시를 짓느라고 수고하실 텐데 그것이 그에게 과한 부담이 되지 않을까 저어하는 마음에서였다. 더구나 남정은 우리들 중에 제일 연장일 뿐 아니라 스스로를 '노옹(老翁)'으로 자처하는 노인 아닌가? 그런 안쓰러운 마음에서 게시자(揭示者)가 "이 사진은 시원찮은 것이니 시를 다느라고 애쓰지 마십시오"라고 단서를 붙여 보내기까지 해 보았으나 남정은 막무가내였다.

우리의 우려에 대해 남정은 꽃 시를 다는 것이 자신에게 새로운 기쁨이 되었다면서 우리가 자기에게 "꽃을 메긴다"고 하였다. 주지하다시피 '메기다'는 어원적으로 '먹이다'에서 온 말이다. 이런 뜻으로 보면 우리가 그에게 억지로 꽃 사진을 안겨서 시를 쓰게 한다는 말이 된다. 동음이의어(同音異義語) 구사에 능숙한 남정이니까 그의 발언에는 이런 농담의 뜻도 물론 들어 있을 것이다. 그러나 원래 이 말은 한 사람이 먼저 한 토막의 소리를 하면 여러 사람이 그에 화답하거나 따라 부르는 우리의 전통 민요에서 뒷소리를 유도하기 위해 선창하는 것을 뜻한다. 이렇게 보면 꽃 사진이 시를 이끌어 냈으며 시는 꽃 사진에 대한 자연스런 화답이라는 말이 된다. 한걸음 더 나아가, 민요에서 뒷소리는 앞소리를 반복하거나 약간의 변화만 가하고 거의 그대로 부르는 것이니까, 남정도 크게 수고하지 않고 시를 지었노라 하는 뜻도 된다.

그의 발언이 이 마지막 뜻을 함축하더라도 그것은 겸양일 뿐이다. 그러나 한 가지 우리가 공통으로 느낀 것은 그가 상당히 많은 시를 놀랄 만큼 짧은 시간 내에 써 내고 있다는 점이다. 그것은 마치 그의 가

습속 깊이 숨어 있던 시의 샘이 꽃 사진으로 출구를 찾아 끊임없이 솟구쳐 나오는 것 같았다. 또는 워즈워스(W. Wordsworth)가 시를 정의하면서 "강력한 느낌의 자연발생적인 넘쳐흐름(spontaneous overflow of powerful feelings)"이라고 말한 부분이 있는데, 바로 그 같은 현상이 꽃 사진을 볼 때마다 그에게서 일어나고 있는 것 같았다. 다시 말해서, 남정이 꽃 시를 짓는 일이 우리가 걱정하는 것처럼 크게 부담이 되지 않나 보다 하는 생각이 우리에게 들게 된 것이다. 그래서 우계와 모산은 별거리낌 없이 꽃 사진을 보냈고 남정은 즉각적으로 시로 화답하였으며, 그러기를 몇 년 계속했다.

그러다가 재작년 어느 날 남정이 드디어 1000번째 시를 올렸다. 우리는 모두 이를 축하하면서, 이제 그것을 엮어 시사집(詩寫集)을 낼 것을 건의했다. 처음에는 사양하던 남정도 계속되는 권유를 받아들여서 문재(文才)가 뛰어난 한 옛날 제자에게 선별을 맡겨 그중에서 200여 편을 추려내었다.

그리고도 한참 소식이 없더니 작년 초에『오늘은/자주조희풀/네가/날/물들게 한다』라는 시집 가제본 판이 맥파에게 우송되어 왔다. 반갑게 펴 보니 남정의 들꽃 시집인데, 시와 함께 있으리라고 기대한 꽃 사진이 없었다. 우리는 이구동성으로 사진을 넣어야 완전한 시집이 된다고 주장하였다. 그것은 많은 독자들이 시의 소재가 된 들꽃의 모양을 모를 뿐만 아니라, 꽃을 아는 사람들이라도 시에 나오는 비유나 이미지를 제대로 이해하기 위해서는 꽃의 배경, 명암, 색조 등을 봐야 한다고 생각했기 때문이다.

남정도 이에 동의하면서도 사진 인쇄 기술이 좋지 않은 출판사에 맡기고 싶지 않다는 뜻을 밝히면서 적극적으로 나서지 않았다. 그러자 남을 돕는 데에 언제나 앞장을 서는 우계가 자신이 알아보겠노라고 하며 출판사 선정하는 일을 자임하고 나섰다. 그러더니 드디어 국내 굴지의 출판사인 신구문화사의 동의를 받아내었다. 신구는 우계의 『가을 봄 여름 없이』와 모산의 『꽃길 따라 거니는 우리말 산책』를 내면서 최고 수준의 사진 인쇄 기술을 이미 보여 주었기 때문에 남정도 흔쾌히 승낙하였다.

이처럼 이 책은 맥파의 교유와 불가분의 인연을 갖고 있을 뿐 아니라, 실제로 책을 만들어 내는 데에 맥파 구성원들이 고루 힘을 보탰다. 시를 지은 이는 물론 남정이지만, 우계는 출판사를 알선했고 사진도 많이 제공했으며, 모산은 사진을 제일 많이 제공했다. 나만 시원찮은 사진 서너 점 제공했을 뿐이고 다른 기여도 한 바가 없는 형편이었다. 그런데 남정이 서문과 사사(謝辭)에 나까지 거명하겠다 하여 꼭 무임 승차를 하는 것 같이 계면쩍고 빚진 마음이던 차에 남정과 우계가 시집에 발(跋)을 붙이라고 종용해 왔다. 그 일을 제대로 감당할 능력이 못 됨을 스스로 알기에 처음에는 완강히 거절하였으나, 거듭 요청을 받자 그것으로라도 작은 기여를 하는 편이 낫겠다고 생각하여, 끝내 사양하지 못하고 이 글을 쓰게 된 것이다.

2.

꽃을 주제로 한 시라면 꽃의 아름다움을 노래한 시라고 생각하게 된다. 그런데 꽃의 모습을 구체적으로 기술(記述)하여 그 아름다움을 재현할 수 있을까? 우리는 옛날 김황원(金黃元)의 고사를 잘 알고 있다. 부벽루(浮壁樓)에 올라가서 그곳에서 본 아름다운 경관을 시로 지으려다가

> 長城一面溶溶水　긴 성 한 면에는 용용히 흐르는 강이요
> 大野東頭點點山　넓은 들 동쪽에는 점점이 산이로다

두 줄을 쓰고는 더는 못 짓고 울고 내려갔다는 이야기이다. 김황원이 본 경관은 위에 든 대구(對句)의 내용 외에도 하늘, 구름, 마을, 논밭, 수목 등 더 있었을 것이다. 그러니까 그가 더 쓰지 못한 것은 쓸 것이 없어서가 아니었다. 운위할 대상은 더 있었지만 그런 것을 나열해 보아도 그 경관을 보고 느낀 감동을 전할 수 없기 때문이었을 것이다. 김황원이 실패한 원인은 경관의 각 부분을 대상화하여 그것을 객관적으로 기술함으로써 전체 경관을 재현하려고 한 데에 있다.

원래 그 자체로서 이미 고도의 완성도를 지닌 것은 다른 수단으로 옮기기가 지난(至難)한 법이다. 아무리 아름다워도 다소 거친 데가 있는 자연경관도 이처럼 객관적 세부 묘사로 재현할 수 없거늘, 하물며 가장 아름다운 자연의 피조물인 꽃을 어찌 필설로 옮길 수 있을 것인가. 이 많은 꽃 시를 쓴 시인은 우리에게 그런 잘못된 기대는 갖지 말

234

라는 듯이 다음의 시를 보여 주고 있다.

　　　저 빛
　　　청람(靑藍)
　　　내 마음
　　　물들이는
　　　감색(紺色)
　　　초롱 청사(靑紗)
　　　푸른 빛 띤
　　　남색(藍色)
　　　내가 더듬거리네
　　　금강초롱
　　　꽃빛
　　　저녀의 야청(野靑)
　　　마음 흔들릴라
　　　그래
　　　아 아청(鴉靑)인가

　　　　　　　　　　　　　　　　— 「화악산 금강초롱꽃」 전문

　　웬만한 야생화 애호가는 다 아는 바이지만, 화악산 금강초롱꽃은
푸른빛이 짙어 빛깔이 곱기로 유명하다. 시인의 관심을 끈 것도 바로
"저 빛"이었다. 시인은 꽃 전체도 아니고 그 빛깔 하나를 묘사하려고
하는 것이다. 그는 "청람"에서 시작하여 "감색"을 거쳐 "남색" "야청"
"아청"에 이르지만 끝내 적당한 단어를 찾지 못한다. 또 "내가 더듬거
리네"라는 발언도 확신하지 못하는 시인의 마음을 내비친다. 그 빛깔

은 결국 "금강초롱/꽃빛"이라는 동어반복으로밖에 달리 표현할 길이 없는 것이다.

그렇다고 이 시가 시적 효과를 이루지 못하고 있다는 뜻은 아니다. 이 시는 화악산 금강초롱꽃의 빛깔이 우리에게 주어진 색채어로는 잡을 수 없을 만큼 신비한 빛깔이라는 것과 그 아름다움에 심취한 시인의 심정을 효과적으로 전달하고 있기 때문이다. 그럼에도 불구하고 이 시는 다른 한편, 꽃을, 아니 그 빛깔 하나도 여실히 기술하는 것이 불가능하다는 것을 증언하고 있는 것이다.

그렇다면 시인이 할 수 있는 것이 무엇일까? 그것은 꽃을 묘사하는 것이 아니라, 꽃을 봄으로써 촉발된 그의 느낌을 재현하는 일일 것이다. 그리고 그 느낌은 이제 그 꽃이 아닌 다른 구체적인 사물에 의해 비유됨으로써 재현될 수 있을 것이다. 그 구체적인 사물은 시인이 꽃을 본 순간 떠올린 자유연상이나 기억의 내용일 터인데, 남정의 경우, 그것은 동식물 또는 강, 산, 나무, 등 자연물이나 시, 그림, 등 예술작품이기도 하지만, 가장 큰 비중을 차지하는 것은 여인이다. 그에게는 할머니, 어머니, 누님 등, 가족이나 친척 말고도, 그가 실제로 또는 상상 속에서 이성(異性)으로 만난 많은 여인이 있다. 때론 그 여인들이 꽃과 대비되거나 아예 꽃의 화신(化身)이 되기도 하고, 때론 그들의 일부가, 또는 옷의 무늬가 꽃에 비유되기도 한다. 전자의 예를 하나 보자.

비단 옷
벗어버리고

베적삼으로
갈아입어도
당신은
고운 여인
이 아침
맨살의 당신을
훔치노니

— 「연령초」 전문

　무엇을 걸쳐도 아름다운 여인이지만 그녀가 가장 매혹적일 때는 나신(裸身)일 때일 것이다. 시인은 연령초꽃에서 나신의 미녀를 떠올리고 있는 것이다. 그런데 거기서 그치는 것이 아니라 그는 한걸음 더 나아가 "맨살의 당신을/훔치노니"라고 쓰고 있다. "나신"이 아닌 "맨살"이라는 말이 주는 육감적인 매력과 "훔치노니"에 깔린 욕망이 어우러지면서 놀라운 관능성이 빚어진다. 아무 한정어가 붙어 있지 않은 나부(裸婦)는 추상명사처럼 직접성이 결여되어 있지만 이렇게 화자의 욕망의 대상으로 제시되자 아연 현장감 있는 구체적인 이미지로 살아나는 것이다. 나는 앞서 남정이 소년의 마음을 그대로 간직하고 있어 시간적으로 현실 세계를 떠나 있는 듯한 표일한 품성을 갖고 있음을 지적한 바 있다. 이제 나는 그가 팔십 고령에도 젊은이의 감각을 이처럼 변함없이 지니고 있음을 그 위에 첨언하고 싶다.

　나뿐만 아니라 우계도 일찍이 남정이 올린 이 시집의 표제시, 「오늘은/자주조희/네가/날/물들게 한다」를 읽고 이런 관능성을 느낀 나머지 지용(芝溶)의 시구를 인용하며 다음과 같은 감상을 올린 바 있다.

……읽자마자 이국종(異國種) 강아지에게 발바닥을 핥히우는 듯
한 느낌이 들었다는 말씀이나 해 둘까요? "파랗게/파랗게/오/진
한 계집애의/입술이어"라니요? 간지럽기도 하고 짜릿하기도 하
고, 하여간 sensualism의 한 극치를 보는 듯했다는 말입니다.

사실 이 시집을 읽는 즐거움 중의 하나는 여기저기에서 보이는 이
런 관능적 표현의 아름다움을 대하는 것이다. 한 예를 더 들면, 시인
은 말나리에 대해서 다음과 같이 읊고 있다.

혼야의
혼란
닭이
꼬끼오
목안(木雁)이
푸드덕
촛불을 꺼야 하리
오
말나리
신부여

— 「말나리 2」 전문

초야의 신부는 밤늦도록 몸을 허락하지 않으며 신랑과 승강이를
한다. 그러다가 첫닭이 울 때쯤에야 나무 기러기가 살아나 날갯짓을

하듯, 목석같던 신부가 반응을 보이기 시작한다. 그래서 드디어 촛불을 끄고 합환이 시작된다.

시인은 꽃술이 길게 자라고 꽃잎은 활짝 젖혀진 말나리에서 성숙할 대로 성숙한 처녀를 본 것이다. 부끄러워 고개를 숙였는데 아무리 가리려 해도 난숙한 몸매는 가릴 수 없고 그래서 더 부끄러워 얼굴 붉어진 이 처녀는 단순히 청순한 미가 아니라 관능의 미를 가진 여인이다. 이 모든 것을 하나로 포섭할 수 있는 것으로 초야의 신부보다 더 적절한 이미지가 어디 있겠는가?

위의 두 경우에서 보았듯이 꽃을 여인으로 대치했을 경우 꽃의 아름다움은 여인의 아름다움으로 치환된다. 모든 아름다움은 인간화한 개념으로 매개되었을 때 가장 친숙하게 인식되기 때문에 그런 치환은 꽃의 아름다움을 훼손하는 것이 아니라, 오히려 그것으로 하여금 우리에게 더 친연적(親緣的)이고 직접적인 호소력을 갖게 하는 것이다.

위의 두 시에서 우리는 또한 시행이 매우 짧은 것을 발견하는데, 이것은 남정의 시의 특징 중의 하나이다. 시라는 형식이 원래 장황한 것을 용납하지 않지만, 남정은 특히 간결한 것에 대해 남다른 집착을 보이고 있다. 그것은 그가 한 개 내지 두 개의 이미지로 시를 구성하기를 즐기는데, 서술을 짧게 할수록 이미지의 선명성을 극대화할 수 있기 때문일 것이다. 우리는 「배풍동 1」에서 그 한 좋은 예를 볼 수 있다.

부리 긴

한 마리의 새
초원을 쏘다

새의 이미지에 "쏘다"가 더해짐으로써 활과 화살의 이미지가 추가
된다. 그 결과 새가 살처럼 날아가는 느낌이 이루어지면서 날렵한 배
풍동의 모습이 약여하게 나타난다. 이 시는 행이 짧을 뿐만 아니라 행
수도 셋밖에 안 된다. 그러면서 매우 인상적인 이미지를 구사한다는
점에서 일본의 하이쿠(俳句)를 닮았는데, 17음절인 하이쿠보다 짧으면
서도 하이쿠를 능가하는 시적 효과를 성취하고 있는 것이다.

남정의 이 같은 간결지향적인 시풍(詩風)은 그의 시에 함축의 아름
다움을 더해 준다.

해가
넘어갈 때의
억새는
어땠을까
해가
넘어가고
난 뒤에는
내가
나에게
묻고 있다.

— 「억새」 전문

여름이 끝나고 가을이 왔음을, 이제 천지에 조락(凋落)의 계절이 왔

음을 알리는 대표적인 식물이 물가의 갈대와 산야의 억새일 것이다. 집 주변에 갈대밭이 있는 곳에서 자란 남정은 억새를 보았을 때 이런 쓸쓸한 감회가 남달랐을 것이다. 그런 심경을 시인은 해 질 때의 억새를 상상하는 데에서 내비치고 있다. 1년 중 가을은 하루로 치면 해 질 때가 아닌가. 그런데 시인은 해 질 때를 "해가/넘어갈 때"라고 표현하고 있다. 이런 데에서 우리는 그가 어휘 선택에 얼마나 세심한가를 엿볼 수 있다. "해가 넘어간다"는 말은 "해가 진다"는 말보다 훨씬 더 동적이고, 그래서 더 극적인 느낌을 주는 말이다. 가령 "서산에 걸렸던 해가 꼴깍 넘어갔다"는 말에서 느낄 수 있듯이, "넘어갔다"는 말에는 마지막까지 끝나고 말았다는 최후성과 다시 올라올 수 없다는 불가역성이 짙게 배어 있기 때문이다. 이렇게 정선된 어휘로 아쉬움을 자아내는 분위기를 설정해 놓고 시인은 그때의 억새가 "어땠을까"라고 묻는다. 그것은 "억새의 모습이 어땠을까?"라는 뜻도 되지만, 그보다는 억새를 의인화해서 "억새의 심경이 어땠을까?"라는 뜻으로 더 우리에게 다가온다. 우리는 여기서 억새를 대신해서 아쉬움, 쓸쓸함, 서글픔 등을 느끼게 되는데, 그것은 시인이 그중 어느 한 가지도 언급하지 않고 단지 "어땠을까"라고 말함으로써 그 안에 함축되어 있던 의미들을 살아 나오게 한 것이다.

이런 함축의 묘는 그 다음에도 계속된다. 시인은 억새에게 했던 질문을 스스로에게 하는 것이다. 그런데 억새에게 물은 것은 해가 지고 있을 때였지만, 자신에게 묻는 지금은 이미 해가 지고 난 다음이다. 억새가 가을에 있다면 자신은 겨울, 인생의 종착점에 와 있는 것이다.

또 아까는 억새라는 대상이 있었지만, 지금은 혼자뿐인 고독한 상황이다. 시인은 그 점을 강조하기 위해서 "넘어간/뒤에는"이라고 하지 않고 "넘어가고/난 뒤에는" 이라고 하여, "난(나는)", "내", "나"가 세 번 겹치게 하고 있다. 우리는 여기서 어둠 속에 혼자 서서 말년에 이른 자신의 심경을 관조하는 노시인을 보게 된다. 아까의 질문은 비감함을 언급함이 없이 비감함을 불러일으켰었다. 그러나 이번에는 그 질문조차 반복되지도 않고 단지 "묻고 있다"라고만 되어 있는데 그 묵언이 백 천 마디의 말보다도 더 효과적으로 비감함을 독자의 가슴에 깊이 울려 퍼지게 하는 것이다.

남정은 이외에도 여러가지 주목할 만한 시적 기교를 구사하고 있다. 가령 「물매화 2」 같은 작품은 서양 말과 서양 문학에 길들여진 우리 같은 자들에게는 특히 흥미롭고 또 시사하는 바가 많은 작품이다.

날 언덕에
세워 보아라
바람 속에 놓아 보아라
네가 흔들릴지니
꽃은 가만 있어도
네가 언덕을 넘고
바람에 몰릴 테니
열에도
그랬고
쉰쉰 지금도
그러하거늘

꽃이어
너는 가만
있거라

물매화는 가늘고 긴 대 위에 비교적 큰 꽃을 피운다. 시인은 그 가
늘지만 꼿꼿한 대 위에 오연히 핀 꽃 모양에 큰 인상을 받는다. 그래
서 그는 「물매화 1」에서 물매화를 "언제나 흔들리지 않을" 꽃이라고
특징짓는다. 「물매화 2」에서 "네가 흔들릴지니"라고 한 말은 "나"는 언
덕 위에서도, 바람 속에서도 안 흔들린다는 것을 암시하며, 그래서 그
일인칭 화자는 물매화라고 봐야 할 것이다. 그런데 그 다음의 "꽃은
가만 있어도"의 꽃과, 마지막의 "꽃이어/너는 가만/있어라"의 꽃도 물
매화일 수밖에 없는데 전자는 삼인칭으로, 후자는 이인칭으로 지칭되
어 있다. 그러면 이 시에서 물매화는 일, 이, 삼인칭으로 제시되고 있
는 것이다. 이것은 영시에서는 볼 수 없는 현상이다. 그런데 이렇게
인칭을 넘나들어도 그것이 독자에게 혼란을 일으키지 않는 것은 "흔
들리지 않는다"는 물매화의 속성이 굳건히 중심을 잡아 주기 때문이
다. 우리는 입체파 그림에서 서로 다른 방향을 향한 얼굴을 합성하여
한 얼굴의 여러 측면을 표현한 것을 흔히 본다. 그것처럼 어떤 사물을
여러 인칭을 써서 표현하면 그것을 좀더 다양하게 서술할 수 있을 것이
다. 이 시는 그런 기법을 시연(試演)하여 우리 시의 새로운 가능성을
시사하고 있다고 생각된다.

이상 언급한 것들 외에도 남정은 동음이의어를 이용하여 묘한 공

명을 자아내기도 하고 농담기 어린 톤을 취하여 경쾌한 분위기를 연출하기도 한다. 또 다양한 시 형식을 사용하여 시 읽는 즐거움을 더해 주기도 한다. 가령 「석남사」는 운율이 있는 시행에다 "아시나요"와 "있었는데"를 주기적으로 반복하여 소리 내어 읽으면 노래가사 같이 흥을 돋운다. 또 뒤로 갈수록 자주 나오는 시형인데, 처음에는 산문으로 시작하였다가 점차 시로 전이되는 형식을 쓰기도 한다. 이런 형식에서는 산문 부분이 시의 배경을 설명함으로써 시의 이해를 더 용이하게 해 주고 있다.

이쯤에서 나의 어줍지 않은 논평을 마칠까 한다. 남정의 이 꽃 시집은 백화가 난만한 꽃밭과 같다. 어디를 가도 아름다운 꽃이 피어 있는 비경(秘境)이 나오는데 그 길을 모두 안내할 능력이 나에게는 없다. 그러므로 독자 제위는 나의 어설픈 해설에 기대려 하지 말고 스스로 꽃밭으로 걸어 들어가서 도처에 마련되어 있는 꽃과 시의 향연을 마음껏 즐기시기를 권하는 바이다. (2013. 2.)

문학과 사회비평의 이중주

■ 천승걸의『내 글살이의 뒤안길』에 부쳐

산여(山如) 천승걸(千勝傑)과 나의 교우는 반세기가 넘는다. 그것도 어쩌다 만나는 관계가 아니라 서로가 누구보다 서로를 가장 자주 만나는 사이를 50여 년간 지속했다는 것은 흔치 않은 경우일 것이다.

우리는 1958년 봄 서울대학교 문리대 영문과에 입학하여 처음 만났다. 그런데 어찌 된 일인지 우리는 만나자마자 서로에게 끌려서 가까워졌고 그로부터 졸업할 때까지 거의 매일을 함께 붙어 다녔다. 이처럼 우리를 단짝으로 만든 것은 무엇보다 세상을 보는 눈이 같았기 때문이었을 것이다. 우리는 같은 것을 좋아했고 같은 것을 싫어했다. 이처럼 가치관이 같으니까 정상에서 벗어난다고 여기는 것도 같았다. 거기에다 우리의 유머 감각도 신기할 정도로 일치하여서 그런 비정상적인 것을 보면 그것을 같이 희화화하면서 즐거워했다. 당시 마땅한 소일거리나 놀이가 없었던 때에 이런 장난이 우리에게는 가장 손쉬운 오락이었다. 우리는 그 즐거움을 배가하기 위해서 그런 희화화를 더

극적으로 표현하려 했고, 그를 위해 우리들만의 특수한 술어를 사용하기도 했다. 그래서 그 당시 우리와 함께 학교를 다닌 친구들 중에는 우리를 매일 붙어 다니며 무언가에 대해 항상 낄낄거리는 작자들로 기억하는 사람이 많을 것이다. 이 놀이는 그 후에도 변함없이 이어져서 칠십이 넘은 이 나이에도 계속되고 있다. 아직도 우리 중의 하나가 이런 어투로 우스개를 시작하면 다른 쪽은 즉시 그에 맞장구를 치며, 그러면 우리는 순식간에 이십 안팎의 철부지로 돌아간다. 우리는 함께만 있으면 언제나 시간의 경과를 이렇게 일거에 무효화할 수 있다.

대학을 졸업한 후 우리는 함께 공군 장교로 군에 입대했다. 근무처는 달랐지만, 그래도 같은 군에 있었으니까 4년여 동안 군대 생활도 같이 한 셈이다. 제대 후 교사 생활도 같은 재단에서 운영하는 이웃 학교에서 하다가 산여가 먼저 대학으로 진출하였고 나는 몇 년 후에 그 뒤를 따랐다. 그러다가 1981년에 내가 서울대학교로 옮기면서는 정년할 때까지 같은 학과에서 근무하였다. 정년 후에 우리는 매달 한 번씩 만나는 사교 모임을 몇 개 같이 만들었다. 그래서 지금도 한 달에 적어도 서너 번은 만나게 되어 있다.

이러니 산여와 나는 거의 평생을 같이 지내 오고 있다고 해도 과언이 아니다. 백아(伯牙)와 종자기(鍾子期)는 거문고 소리로 서로의 마음을 알았다 하지만, 산여와 나는 서로 눈빛만 봐도 무슨 생각을 하는지 알고, 심지어 말을 안 해도 무엇을 말하고자 하는지를 안다. 이처럼 산여에 관해서는 내가 누구보다도 잘 알고 있다고 자처하는 바이므로, 이 글에서 인간 천승걸을 소개하면서 그의 글을 언급할까 한다.

따라서 이하에서 소개되는 그의 면면에는 이 책에 수록된 글들과 직접적인 연관이 없는 것도 있을 수 있다.

산여를 아는 사람은 누구나 먼저 그의 다재다능함에 깊은 인상을 받았다고 말할 것이다. 대학 선생이라는 사람들이 대개 책상물림으로 운동하고는 담을 쌓은 사람들이지만, 산여는 못하는 운동이 없을 정도로 운동을 잘한다. 젊어서는 교수 축구팀의 공격수로서 명성을 날렸고 테니스도 썩 잘 친다. 또 수십 년간 등산을 해 와서 국내의 웬만한 산을 안 가 본 데가 없고 일본, 중국, 동남아의 명산들도 다수 등반하였다. 이처럼 운동을 잘할 뿐만 아니라 각종 스포츠에 대한 지식도 대단하다. 제반 운동 경기의 규칙이나 유명한 선수, 주요 경기의 승부 현황 등에 대해서 산여만큼 자세히, 그리고 정확히 아는 사람을 나는 알지 못한다. 또 국내의 이름 있는 산들에 대해서도 접근 방법, 등산로, 산세와 지형, 심지어 표고까지 그는 훤히 알고 있다.

그뿐만 아니라 산여는 예능에도 대단한 재능을 갖고 있다. 그는 어려서는 미술부원으로 활동할 만큼 그림에 소질이 출중했다 한다. 이런 미적 감각은 나중에 서예를 할 때에도 나타났다. 인문대 선생들이 10여 년간 붓글씨 공부를 했는데 산여는 그중에서 가장 뛰어난 사람의 하나였다. 그는 특유의 늠름하면서도 부드러운 필치를 구사하여 글자 하나하나의 자형도 잘 구성할 뿐만 아니라, 화선지(畵宣紙)에 쓰인 글 전체를 놓고 볼 때도 글자와 글자의 연결, 글자와 여백과의 관계 등을 적절히 맞춰서 전체의 조화를 대단히 잘 이루어 내었다. 회원 중에서 필재로는 부동의 말석을 차지했던 나로서는 그의 남다른 미적 감각에 늘 감탄하지 않을 수 없었다.

그러나 그의 음악적 재능은 이보다도 더 탁월하다. 우선 그는 누구나 들으면 매혹되고 마는 부드러우면서도 힘 있는 저음의 미성을 갖고 있다. 거기에다 그는 어느 노래나 즉시 알토로 화성을 낼 수 있을 정도의 예민한 음감을 갖고 있다. 그 목소리와 그 감각으로 노래를 하니 그가 노래를 잘 부르지 않을 수 없는 것이다. 그냥 잘하는 정도가 아니라 가수를 능가할 정도로 잘 부른다. 그의 준수한 외모와 이 프로급 가창력은 어느 모임에서나 청중을 매료하기에 충분했다. 「내 이화 시절의 사진첩」에 잘 나타나 있듯이, 이화여고 교사 시절에 그는 견실한 영어 실력으로 학생들의 신망을 한 몸에 모은 데다가 그 위에 이런 매력까지 더했으니, 그의 인기는 실로 대단한 것이었다. 이처럼 그의 인기는 실력 있는 교사에 대한 존경뿐만 아니라, 인간 산여에 대한 호감과 흠모가 어우러져 이룬 결과였으므로 강의 한 가지로 사람을 끄는 요즘의 소위 '스타 강사'들의 인기하고는 질적으로 다른 것이었고 그 정도도 그들의 것을 훨씬 능가하는 것이었다.

산여는 노래 솜씨 못지않게 언변이 좋다. 우선 이야기를 재미있게 잘 하기도 하지만, 하다가 흥이 나면 재치와 유머를 섞어서 좌중을 사로잡는다. 그런 재주는 이 책에 실린 「제삼의 사나이'와 '더 더드 맨'」, 「'일사일언' 칼럼4제」 같은 글에 약여하게 들어나 있다.

그런가 하면 산여는 평상시 늘 점잖고 의젓하여서 주위 사람들의 신뢰를 받는다. 그 용모, 그 목소리, 그 언변에다가 행동까지 믿음직하니까 누구나 그를 믿음성 있게 볼 뿐만 아니라, 동년배보다 윗길로 본다. 그러나 사실을 알고 보면 모두 놀란다. 그는 일곱 살에 학교에 들어가서도 성적이 하도 뛰어나 한 학년을 월반했다. 그래서 실제로는 동기생들보다 한두 해 어리다. 그러나 이 사실을 잘 아는 동기생들도 그를 어린 사람으로 취급하지 못하는 것은 그의 사람됨과 마음 씀이 그의 노성한 겉모습에 걸맞게 실제로 원숙하기 때문이다. 이런 의젓한 몸가짐은 주석에서도 변함이 없다. 그는 두주(斗酒)를 통음하는 호주이지만, 나는 아직도 술에 취해서 자세가 흐트러지는 모습을 그에게서 한 번도 본 적이 없다. 이것은 심신 양면으로 엄격한 자기관리를 오래 지속하여 이룩한 내공이 쌓이기 전에는 불가능한 일이라고 생각한다.

산여는 경제 관념이 강한 편이면서도 매우 너그러운 사람이다. 이것은 필경 여유 있으면서도 규모 있는 집안에서 자란 때문일 것이다. 1950년대 말에서 60년대 중반은 우리 모두가 가난했던 때였다. 그 당시 산여네 집안은 평균보다는 여유가 있었지만, 그도 우리와 같이 가정교사를 하여서 용돈을 충당하였다. 그런데 비슷한 처지의 우리들은 언제나 빈털터리였지만, 산여는 달랐다. 그는 학생 때나, 군인 때나, 그 후 교직 생활을 할 때에 항상 여축이 있었다. 나는 산여를 통해 소위 비상금이라는 것을 처음 알았다. 그런 준비가 늘 있어야 된다는 것을 배우고도 나는 실행하지 못했는데, 그는 언제나 지갑에 얼마만큼의 돈을 비치하고 다녔다. 그리고 항상 목이 말랐던 그의 친구들을 위해서 그는 그 돈을 흔쾌히 풀었다. 나는 그의 이런 시혜의 가장 빈번한 수혜자였다. 그렇게 늘 친구들에게 베풀었지만, 그는 한 번도, 농담으로도 생색을 낸 적이 없었다. 그러니까 내가 말한 산여의 경제 관념은 항상 약간의 돈을 지니고 다닌다는 뜻이지, 수입과 지출을 잘 관리하여 재산을 모은다는 것하고는 상관이 없는 말이다.

이 같은 그의 대인다운 성품은 남을 돕고 배려하는 데에서도 잘 나타난다. 그는 등산을 할 때도 누구 못지않게 빨리 올라갈 수 있지만, 언제나 뒤에 처져서 늦게 오는 동료를 보살핀다. 또 비상 의약품을 늘 준비하고 다녀서 사고가 났을 때는 응급처치를 도맡아 한다. 그래서 그는 고등학교 동창 등산회의 회장직을 오래 맡았을 뿐만 아니라, 그 직을 마친 후에도 종신 명예회장으로 추대되었다 한다. 그러니 우리 영문과 동창 등산회에서도 그가 회장이 된 것은 당연한 일이다.

등산할 때뿐만 아니라 평소에도 그가 이웃과 동료들에게 도움과 배려를 베푸는 것은 물론이다. 「주례퇴임을 위한 고별사」에도 나타나 있듯이, 그는 형편이 어려운 친구를 위해 자신의 결심을 꺾고 원치 않는 일을 마다 않고 하는 아량을 갖고 있다. 내가 제대하고 무직일 때 교사 자리가 난 것을 알려 준 것도 산여였다. 또 내가 서울대학교로 옮길 수 있었던 것도 산여의 적극적인 격려와 지원이 있었기에 가능했으며, 임용이 되고도 상당 기간 연구실을 배정받지 못했을 때에 산여의 배려로 그의 연구실을 함께 썼다. 이처럼 나는 첫 직장과 마지막 직장을 얻는 데에 산여로부터 큰 도움을 받았다.

산여는 치밀하고 계획성이 강한 사람이다. 그는 무슨 일이든지 먼저 철저히 계획을 세우고 나서 실행에 옮긴다. 예컨대 그와 함께 여행을 하면 교통편, 도정, 일정, 비용 계산까지 모든 계획을 그가 다 짠다.

나는 그와 여러 번 여행을 같이 했는데, 여태 한 번도 그의 계획에 차질이 있었던 적이 없었다. 이와 같은 그의 성품은 그가 큰일을 맡았을 때 더욱 확연히 드러난다. 그는 1990년대 초에 전국 규모 학회인 한국아메리카학회의 회장에 피선되었다. 그때는 국제 교류가 모든 면에서 지금같이 원활하지 못할 때였다. 그런데 산여는 임기 동안에 큰 국제 학술회의를 치르게 되었다. 그는 그 복잡한 계획과 집행을 거의 혼자 힘으로 주도하여 대회를 성공적으로 마치는 놀라운 역량을 보였던 것이다.

산여는 우리나라 신문학기의 유명한 소설가인 박화성(朴花城) 선생의 아들이다. 박 선생의 문학적 천분(天分)이 당연히 자손에게 전해져서 산여의 두 형님은 저명한 문필가들이 되었다. 형님들에 결코 못지않은 재능을 타고난 산여의 글솜씨가 어찌 범연할 리 있겠는가. 그가 20대에 쓴 「여로에서 : K형에게」와 「바다」 같은 글에 나타난 그의 예민한 감수성과 섬세한 표현력은 벌써 그의 비범한 문재(文才)를 확인해 주고 있다. 그러더니 장년기에 이르러서는 아닌 게 아니라 그는 명품이라고 일컬을 만한 여러 작품을 발표하기에 이른다. 「어촌의 아침」은 프로스트(R. Frost)의 시 내용과 바다를 바라다보며 꿈을 키워 가는 어린 아들의 모습을 성공적으로 대비시킨 수채화 같은 작품이다. 「월출송」은 그의 어린 시절서부터 시작된 고향에 대한 깊은 애정이 짙게 깔린 작품으로서 그 기이한 산의 다양한 모습을 핍진하게 그려 낸 솜씨가 일품인 글이다. 그 묘사가 하도 정교하고 여실하여서 월출산을 안 가 본 사람도 그 산을 눈앞에 훤히 그려 볼 수 있을 정도이다. 그래서 이 글은 월출산이 안고 있는 여러 명소들에 대한 상세한 안내서 역할도 충분히 해내고 있다.

산여는 인물을 그리는 데에도 대단한 재능을 보여 주고 있다. 세상 사람들이 모두 다 쓸 수 있다고 생각하지만 실제로는 가장 쓰기 어려운 것이 자신의 어머니에 대한 글이다. 이 책에는 산여의 모친에 대한 글이 두 편 실려 있는데, 그중 짧은 글인 「나의 어머니 박화성 ─ 돌아가신 어머니를 추모하며」는 간명하면서도 박화성 선생의 특징을 약여하게 잡아낸 수작(秀作)이다. 그가 이 어려운 소재를 성공적으로 다룰 수 있던 것은 무엇보다도 자식으로서, 특히 어머니의 사랑을 가장 많이 받은 막내로서 빠지기 쉬운 감정적 몰입을 철저히 배제했기 때문이다. 그 같은 감정의 억제와 객관성의 유지가 묘사의 사실성을 제고하여 인물을 더욱 오롯이 살아나게 할 뿐 아니라, 독자로 하여금 절제된 육친에 대한 정을 무언 중에 오히려 더 깊이 느끼게 하고 있다. 「잊을 수 없는 스승, 송욱 선생님」도 송 선생님의 "괴짜성"을 적절한 예와 곡진한 묘사를 통해 여실히 그려내고 있다. 거기서 한 발 더 나아가 송선생님의 시 세계와 학문에 대한 폭넓은 이해를 바탕으로 한 논의도 아울러 전개함으로써 그는 단순한 인물 묘사를 넘어 깊이 있는 인물 평전으로 이 글을 발전시키고 있다.

「캠퍼스의 꿈은 평화롭고」는 산여의 이런 뛰어난 글솜씨에 정의감이 어우러진 작품이다. 요즘 독자들은 이 글을 그냥 잘 짜인 콩트라고 볼 것이다. 그러나 지금 보면 아무 문제 될 것이 없는 내용의 이 글이 산여에게는 가히 필화(筆禍)라 할 만한 고난을 안겨 준 작품이다. 이 글이 쓰인 1983년은 군사정권의 학원 탄압이 극에 달하여 수많은 학생과 교수가 구속되거나 출교되던 때였다. 또 학생 시위가 일어나면 교수들은 즉시 정해진 위치에 가서 시위 학생들을 만류하라고 당국이 강요하던 때였다. 이런 교수 동원을 효율적으로 하기 위해서 각 교수실에 스피커까지 설치하였었다. 한편 당시 시위에 나선 학생들의 주요 구호 중의 하나가 졸업정원제 폐지였다. 이 글은 꿈이라는 장치를 이용하여 이런 것들의 부당성을 지적하고 있는 것이다. 그러므로 산여는 상당한 위험을 무릅쓰고 이 글을 쓴 것이다. 아니나 다를까? 이 글이 발표된 날 저녁에 신원을 밝히지 않은 자가 전화를 걸어와서 무례한 말투로 "몸조심하라"는 협박을 했다. 다음 날 아침에는 총장실에 불려 가서 동정과 위로의 말이 아니라 꾸중과 훈화를 듣는 수모도 했다. 그러나 이런 협박과 강압도 그의 강고한 정의감을 위축시키지 못했다. 그 후에도 민주화를 촉구하기 위한 교수들의 서명이 있을 때에, 내가 알기로 그는 늘 그에 참여하였다.

이런 면에서 짐작할 수 있듯이 산여는 문학적 관심에 못지않게 사회적 문제에 대한 관심이 많다. 그는 우리의 잘못된 언어 현실에 대한 글을 대여섯 편 썼는데, 이는 우리 사회에 만연한 언어의 오용을 바로잡아야겠다는 문학 선생다운 충정의 발로라 하겠다. 이 밖에도 우리 사회의 여러 병리적 현상에 관한 비판이나 논설에 가까운 글들을 많이 썼다. 그런 글들에 나타난 그의 진단과 해법이 하나같이 공감을 불러일으키며 강한 설득력을 가지는 것은 그것들이 정확한 관찰과 건실한 상식에 기초하고 있기 때문일 것이다. 그런 글 중에서도 특히 대학

입시에 관한 장문의 논설인 「대입제도, 이대로 좋은가?」는 시종 교육자다운 양식과 열의를 가지고 전문가 수준의 심도 있는 분석과 논의를 수행한 역작이다.

이 같은 사회 비판적 논설 외에도 산여는 고전에 속하는 영미 소설들에 관한 글도 여럿 이 책에 싣고 있다. 간단한 플롯 개요와 해설 및 논평을 곁들린 소개서는 그 작품을 처음 대하는 일반 독자들이 작품을 이해하는 데에 좋은 길잡이가 될 것이다. 그러나 개중에는 이런 소개서가 아니라, 그 분량이나 논의의 깊이로 보아 본격적인 논문이라고 해도 손색이 없을 만큼 무게 있는 글들도 있다. 일반 독자뿐만 아니라 영미문학을 전공하는 학생들이 읽으면 많은 도움을 받을 이런 중후한 글들에서 독자는 중진(重鎭) 학자인 산여의 면모를 엿볼 수 있을 것이다. 이 자리는 산여의 학문적 성취를 논할 자리는 아니다. 그러나 그가 우리 학과에서 미국문학 전공 석·박사를 가장 많이 배출했을 만큼 학덕이 큰 교수였다는 것만은 밝혀 두고 싶다. 이 밖에 몇 편의 한국문학 작품에 대한 논평은 영미문학에 한정되어 있지 않은 그의 넓은 관심의 폭을 반영할 뿐만 아니라 탁월한 비평가로서의 그의 역량을 확인해 주고 있다.

이상에서 살펴보았듯이, 이 책에 실려 있는 글들은 크게 문학적인 글과 사회비평적인 글의 두 가지로 분류될 수 있다. 이 두 종류의 글들은, 마치 두개의 다른 악기가 서로 다른 음색으로 화합을 이루어 하나의 음악을 만들어 내듯이, 산여라는 인간을 입체적으로 엮어 내고 있다. 그래서 이 책을 읽는 독자들도, 한 종류의 글로 일관하는 여느 산문집에서와는 다르게, 간간이 다른 유의 글을 대하는 다양하고 풍요로운 독서의 즐거움을 맛볼 수 있을 것이다.

산여는 3년 전 뜻밖에 중병이 들어 큰 수술을 받았다. 퇴원 후에도 여러 가지 후유증으로 오랫동안 무척 고생하였다. 그러나 그는 하루에도 몇 번씩 사신(死神)과 마주치는 그 무서운 투병 중에도 한 흑인 작가의 소설을 번역해 출간하는 초인적인 인내력을 보여 주었다. 이 산문집은 그가 그런 어려운 고비를 당했을 때 신변을 정리해야겠다는 생각으로 기획했다고 한다. 그러나 본인의 강인한 의지와 가족의 헌신적 간병 덕으로 이제는 많이 회복되어 곧 정상적인 생활을 눈앞에 두고 있으므로, 이 책을 출간하는 의미도 달라져야 할 것이다. 즉, 일생을 정리한다는 뜻이 아니라, 이제부터 새롭게 시작하는 새 삶을 위해서 옛것을 정리한다는 것이 그 뜻이 되어야 할 것이다. 또 이 책의 출판을 계기로 그가 건강하고 희망찬 새 삶을 오래도록 누리라는 바람은 그를 아끼고 사랑하는 많은 그의 친척, 친구들의 간절한 염원이기도 하다. 그래서 나는 산여가 이 산문집을 내는 것을 축하함과 더불어 앞으로 이런 산문집을 여러 개 더 내라는 기원으로 이 발문(跋文)을 맺는 바이다.

(2011)